VENGANZA

GRANTRAVESÍA

AMY TINTERA

VENGANZA

Traducción de
Laura Lecuona

GRANTRAVESÍA

VENGANZA

Título original: *Avenged*

Publicado según acuerdo especial con International Editors' Co.
y The Fielding Agency.

Traducción: Laura Lecuona

Imagen de portada: © 2017, John Dismukes / Capstone Studios, Inc.
Diseño de portada: Michelle Taormina
Ilustración de portada: Sarah Coleman
Adaptación de portada en español: Francisco Ibarra

D.R. © 2018, Editorial Océano, S.L.
Milanesat 21-23, Edificio Océano
08017 Barcelona, España
www.oceano.com

D. R. © 2018, Editorial Océano de México, S.A. de C.V.
Eugenio Sue 55, Col. Polanco Chapultepec
C.P. 11560, Miguel Hidalgo, Ciudad de México
www.oceano.mx
www.grantravesia.com

Primera edición: 2018

ISBN: 978-607-527-517-8

IMPRESO EN MÉXICO / *PRINTED IN MEXICO*

UNO

Al pie de la colina descansaban los restos de la casa de Em. Del castillo de Ruina no quedaba más que una pila de piedras y tierra; la maleza reptaba entre los escombros. Un muro permanecía intacto. A Em le gustaba pensar que su madre se había asegurado de que así fuera: que incluso muerta había opuesto resistencia.

Olivia respiró hondo al llegar a la cima.

—Pensé que habría quedado algo más.

Em tomó la mano de su hermana. A Olivia se la habían llevado presa antes de que demolieran su casa y todo Ruina fuera exterminado casi por completo. Era la primera vez que ella veía el castillo en esas condiciones.

Olivia apretó con fuerza la mano de Em.

—No te preocupes, Em. Pagarán por esto, de eso nos encargaremos.

Olivia decía cosas así. *No te preocupes, Em*... Pero ella seguía preocupada. *No llores, Em, pronto nos tendrán miedo*. Esto se lo dijo inmediatamente después de matar a la reina de Lera. Em no le dijo a su hermana que con toda seguridad todo mundo les temía.

—Pensé que ya no habría escombros —dijo Aren deteniéndose junto a Em. Estaba ojeroso, su apuesto rostro parecía tenso presa del agotamiento. Los guerreros de Olso habían conseguido prestarles un par de caballos, pero la mayoría de los ruinos habían hecho el viaje a pie. A todos les urgían un día, o diez, para descansar.

—Al menos podemos buscar entre los restos y ver si quedó algo —dijo Olivia.

—Yo busqué hace un año —dijo Em—. Lo único que encontré fue tu collar.

—*Tu collar* —corrigió Olivia—. Quiero que tú lo tengas.

Em, sonriendo, soltó la mano de su hermana y sostuvo el colgante con forma de *O*.

Olivia señaló hacia el castillo.

—¿Acamparemos aquí? Podríamos dejar por acá las cabezas de los cazadores clavadas en picas, como advertencia a los demás.

Em reprimió una arcada de repulsión e intentó que su rostro no la delatara. A lo largo de la última semana Olivia y Aren habían sembrado un campo de cadáveres a su paso mientras viajaban de Lera a Ruina. Em los había convencido de dejar con vida al rey Casimir y a su prima Jovita en el Fuerte Victorra, pero no se había molestado en defender las vidas de los cazadores. ¿Para qué? Después de haber destruido a miles de ruinos, quizá merecían morir.

En todo caso, eso era lo que se decía constantemente.

—Ya lo saben —dijo Em—, no creo que haga falta.

—Además, no quiero oler cabezas de cazador muerto mientras duermo —añadió Aren.

—Tú decide dónde acampamos —dijo Em.

—¿Por qué tengo que decidirlo yo? —preguntó Olivia.

—Porque eres la reina.

—Después de que me llevaron, votaron por abolir la monarquía —dijo Olivia— y el líder al que eligieron está muerto. Así que técnicamente, no lo soy.

—Pensaban que habías muerto —dijo Em—, estoy segura de que volverían a considerarte su reina.

Olivia se encogió de hombros y propuso:

—Reunámonos en unos días, cuando la mayoría de los ruinos hayan conseguido volver. Por el momento, propongo que acampemos aquí. Que la gente de Lera y los cazadores sepan que ya no les tememos.

—¿Ya no? —preguntó Aren en voz baja. Poco antes le había aparecido una nueva marca ruina en la mano izquierda, una espiral blanca sobre la piel morena, y distraídamente se la frotó.

—Cas prometió dejarnos en paz —añadió Em. No era la primera vez que lo decía.

Aren y Olivia intercambiaron miradas. Em había insistido en que estarían a salvo, en que la guerra contra los ruinos había terminado. Cas había dicho que, ahora que era rey, pondría fin a los ataques a los ruinos y Em creía que él cumpliría su palabra.

Olivia y Aren no estaban convencidos.

Un viento gélido abrió el abrigo de Em. Ella metió las manos en los bolsillos y lo cerró, envolviendo su cuerpo con él. Había tomado el abrigo y la ropa que llevaba de un ruino muerto en la batalla del Fuerte Victorra. Todavía se retorcía incómoda si se detenía a pensarlo, pero lo cierto es que necesitaba usar algo diferente al vestido azul con el que había atravesado la selva de Lera.

Em volteó al oír unas risas y vio un grupo de aproximadamente cien ruinos saliendo de entre los árboles. Estaban agotados tras la batalla en el Fuerte Victorra y sucios al cabo de varios días de caminata, pero las sonrisas iluminaban sus rostros mientras asimilaban los restos del castillo de Ruina.

—Nos instalaremos aquí —confirmó Olivia con un gesto de la cabeza.

—Es más gris aquí de lo que recordaba —dijo Aren, a nadie en especial.

Em no podía sino estar de acuerdo. Aren y ella habían pasado semanas en la exuberante y verde Lera, junto al océano y sus limpias y centelleantes playas. En contraste, Ruina no tenía buen aspecto. La hierba era amarilla y estaba seca, y los escasos árboles se erguían desnudos. Más allá del castillo, había una parcela gigante de tierra yerma donde antes estaba una hilera de tiendas. De todas formas, no eran especialmente bonitas cuando estaban en pie.

Se quedó viendo la pila de escombros que solía ser su casa. Quizá tendría que haber sugerido una ubicación distinta. ¿Por cuánto tiempo sería ésa su vista? ¿Por cuánto tiempo tendría que dormir en el suelo mirando fijamente el sitio donde antes había estado su habitación?

La recámara tomó forma en su cabeza: la cama con montones de almohadas, la pared con el espejo de cuerpo entero en el que acostumbraba verse en busca de marcas ruinas cuando era más joven. La desgastada silla verde del rincón, donde se arrebujaba a leer.

Esperaba que el llanto le brotara pero, en vez de eso, una sensación hueca se instaló en el fondo de su estómago. La niña que antes vivía ahí ya no estaba, y quizás era un alivio que tampoco la habitación estuviera. Todos necesitaban empezar de nuevo. Podrían reconstruir Ruina para que fuera aún mejor que antes. Aún más segura que antes. En un año, Em no había dormido sin un arma a la mano. Si algo necesitaba —si algo necesitaban todos los ruinos— era encontrar el modo de volver a sentirse a salvo.

—Voy a revisar el carro —dijo y bajó la colina corriendo. El carro que habían robado a los soldados de Lera avanzaba lentamente entre los árboles, jalado por dos caballos cansados.

En el bastidor descubierto llevaban sobre todo suministros apilados para las tiendas y algo de agua adicional, pero iban también algunos niños y ruinos enfermos. Un joven llamado Jacobo caminaba al lado de los caballos. Mariana caminaba del otro; sus negras trenzas se agitaron cuando saludó a Em con la cabeza. Tanto Mariana como Jacobo tenían marcas ruinas en la piel oscura: las blancas líneas se enroscaban hacia sus cuellos; Jacobo tenía incluso una que le cruzaba la mejilla.

—Está... —Em estaba a punto de decir "despejado" cuando un movimiento fugaz llamó su atención. Los arbustos a su derecha susurraron.

Desenvainó la espada y se dirigió a los arbustos; alertó a Jacobo con un gesto. Él caminó hacia el carro; a los tres niños que estaban arriba les hizo señales para que se acercaran a él. Mariana se quedó inmóvil.

Con cuidado, Em pisó un leño. Alguien resolló.

Con la espada separó las hojas de un arbusto. Dos hombres estaban ahí en cuclillas, con la ropa sucia; el abrigo de uno de ellos era un despliegue de diferentes colores, de tantos parches que llevaba. Empuñaba una daga pero su otra mano estaba desnuda. Ninguno llevaba prendedores azules: no eran cazadores.

—¿Quiénes son? —les preguntó.

—Sólo estamos tratando de cruzar a Vallos —dijo el hombre de la daga. Se levantó lentamente. Sus piernas temblaban. Miraba fijamente el pecho de Em.

—No es eso lo que pregunté. ¿Quiénes son?

—Somos peones y estamos trabajando en las minas de Ruina —dijo sin desviar la mirada de su pecho—. ¿Usted es... usted es Emelina Flores? —dijo su nombre en voz baja, casi con reverencia.

Em frunció el ceño en respuesta, sin tener idea de cómo habría acertado aquel hombre.

—El círculo de la venganza. He oído hablar de él.

—¿El qué?

—Su collar. El círculo representa la venganza. "Se cosecha lo que se siembra", como dicen.

A Em le temblaron los labios. ¿En verdad todos creían que era eso lo que simbolizaba su collar?

El círculo de la venganza. Muy adecuado. A Olivia le encantaría.

El hombre de la daga sostuvo el arma frente a él pero le temblaba la mano. Al otro, con los brazos apretados contra el pecho, el miedo le salía por los poros. Por lo visto, a Em la precedía su reputación.

—Váyanse —les dijo sacudiendo la cabeza—. Y no vuelvan.

Los dos dieron media vuelta y se alejaron corriendo. Ahora todo mundo huía de ella. La gente murmuraba su nombre, lo pronunciaban con miedo.

Era lo que ella siempre había querido.

No se sentía como ella había esperado.

DOS

La madre de Cas estaba enterrada detrás del Fuerte Victorra, en un sitio sombreado donde las flores probablemente abrirían en primavera.

Cas no fue al lugar. Había visto a los soldados enterrarla un día después de que Em y Olivia desaparecieran, y nunca regresó.

En vez de eso, acudió adonde había muerto.

Dos días antes había llovido y la sangre se había ido con el agua. No quedaba más que tierra, hierba y árboles. Los árboles, que unos días atrás habían estado cubiertos de hojas rojas y anaranjadas, tenían ahora las ramas casi vacías. Las hojas caídas crujían bajo sus pies. Los árboles feos parecían más apropiados en virtud de lo que ahí había ocurrido.

Aún podía verlo. Em moribunda en sus brazos. Su madre, muerta a manos de Olivia cuando ésta rescataba a su hermana.

—No mereces estar aquí —dijo una voz a sus espaldas.

Por unos momentos le preocupó que la voz estuviera sólo en su cabeza, pues él había estado pensando eso mismo, pero al voltear encontró a su prima Jovita a unos pasos de distancia, con las manos en las caderas y la mirada de piedra.

Su cabello oscuro ondeaba con el viento y una roja cicatriz inflamada atravesaba su mejilla derecha; Em le había hecho esa herida. Se parecía un poco al padre de Cas: tenían la misma piel aceitunada, la misma boca amplia.

Cas se apartó.

—Y en todo caso, no es un lugar seguro —dijo Jovita, más burlona que preocupada.

—Ya no están los ruinos, ya no están los guerreros.

—¿Y de quién es la culpa? —Jovita se acercó a él. Se dio unos golpecitos en la barbilla en actitud reflexiva y añadió—: Ah, cierto, la culpa es tuya. Por haber liberado a Olivia Flores y dejar que Em se fuera tan tranquila.

Sí, *era* su culpa. Había liberado a Olivia, y luego ella había asesinado a su madre… después de que su madre estuvo a punto de matar a Em.

No conseguía sentir ningún odio hacia Olivia. Estaba, sobre todo, simplemente triste.

—Quiero el collar —dijo Jovita alargando la mano—. El que te dio la reina con un poco de flor debilita.

—Lo enterré junto con ella —respondió Cas.

Jovita apretó la mandíbula.

—Qué tontería, Cas. Ese collar me habría protegido de los ruinos.

Él se encogió de hombros. La hierba llamada debilita afectaba a la mayoría de los ruinos, pero daba la impresión de que a Olivia apenas si la afectaba. Dudaba que el collar la hubiera protegido.

—Si lo hubiera conservado en vez de dártelo, quizás aún estaría viva —bufó Jovita—, y tú…

—Llegaron otras dos consejeras por la noche —interrumpió Cas—. Me reuniré con ellas en una hora, por si quieres acompañarme.

—No —Jovita dio media vuelta y empezó a caminar.

—¿Por qué? ¿Porque ya te reuniste con ellas a mis espaldas?

Jovita se detuvo. Vio por encima del hombro arqueando una ceja.

—Si lo sabes es porque en realidad no fue a tus espaldas, ¿me equivoco?

Y se fue dando fuertes pisadas. Cas la vio irse; una sensación de intranquilidad revoloteaba en su estómago.

Entonces un guardia salió entre los árboles. Era Galo, que merodeaba cerca de Cas como de costumbre. En esos días, el capitán de su guardia personal rara vez perdía de vista a Cas, a pesar de que éste habría preferido que lo dejaran solo. Era el precio de ser rey. Ese día, Mateo, pareja sentimental de Galo y guardia también, lo acompañaba. Mateo estaba a unos pasos de ahí, dándoles la espalda, reconociendo el terreno, atento a posibles amenazas.

Cas metió las manos en sus bolsillos; caminó de regreso a la fortaleza, encorvado para resistir el frío viento que soplaba contra él. Galo le siguió el paso y Mateo fue tras ellos un poco a la zaga.

—¿Está todo bien? —preguntó el guardia en voz baja.

—Probablemente no.

Galo se mostró preocupado, pero Cas no entró en detalles. El castillo y la mayor parte del reino estaban en manos de Olso; su prima lo odiaba, sus padres habían muerto, Em se había ido y quizá nunca volvería a verla.

No quedaba mucho que decir.

—Confirmamos que el gobernador de la provincia del sur murió en el ataque al castillo —dijo Galo—, pero su hija no, y está aquí. Violet Montero. Me encontró esta mañana y pidió hablar contigo.

—¿Está aquí? ¿Cuándo llegó?

—Igual que tú, al parecer. Estaba con el personal y al principio nadie lo notó. Ha estado enferma.

—¿Ya mejoró?

—Sí.

La fortaleza surgió imponente frente a ellos y Cas se paró sobre una pila de ladrillos en el jardín frontal. Algunas partes de la muralla habían caído cuando atacaron los ruinos y los guerreros, y ésta seguía dañada. Pasaría un buen rato antes de que fuera completamente reconstruida. Detrás de la muralla estaba el Fuerte Victorra, una pila de ladrillos cuadrada, prácticamente sin ventanas, que Cas había llegado a aborrecer.

—Tal vez esté ahora en el desayunador, si quieres verla —dijo Galo—. Puedo ir por ella.

—No te molestes, iré yo. ¿Les confirmas a las dos consejeras que llegaron anoche que nos reuniremos en una hora?

—Por supuesto —dijo Galo, y salió corriendo.

A esas alturas, Cas debería haber elegido a un asistente personal. Galo era el capitán de su guardia, no su mandadero, y se sentía culpable de hacerlo cumplir las dos funciones.

Pero el Fuerte Victorra no era como el castillo de Lera. No había suficiente personal y Cas tenía que hacer muchas cosas él mismo. Ya no tenía todo un equipo a su servicio.

Un soldado abrió el portón de la fortaleza al verlo acercarse; Cas murmuró un agradecimiento y entró.

Parpadeó mientras sus ojos se acostumbraban a la oscuridad.

De la entrada al gran vestíbulo unos faroles flanqueaban el muro, pero hacían muy poco para alegrar el lugar.

En la fortaleza, los primeros días tras el ataque habían sido tranquilos pero pronto, después de que los guerreros de

Olso tomaran el castillo y las ciudades del norte, empezó a llegar gente de todo Lera. Ahora la pequeña edificación estaba a reventar, con las bibliotecas y áreas comunes convertidas en dormitorios. Varias personas estaban bajando por las escaleras a su izquierda en ese momento, y se quedaron paralizados cuando lo vieron. Él fingió no darse cuenta.

Atravesó el vestíbulo y entró a la pequeña habitación afuera de la cocina. Muchos huéspedes se reunían ahí cada mañana, así que se le dio el nombre de *desayunador*. Había varias mesas redondas dispersas, con hombres y mujeres sentados. No tenían mucha comida, pero había frijoles y pescado en ellas.

Cuando entró, la gente lo miró y guardó silencio. Se dio cuenta de que no sabía cómo era Violet.

—Necesito hablar con ¿Violet? —salió en forma de pregunta; no había aprendido a hablar como su padre, como si cada oración fuera una orden.

Se levantó una joven delgada con un sencillo vestido negro. Su cabello oscuro estaba recogido en un moño, con lo que se acentuaban sus pómulos y sus grandes ojos negros. Parecía cansada, pero sonrió. Le resultó ligeramente familiar.

—Soy yo, su majestad.

A pesar de su baja estatura, su voz atravesó sin dificultad la habitación. Caminó hacia él.

El carro. Lo habían subido a un carro con su personal la noche en que murió su padre y fue tomado el castillo. Por eso la conocía. Ella lo había ayudado a escapar.

—Te conozco. "Cuidado, puedes astillarte" —repitió lo que ella dijo cuando lo ayudó a escaparse por una abertura en el carro.

—Sí, era yo, su majestad —dijo soltando una risa avergonzada.

Todos estaban mirándolos fijamente; Cas giró sobre los talones y le hizo a Violet un gesto para que lo siguiera.

Adentro no había sitio alguno donde pudiera tener una conversación privada sin sentirse incómodo, así que la condujo afuera, a la parte trasera de la fortaleza. A la edificación seguía faltándole un fragmento del muro posterior desde que un ruino lo destruyera. Caminaron hasta donde ya nadie pudiera oírlos. A su izquierda había algunos trabajadores ocupándose del jardín, pero no estaban lo suficientemente cerca para escuchar.

—Supe que estuviste enferma —dijo Cas.

—Sí, las condiciones del carro eran…

—Terribles —dijo él sintiendo una fuerte sensación de culpa. Al final, había conseguido salvar al personal al que había dejado abandonado en el carro, pero le tomó varios días. No podía imaginar cómo había sido estar atrapado tanto tiempo en ese carro caliente donde faltaba el aire. No sabía cuántos habían muerto, pero eran demasiados.

—Nunca tuve oportunidad de darle las gracias por habernos salvado —dijo ella—. Sabemos que Jovita quería que nos dejara ahí, y todos apreciamos lo que usted hizo por nosotros.

—Por supuesto. No podía abandonarlos ahí.

—Sí, sí habría podido —le hablaba viéndolo a los ojos—. No me he presentado como se debe. Violet Montero. Mi padre era gobernador de la provincia del sur.

—Eso oí. ¿Por qué en el carro no me dijiste quién eras?

—No parecía importante. ¿Qué habría hecho usted con esa información?

No le faltaba razón. Él a duras penas podía pensar con claridad encerrado en esa caja de madera con ruedas. Su padre acababa de morir y aún no se recuperaba de lo de Em. Violet podría haberle dicho que le habían brotado tres cabezas y quizás él sólo se habría encogido de hombros.

—Aquí hay gente que me conoce —dijo ella—, por si quisiera usted confirmarlo.

—Sí, quisiera hacerlo. Se entiende, ¿cierto? —después de que Emelina se había hecho pasar por la princesa de Vallos y por su prometida, probablemente nunca más volvería a tomar por cierta la palabra de alguien en lo relativo a su identidad.

—Se entiende, sí.

—¿Por qué no nos conocimos en el castillo? —preguntó él.

—Yo acababa de llegar cuando atacaron. Iba a asistir a la boda, pero mi abuela estaba enferma y yo la estaba cuidando.

—Lamento mucho lo de tu padre —dijo él.

—Lo del suyo también.

—¿Tu madre aún vive? —preguntó con un nudo en la garganta mirando fijamente a un punto detrás del hombro de ella.

—No. Murió hace algunos años.

—¿Eres la hija mayor?

—La única.

—Entonces tú heredaste la provincia del sur —pretendía que las palabras sonaran a felicitación, pero salieron cansadas. Se preguntaba si a ella le haría tanta ilusión heredar la provincia del sur como a él el trono.

—Así es. Supe que pronto se reunirá usted con unos consejeros. Creo que yo debería estar entre ellos.

—Deberías, sí. El sur es la única provincia que Olso aún no toma bajo su poder.

—Es cierto —dijo orgullosa.

Un fuerte viento pasó barriéndolos. Violet se cubrió el pecho con los brazos; su vestido se agitaba con el frío soplo del aire, pero no tembló a pesar de que debía estarse congelando.

—¿Ya hablaste con Jovita? —preguntó él con tacto.

—No, su majestad.

—Puedes decirme Cas y hablar sin reverencia —él no dejaba que nadie más que Galo y Jovita le dijeran Cas, pero sabía lo importante que era esta muchacha. La necesitaba como aliada, como amiga. Echó una mirada a la fortaleza y dio un paso hacia ella—. Si Jovita trata de hablar contigo, sobre lo que sea, ¿me avisarás?

Violet frunció el ceño.

—¿Pasa algo?

—No. Mi prima en este momento no me aprecia mucho. Quisiera saber si puedo tenerte de mi lado si hace falta.

—Ya estoy de su lado, su… Cas.

Al menos alguien lo estaba.

—Gracias, Violet.

TRES

Olivia elevó la cabeza hacia el cielo y respiró muy hondo. Acababa de salir el sol, pero se encontraba oculto tras nubes oscuras. El cabello oscuro golpeaba su rostro a causa del viento helado. Después de un año encerrada en un calabozo de Lera, cada soplo de aire fresco era un regalo.

Se dejó caer en medio de los escombros que solían ser su casa. No había creído que el castillo hubiera desaparecido completamente. Pensaba que todavía quedaría en pie alguna pared, arcones con ropa de su madre para elegir alguna prenda... pero el fuego había consumido todo. El miedo de los humanos había destruido todo, tal como su madre dijo que pasaría.

Con un empujoncito hizo a un lado un trozo de madera ennegrecido y quedaron al descubierto un ojo y una nariz blancos que la miraban. La estatua de Boda. La sacó para descubrir que todo lo que quedaba de ella era media cabeza. Seguramente había estado sentada en los restos de la biblioteca. La estatua del ancestro había estado en el rincón desde la coronación de Wenda Flores.

Olivia cerró los ojos y dejó que la imagen de su madre cobrara forma en su mente. A menudo llevaba suelto el largo cabello oscuro, y volaba tras ella mientras caminaba a toda velocidad por el castillo. Usaba vestidos fastuosos aunque no hubiera ocasión y Olivia siempre asociaba el frufrú de las faldas con su madre.

Arrojó a un lado la cabeza de la estatua. El ancestro favorito de su madre no había hecho nada por salvarla, a fin de cuentas. Si alguien iba a salvar a los ruinos sería Olivia.

—Liv…

Olivia volteó y vio a Em caminando hacia ella. Podía percibir a los humanos y ruinos a su alrededor, aunque estuvieran muy lejos, pero a Em no. Ella no era ni humana ni ruina. Era la única persona del mundo que podía acercársele a hurtadillas.

Olivia seguía viendo en su mente a la Em que había conocido los primeros quince años de su vida. La Em sarcástica y a menudo hosca, resentida por su inutilidad y por tener que ver cómo Olivia dominaba su magia.

O quizá no era resentimiento sino miedo. En el pasado, Olivia con frecuencia volteaba hacia su hermana y la encontraba mirando a otro lado, estremecida por los gritos de algún hombre al que Olivia estuviera torturando. Ella en ocasiones fingía no poder extirpar una cabeza con tal de no ver la expresión horrorizada en el rostro de su hermana.

El miedo ya no era una opción para Em. El año que había pasado lejos de Olivia la había vuelto despiadada y peligrosa. Seguía teniendo la misma piel aceitunada y el mismo cabello oscuro, pero la tristeza de sus ojos era nueva. Olivia pensaba que a ella le había ido mal en el calabozo. Ni siquiera era capaz de comprender por completo lo que Em había atravesado el último año.

A pesar de los horrores que había tenido que soportar, Em había derribado Lera, organizado a los ruinos y salvado a Olivia. Y le decían la inútil… De pronto a Olivia la boca le supo amarga.

—Acaban de llegar cerca de cincuenta ruinos más —dijo Em sentándose junto a Olivia—. Dijeron que no habían tenido dificultades para salir de Olso. Parece ser que el rey los invitó a quedarse, pero no intentó retenerlos cuando declinaron la invitación.

—Tratar de mantenerlos en contra de su voluntad habría sido una rotunda estupidez —dijo Olivia.

—Supongo que pronto veremos algunos guerreros.

—¿Tú crees?

—Querían que fuéramos a Olso a conocer a su rey. Me cuesta imaginar que hayan decidido dejarnos ir.

Olivia dio un resoplido.

—*¿Dejarnos?* No necesitamos que ellos nos lo permitan.

—No queremos tener a los guerreros como enemigos —dijo Em—. Todavía no somos lo suficientemente fuertes para arreglárnoslas solos.

Olivia respiró hondo para contener la furia que le inflamaba el pecho. Em tenía razón, por mucho que le doliera reconocerlo.

—Tendré que negociar con los guerreros, ¿cierto? —preguntó Olivia.

—Probablemente.

—¿Y si mejor los mato? —sonrió—. Así desde el primer instante adopto una postura fuerte.

—No sé si estás bromeando.

Olivia inclinó la cabeza hacia adelante y hacia atrás.

—Sí y no.

En realidad no, para nada. Lo único que atenuaba su cólera era destrozar a alguien. Todavía sentía el corazón de la reina de Lera en su mano, el pulso contra su palma. La reina se lo merecía. Había estado allí durante varios de los experimentos que habían hecho con Olivia. Arrancarle el corazón del pecho a la reina había sido amable de su parte.

—En serio: sugiero que no los mates —dijo Em.

—Bien.

Ya buscaría después a quien matar. Había muchísimos cazadores de Lera dando vueltas de un lado a otro por Ruina, intentando salir. Pronto cerraría el puño sobre sus corazones también.

—Tenemos que encontrar un refugio más permanente —dijo Em—. Me gustaría llevar a un grupo al alojamiento de los mineros. Seguramente a estas alturas ya está abandonado; podemos usarlo hasta que se reconstruya el castillo.

Olivia recordó el alojamiento de los mineros de carbón. Era pequeño y lamentable; necesitaba repararse de años atrás.

—¿Ésa es tu mejor opción, en verdad? —preguntó Olivia.

Em empujó unos escombros con el zapato y respondió:

—Desafortunadamente.

Olivia pensó en la fortaleza, con sus muros macizos y suficientes habitaciones para alojar un ejército pequeño. Casimir estaba muy cómodo, mientras ellas se encontraban sentadas en ese revoltijo que había sido su casa. Los habitantes de Lera siempre habían estado cómodos desde que les quitaron el reino a los ruinos y los expulsaron.

—Las cabañas no son gran cosa pero creo que allí podremos alojar a todos los ruinos —dijo Em.

—¿Todavía quieres cuidarlos? —preguntó Olivia.

—¿A qué te refieres?

—Los ruinos te dieron la espalda. Todos, excepto Aren, decidieron seguir a alguien más. Alguien que ahora está muerto.

Un dejo de tristeza atravesó el rostro de Em al oír la alusión a Damian. A Olivia no le caía nada bien su amigo muerto, ni siquiera porque había ayudado a Em. Él había crecido con

Em y Olivia pero las traicionó cuando más ayuda habían necesitado. Merecía que el rey de Lera lo decapitara.

—Tenían miedo —dijo Em—. Y yo demostré que al rechazarme se equivocaban.

—Ya lo creo que lo demostraste. Y yo no hice más que estar sentada en una celda y tramar un millón de intentos de escapatoria, todos y cada uno de los cuales fracasaron.

—No es tu culpa que te hayan capturado. Yo me propuse gobernar sólo porque tú no estabas.

—Te propusiste gobernar aun después de que te arrebataron el poder. Armaste un plan que derrocó al más poderoso de los cuatro reinos. Llevaste a cabo una conspiración sumamente riesgosa para matar a la princesa de Vallos y casarte con el príncipe de Lera en su lugar. Rescataste a todos, incluso después de que te rechazaron. No sé si yo habría hecho lo mismo.

Olivia podría haber dejado que todos murieran sólo para demostrar que estaban equivocados.

—Lo habrías hecho —dijo Em, que era una optimista.

—El tema es que no lo hice. Y nunca me han interesado los asuntos políticos que vienen con el trono. Las reuniones, las discusiones, los arreglos. Sentía pavor que eligieran un marido para mí, pero tú fuiste y te casaste con nuestro enemigo jurado.

Em miró al piso cuando pensó en Cas. Apenas si había hablado del príncipe —ahora rey— desde que se fue de Lera, pero Olivia los había visto interactuar. Parecía que Em había llegado a sentir algo por ese horrible chico.

—¿Y llegaste a tener relaciones sexuales con él? —preguntó Olivia, tratando de que su voz no sonara horrorizada.

—No. Se dio cuenta de que yo estaba aterrada al respecto y no insistió.

—Oh, qué extraño.

—No es como su padre, Liv. Él fue amable conmigo.

—Bueno, por lo menos no tuviste que acostarte con él —dijo con un escalofrío.

—Se te tomará en cuenta para tu casamiento —dijo Em—. Sobre todo como están las cosas ahora. Estoy segura de que quien elijas será apropiado.

—Deberías ser tú la que se case para formar alianzas políticas. Está claro que eres buena para eso.

—Pero eres tú la reina.

—¿Por qué tengo que ser la única? ¿Dónde está la ley que dice que tengo que reinar yo sola?

—De hecho, existe —dijo Em riendo—. La ley de Ruina establece que el mayor hereda el trono, a menos que haya nacido *inútil*. En tal caso, el trono corresponde al siguiente heredero.

—Ya demostraste que no eres *inútil*. Tienes otros poderes, como decía nuestra madre.

—Los ruinos nunca permitirán que los gobierne alguien sin habilidades.

—¿Y si gobernamos juntas?

Las cejas de Em se levantaron.

—¿Qué?

—Hay algunas partes de ser reina para las que voy a ser muy buena: comandar ejércitos, entrenar ruinos, los vestidos —la risita que soltó Em le hizo sonreír—. Soy una luchadora. Tú haces política. Tú sí puedes estar sentada en una reunión con guerreros sin arrancarles la cabeza.

—¿Qué es lo que sugieres?

—Una diarquía. Que gobernemos Ruina juntas, como reinas las dos.

—Una diarquía —la boca de Em formó una *O* y Olivia sonrió. Sabía que su hermana agradecería la oportunidad de dirigir a los ruinos. Quizá tenía incluso más madera que Olivia para esa posición, pero ésta no podía renunciar al trono por completo. Em había dado grandes pasos para restaurar la gloria que antes habían gozado los ruinos, pero seguía ligada a sus absurdos sentimientos hacia Casimir. Olivia tenía que dirigir a Em y a su pueblo; necesitaba demostrar su valía después de haber estado un año encerrada.

—Tomaremos decisiones juntas —dijo Olivia—. Cada una tendrá determinadas responsabilidades. Tendremos cierto poder de veto. ¡Vamos! —dijo dándole un suave empujón en el hombro a su hermana—. Sabes que quieres gobernar a los ruinos. Sabes que deberías ser reina.

—Pe-pero ya una vez me rechazaron —tartamudeó Em—. No me aceptarán como su reina.

—Nos *encargaremos* de que acepten.

—Quizá debamos discutirlo con algunas personas, preguntar…

—Nosotras no preguntamos —Olivia se enderezó en el asiento. Era menos alta que Em, pero sólo un poco—. Nosotras *asumimos*. Asumiremos el trono, asumiremos la responsabilidad, y aplastaremos a quien se oponga. ¿Entendido?

Em soltó una risita.

—¿En verdad? ¿Aplastaremos a quien se oponga?

—Está bien: yo los aplastaré. Para esa parte soy buena.

Lo cierto es que Olivia sabía que tendría que adoptar una postura firme con los ruinos. Ellos no respetarían a una reina que había sido secuestrada y luego rescatada por su hermana inútil. Olivia tenía que exigir, no pedir.

—¿Estás segura? —preguntó Em.

—Absolutamente. No me obligues a hacerlo sola. Ahora mismo los ruinos tienen que estar unidos. Creo que si empezamos por gobernar juntas será como una poderosa declaración.

Em contuvo las lágrimas.

—Te quiero, Liv.

—Lo sé. Te casaste con Casimir por mí. Me figuro que debes quererme *en verdad* —Olivia se puso en pie de un brinco y alargó la mano hacia Em—. Ven. Presentemos a la reina Emelina a los ruinos.

CUATRO

Cas descendió por las escaleras de la fortaleza y se giró al escuchar risas que provenían de la parte trasera de la edificación. Caminó por el pasillo con Galo a la zaga.

—¡Hazlo con fuerza! —gritó una mujer.

—¡Lo estoy haciendo con fuerza! —respondió otra voz femenina.

Cas se detuvo a la entrada de la cocina y vio a Blanca, la cocinera, empujando con las caderas a una joven y presionando con las palmas una pila de masa en la encimera.

—Así —dijo—. Masajéala como si estuvieras enojada con ella.

Blanca dio un paso atrás y pudo ver a Cas en la entrada. Se enderezó y se limpió las manos en el delantal.

—Su majestad —dijo.

Al oír eso, la joven dio media vuelta y soltó un chillido a modo de saludo.

—Buenos días —dijo Cas—. ¿Cómo va todo?

—Muy bien. ¿Le ha gustado la comida?

—Por supuesto —sonrió tratando de tranquilizar a Blanca. Ella antes era ayudante de cocina en el castillo, pero el cocinero real seguía desaparecido y probablemente había muerto. Cas señaló la bola de masa y comentó—: No sabía que tuviéramos harina.

—Llegó ayer. Uno de los que vinieron de Ciudad Gallego trajo todo lo que tenía en su panadería para que no se echara a perder.

Cas oyó pasos detrás de él. Era Daniela, que caminaba hacia ellos cargando una canasta de verduras. Su rostro arrugado se iluminó al ver al rey.

—Qué gusto verlo, su majestad —dijo con una inclinación de cabeza. Había estado con él en el coche, al igual que muchos miembros del personal de la fortaleza, y Cas parecía haber ganado su lealtad eterna a consecuencia de eso.

—¿Qué le ofrezco? —preguntó Blanca.

—Nada, gracias.

Se dirigía a una reunión con Jovita y los consejeros; sentía un nudo en el estómago que le impedía siquiera pensar en comida. Se despidió y se marchó. Las risas no regresaron cuando se alejó. En aquellos días, la risa siempre cesaba cuando él entraba en una habitación.

Subió al segundo piso de la fortaleza y entró en una gran sala vacía. Su padre siempre era el último en llegar a las reuniones; Cas había decidido hacer lo contrario.

El personal había quitado sillas y sofás y con varias mesas pequeñas formó una larga en medio de la sala. No había ventanas, así que de las paredes colgaban varios faroles y había dos más sobre las mesas. Nada era en comparación con el Salón Océano, donde tenían lugar las reuniones en el castillo de Lera. Si Cas cerraba los ojos aún podía ver el sol brillando en el océano desde aquellos ventanales.

Se dejó caer en la silla de la cabecera. Galo no se movió de la entrada.

—Siéntate aquí —dijo Cas empujando con el pie la silla que estaba junto a él.

Galo miró el asiento y luego a Cas.

—¿Estás seguro?

Jamás el padre de Cas habría permitido que un guardia se sentara a la mesa durante una junta de consejeros. Por esa misma razón Cas estaba decidido a que Galo se sentara junto a él.

—Siéntate.

El guardia obedeció. Cas, nervioso, se tronó los nudillos mientras esperaba. Seguía pareciéndole increíble que todo mundo recibiera órdenes suyas.

Unos minutos después entraron el coronel Dimas y la general Amaro; susurraron sus saludos. La general Amaro evitó la mirada de Cas y ocupó el asiento más alejado.

Entraron las dos consejeras a las que había visto el día anterior; iban platicando muy concentradas. Cas conocía bastante bien a Julieta, la mayor. Tenía más o menos la misma edad que su madre y vivía en Ciudad Real. A la otra, Danna, la había visto algunas veces, pero vivía en la provincia oriental y visitaba el castillo pocas veces al año. El día anterior las dos se habían mostrado amigables y le dieron el pésame, pero ese día parecían tensas. Julieta esbozó una sonrisa a todas luces forzada.

Violet entró en la sala; su rostro se iluminó cuando encontró a Cas. Él le hizo una señal para que se sentara junto a Galo; ella rápidamente se acercó.

El gobernador de la provincia del sur tiene una hija. Era nuestra segunda opción después de Mary… Es encantadora. Mucho más bonita que Emelina.

La voz de su padre resonó en su cabeza mientras miraba a Violet de soslayo. Su padre tenía razón. Violet era muy atractiva, de largo cabello negro, ojos oscuros e intensos y labios carnosos, pero la comparación con Em no era idónea. Em podía no ser la chica más bella en la sala, pero eso no impedía que fuera blanco de todas las miradas. Era como si tuviera un secreto que todo mundo quisiera conocer.

Cas trató de sacar la imagen de Em de su cabeza; necesitaba concentrarse.

Entró el gobernador de la provincia del norte, seguido de algunos importantes líderes de la provincia occidental. Cas sabía que tenía que empezar a hacer nombramientos oficiales, pues muchos funcionarios habían muerto, pero no había tenido tiempo. Seguía concentrado en tratar de llegar al final del día sin perder el control y echarse a llorar.

Jovita fue la última en entrar. Llevaba el cabello suelto sobre los hombros y un vestido azul. ¿De dónde había sacado un vestido? Muy rara vez la había visto con uno en el castillo, ya no se diga en una fortaleza con limitaciones de suministros.

Se sentó en la silla vacía junto a Cas.

—¿Cómo estás, Casimir?

—Bien —respondió sin poder disimular su suspicacia por tan cordial saludo—. ¿Y tú?

—Estoy bien, gracias. Observé que esta mañana volviste a salir de la fortaleza para visitar el lugar donde murió la reina.

Todos los ojos se fijaron en Cas. El contuvo el impulso de escurrirse lejos de sus miradas.

—Vas a menudo —dijo Jovita.

—Sí —respondió—. Me da oportunidad de pensar.

—Entiendo que estés triste, pero es hora de actuar, no de pensar. ¿Cómo esperas conseguir algo si pasas la mayor parte del día deambulando?

—No paso ahí la *mayor* parte del día, pero por lo visto tú sí pasas la mayor parte de tu día siguiendo mis movimientos.

Jovita torció el gesto, irritada.

—Me preocupas y, por extensión, me preocupa Lera. No has presentado plan alguno, así que…

—Creo que de eso se trata esta reunión —dijo Cas—; si ya terminamos de hablar sobre cuánto lamento la muerte de mi madre, quisiera pasar a lo siguiente.

Jovita apretó los labios; la mandíbula le temblaba.

—Bien —Cas miró al frente, evitando ver a su prima—. La fortaleza ya está al límite de su capacidad, pero todos los días llega gente. Pronto necesitaremos más espacio; creo que el sur es la mejor opción. Quisiera enviar un grupo de soldados a hablar con los dirigentes de la provincia del sur. Su regente está con nosotros —dijo señalando a Violet—, pero quisiera saber cómo vive la gente de allá. Ninguno ha venido.

—Los ruinos se dirigieron al sur tras la batalla —dijo Danna—. Puede ser que no quede mucha gente.

—Iban hacia el sur pero camino a Ruina —aclaró Cas—. No atacaron en el camino.

Danna levantó las cejas y preguntó:

—¿Cómo está tan seguro?

—Cuando se marcharon no estaban listos para otra batalla. Aquí perdieron a demasiada gente.

—Un ruino siempre está listo para la batalla —dijo Jovita—. La verdad es que Emelina te prometió que no atacaría a nadie si le entregabas a Olivia y tú estúpidamente le creíste.

Cas se tensó. No podía negarlo. Había dado por sentado que Lera todavía dominaba la provincia del sur porque los guerreros de Olso aún no invadían la fortificación. Era cierto que no lo sabía con certeza.

—Quisiera ser parte del grupo que irá al sur —dijo Violet. De pronto pareció preocupada.

—Por supuesto. Como regente de la provincia tú deberías dirigir a los soldados —respondió Cas.

—Como líder de la provincia del sur debería quedarse aquí, donde está a salvo —dijo Jovita—. No podemos darnos el lujo de perder a más dirigentes.

—¿Entonces qué sugieres? —preguntó Cas—. ¿Que todos nos quedemos aquí escondidos hasta que Olso vuelva a atacar?

—No. Ahora que los cazadores han vuelto tenemos suficientes soldados para lanzar un ataque.

—¿Exactamente contra quién?

—Los ruinos.

—¿Quieres atacar a los ruinos? —Cas no intentó ocultar su incredulidad.

Jovita se inclinó hacia adelante.

—Por supuesto que quiero atacar a los ruinos. La pregunta es: ¿por qué tú no? Emelina Flores mató a la princesa de Vallos. Se asoció con Olso, tomó el castillo e inició una guerra. Por su culpa estamos en este lío, y tú simplemente la dejaste ir. ¡Ordenaste a los cazadores que dejaran de matar a los ruinos a pesar de que ellos no dejarían pasar una oportunidad para asesinarnos!

—¡Ellos se fueron! Es a *nosotros* a quienes debería temerse, no a los ruinos. Nosotros los asesinamos sin provocación.

—¿Sin provocación? —Jovita se echó hacia atrás—. ¿En verdad crees eso de los ruinos? ¿Que no son peligrosos?

—No todos lo son.

Jovita adoptó una expresión preocupada.

—Oh. No sé qué decir a eso, Cas.

—Ellos *acaban* de atacarnos —dijo la general Amaro—. No sé qué más tendrían que hacer para que usted los considere peligrosos.

Se instaló un silencio incómodo en la sala. Cas escudriñó los rostros de sus consejeros, en busca de alguien que estuviera de acuerdo con él. Galo y Violet eran los únicos que no parecían molestos u horrorizados. Un calor empezó a ascender por su cuello.

—Ahora mismo los ruinos no son prioridad —dijo Cas—. Tenemos que concentrarnos en mantener el control en el sur y prepararnos para recuperar el castillo. Lo mejor para Lera es…

—A ti no te interesa lo que pueda ser mejor para Lera —interrumpió Jovita.

—¡Todo lo que he hecho es lo mejor para Lera!

—Soltaste a Olivia Flores. Ella mató a la reina y a innumerables guardias y soldados. ¿En verdad eso era lo mejor para Lera?

A Cas se le hizo un nudo en el estómago. Su mente quedó súbitamente en blanco. Para eso no tenía respuesta.

—No tengo intenciones de atacarte, Cas —dijo Jovita con dulzura. Nadie más pareció darse cuenta de que su voz estaba cargada de condescendencia—. Creo que ahora mismo necesitas retroceder un poco y pensar en tu estado mental.

La habitación se inclinó y Cas por unos momentos se preguntó si en efecto habría perdido la razón. Volverse loco tenía que ser menos doloroso que eso.

—Mi estado mental —repitió.

—Sigues llorando la muerte de tus padres; tu esposa te traicionó; fuiste atacado en la selva. No te juzgo, Cas. En esas circunstancias cualquiera empezaría a quebrarse.

—Cas no ha perdido la cordura —dijo Galo con vehemencia.

Jovita levantó un dedo, como si la opinión de Galo la tuviera sin cuidado.

—No dije que hubiera enloquecido. Cas, simplemente planteo la posibilidad de que ahora mismo no estés pensando con claridad. ¿Te has tomado tiempo para descansar? Puede ser justo lo que necesitas.

—Estoy bien —dijo él bruscamente.

Jovita lanzó una mirada preocupada por la mesa. Parecía que los consejeros estaban aceptando esa farsa. Ninguno quería mirar a Cas a los ojos.

—¿Por qué no tomas un tiempo para considerar mi plan de lanzar un ataque a los ruinos? —dijo Jovita—. Podemos reanudar la sesión mañana, después de que lo hayas pensado un poco.

Cas se puso en pie arrastrando la silla por el piso.

—No tengo que pensar en eso. La respuesta es *no*.

—Pero…

—No —repitió con firmeza. Salió del salón dando grandes zancadas, con Galo unos pasos detrás de él. La puerta se cerró, se alcanzaban a oír algunos murmullos.

—No pueden hacer nada sin la aprobación del rey —dijo Galo.

Cas se pasó la mano por el rostro. No estaba tan seguro de eso.

Casi doscientos rostros miraban a Em fijamente. Tragó saliva e intentó que su rostro no delatara su nerviosismo. Casi esperaba que los ruinos empezaran un motín.

Olivia estaba junto a ella, frente a todos los ruinos que habían conseguido llegar hasta ese momento. Habían levantado tiendas de campaña cerca del castillo; Olivia convocó a todos y les ordenó que se sentaran en el suelo mientras ella anunciaba los nuevos planes de gobierno. Detrás de los ruinos, las tiendas se sacudían con el viento; empezó a lloviznar. Como otras veces, Em deseó que tuvieran un lugar con paredes adonde ir; detestaba verlos con frío y a la intemperie.

—Una diarquía —repitió Olivia—. Gobernaremos juntas, como iguales —los ojos le brillaban de emoción, como si pensara que ese anuncio sería recibido con un entusiasmo desenfrenado.

Pero no: fue recibido con escepticismo. Un murmullo recorrió la muchedumbre y todos los pares de ojos aterrizaron en Em. Quizás era una buena señal. El día que la habían expulsado del trono supo que algo andaba mal porque nadie quería mirarla.

Ahora, sin embargo, todos la observaban fijamente. No todos con expresión amable. Tragó saliva. Tal vez debía decir algo, explicar que ella sólo quería que Ruina volviera a ser un lugar seguro, construir un hogar del que pudieran estar orgullosos.

—Planeamos levantar Ruina y hacer de ella algo aún mejor —dijo Olivia antes de que Em pudiera pronunciar palabra. La muchedumbre seguía incrédula. Por lo visto no confiaban en una ni en otra. Em no tenía claro si eso la hacía sentir mejor o peor.

Tras las palabras de Olivia cayó un largo silencio. En las mejillas de su hermana aparecieron unas manchas rosadas.

—Pronto daremos más información —dijo bruscamente—. Por el momento quisiéramos ver a Mariana, Aren, Ivanna, Davi y Jacobo.

Ivanna y Davi estaban sentados juntos: eran dos de los pocos ruinos mayores. Ivanna los saludó con un movimiento de cabeza pero Em pudo ver el escepticismo en sus rostros.

Aren se puso en pie y alargó la mano para apretarle el brazo a Em mientras esperaban a los demás. Cuando ya todos se habían abierto paso entre la multitud, Olivia los llevó a la tienda de campaña que compartía con Em. Aunque apretados, todos cupieron sentados con las piernas cruzadas en un pequeño círculo.

—Supongo que saben por qué están aquí —dijo Olivia—. Em y yo estamos armando un consejo para que nos asesore sobre los asuntos de Ruina.

Todos los poderes quedaban representados entre los cinco ruinos a los que Olivia había llamado: Aren controlaba el cuerpo, Jacobo e Ivanna los elementos, y Mariana y Davi la mente. Decidir la configuración del consejo no había sido difícil, pues no quedaban muchos ruinos cualificados.

Ivanna echó la gris cabellera detrás de su oreja.

—Lo agradezco, pero creo que tenemos que hablar sobre liderazgo.

Olivia ladeó la cabeza.

—¿Tenemos que hacerlo?

—Sí. ¿Eres consciente de que, después de que te llevaron, los ruinos abolieron la monarquía y eligieron a un nuevo líder?

—*Ilegalmente* abolieron la monarquía —corrigió Olivia—, y ese líder elegido está muerto.

—Porque ella lo dejó morir —dijo Davi fulminando a Em con la mirada.

Em sintió un bulto en la garganta. Podría haber hecho más por salvar a Damian. Se había esforzado muchísimo para impedir que el rey de Lera lo ejecutara, pero podría haber actuado con más rapidez. Lo había dicho con toda claridad cuando les contó la historia a los ruinos. No quería guardar secretos.

—Yo también estuve allí —dijo Aren con firmeza—. Yo tuve que retrasar a Em. Si quieren culpar a alguien, cúlpenme a mí.

—Sí, culpémoslos —dijo Olivia displicente—. Los únicos dos entre nosotros que han hecho algo. Si no fuera por Em y Aren, todos seguirían huyendo para salvar la vida... si no es que estarían muertos. Pero sigamos hablando de su líder, que se dejó atrapar.

—¡Estaba ayudándonos a cruzar a Olso! —exclamó Davi, que empezaba a enrojecer.

—Para ayudar a Em y a Aren a derrumbar Lera. Su sacrificio no se olvida.

—¿Hay alguien a quien ustedes prefirieran para gobernar? —preguntó Em tranquilamente. Olivia la miró con gesto de pocos amigos.

—No —respondió Jacobo, pero estaba sonriendo a Olivia.

—Bueno, pues... —Ivanna carraspeó—. Hay algunos que preferirían a un líder que fuera elegido. ¿Por qué a Aren ni siquiera se le dio la oportunidad de...?

—Declino —dijo Aren de inmediato.

—Aren, tú eres aquí el más poderoso, además de Olivia —dijo Davi en protesta—. Y fuiste a Lera a pesar de que corrías un gran peligro.

—Siguiendo el plan de Em —dijo Aren—. Olvídenlo, no aceptaré —dijo haciendo una señal hacia Olivia—. Además soy la *segunda* persona más poderosa aquí. ¿Por qué no quieren que sea la primera quien los gobierne?

—Valorar el poder ruino por encima de todo no nos ha llevado a la victoria y la paz —dijo Ivanna—. Wenda Flores era poderosa pero carecía de talento para la negociación. Se limitaba a matar a todos los que no estaban de acuerdo con ella.

—Ésa es una táctica de negociación perfectamente válida —dijo Olivia. Em hizo una mueca: su hermana estaba dando la razón a Ivanna.

—Em tiene talento para la negociación —dijo Aren—. Creo que de lo que se trata esta diarquía es que se equilibren una a la otra.

Ivanna giró su rostro en dirección a Em pero sin mirarla a los ojos.

—Nunca antes habíamos tenido a un líder sin marca.

—Y sin embargo acabas de decir que sobrevaloramos el poder ruino —dijo Em—.

Ivanna cerró la boca. Se hizo el silencio.

Olivia soltó una risita sin razón aparente y todas las cabezas giraron hacia ella.

—¿Creen que esto es un debate? Que algunos de ustedes quieran a un líder elegido por la gente no significa que eso vaya a pasar. Hace un año se fracturó nuestra comunidad. Ahora estamos levantándola para dejarla como se debe.

Ivanna adoptó un gesto de dureza y guardó silencio. Davi empezó a quejarse.

—Además, Aren se casará con una de nosotras —dijo Olivia—. Así también él gobernará.

Em levantó las cejas ante el comentario casual sobre el matrimonio de Aren con ella o con Olivia. Aren la miró completamente desconcertado. Em apuntó hacia sí misma y sacudió la cabeza, y él soltó una risita.

De repente Em pensó en Cas. Ella ya estaba casada. Se había casado con él suplantando a la princesa Mary, pero después de eso todos los momentos de su relación fueron reales. No podía imaginarse con nadie más. El pecho le dolía sólo de pensarlo.

—A ver, continuemos —dijo Olivia. Em trató de sacudirse los recuerdos de Cas pero sólo lo consiguió parcialmente—. Hemos seleccionado un puesto para cada uno de ustedes. Si lo prefieren, pueden declinar y sugerir a alguien más para ese cargo. Aren, quisiéramos que dirigieras el combate. Te encargarás del entrenamiento de los ruinos y de las armas: todo lo que se necesite para prepararnos para la batalla. Davi, salud. Te encargarás de la calidad del agua, de asegurarte que todo mundo tenga ropa y mantenga buena salud en general. Ivanna, reconstrucción. Deberás erigir un nuevo castillo y reconstruir la ciudad. Los tres me reportarán directamente.

—Los dos restantes reportarán ante mí —dijo Em—. Jacobo, te queremos pedir que te encargues de la nutrición. Necesitamos que alguien supervise la pesca, la caza y la agricultura. Y, Mariana, queremos que dirijas las relaciones con el exterior. Ayudarás a mantener contacto con los guerreros de Olso.

Mariana asintió con entusiasmo. Era joven, aproximadamente de la misma edad que Em, y a todas luces le emocionaba ser la elegida para ese trabajo.

—Partiremos mañana a las cabañas de los mineros; necesitamos que nos ayuden a que todo mundo se aliste. Queremos que ustedes cinco sean las voces de los ruinos, que comuniquen lo que esté pasándonos y que transmitan nuestras órdenes. ¿Tienen algún problema con eso? —preguntó Em. Todos negaron con la cabeza—. Bien. Algunos de estos cargos son tradicionales, pero otros, como reconstrucción, los ideamos sobre la marcha. Estamos abiertas a ideas.

—Pero no a una nueva conducción de Ruina —replicó Davi.

—Ah, eso me recuerda… —dijo Olivia—: como estamos en guerra, entra en vigor la Ley sobre Lealtad en Tiempo de

Guerra. Toda amenaza contra el gobierno o contra nosotras se considerará traición y como tal será castigada —ladeó la cabeza con una gran sonrisa hacia Davi—. ¿Entendido?

Davi palideció. Em se apretó las manos. En realidad, Olivia y ella no habían hablado de eso. La Ley sobre Lealtad en Tiempo de Guerra no había estado en vigor desde que su madre era adolescente. No admitía el menor desacuerdo con los soberanos. No había sido popular.

—Entendido —dijo Ivanna con la voz entrecortada—, su majestad.

—Fabuloso —dijo Olivia dando una palmada—. Vamos a trabajar bien juntos, ¿verdad que sí?

Em miró los rostros a su alrededor. Davi e Ivanna parecían molestos. Mariana y Aren lucían nerviosos. Sólo Jacobo respondió con una sonrisa.

Em tuvo la sensación de que aquel consejo estaba condenado al fracaso.

CINCO

—¿Qué piensa, su majestad? —Aren preguntó a Em en tono divertido y ella le sonrió. Pero más que divertido estaba orgulloso, y le dio la impresión de que Em lo sabía.

—Se ven perfectas.

Aren echó una mirada a la hilera de cabañas de troncos a lo lejos. Esa mañana había salido con Em, Olivia y Mariana a caminar en busca de las cabañas de los mineros; en sólo dos horas las hallaron. Olivia y Mariana caminaban delante de ellos.

Había cerca de treinta. La mitad eran viejas, con techos irregulares y cobertizos torcidos. Estaban ahí desde que Aren tenía memoria. Las demás eran recientes: las habían construido los intrusos de Lera.

—Debió haber mucha gente aquí trabajando en las minas —dijo Aren—. No sabía que Lera estuviera tan interesada en el carbón.

—Es Olso la que lo está —dijo Em—. Mi madre decía que por eso mantenían tan buenas relaciones con nosotros.

—¿Para qué?

—Buena pregunta.

—¡Para sus barcos! —gritó Mariana volteando hacia ellos. Se detuvo para dejar que la alcanzaran—. Usan carbón para propulsar sus barcos. Estuve en uno de ellos camino de Olso a Lera.

—Propulsarlos ¿cómo? —preguntó Em.

—Decían que es un motor que funciona a vapor. Nunca había estado en un barco tan veloz.

Olivia frunció el ceño.

—Entonces probablemente los guerreros seguirán siendo una amenaza.

—Con toda seguridad —dijo Em.

Olivia puso mala cara antes de volver a ver las cabañas.

—Son deprimentes.

—Mejores que las tiendas de campaña —dijo Aren.

—¿Cuánto tiempo crees que tome reconstruir el castillo? —preguntó Olivia.

—Años.

Olivia lo miró horrorizada.

—¡¿Años?!

—Eso dijo Ivanna.

Olivia sacudió la cabeza.

—No. Iré a hablar con ella, debemos acelerar las cosas. Nunca nos tomarán en serio si vivimos en estas chozas.

Aren no creía que fuera tan importante dónde vivieran. Castillo, tienda, cabaña: todos eran sitios inseguros. El castillo que alguna vez había sido su hogar había desaparecido, y no le interesaba mucho construir uno nuevo. Sus padres nunca volverían a vivir allí con él, así que nunca lo sentiría como su hogar.

Olivia echó a correr; su cola de caballo se sacudía de un lado a otro.

—¡Por lo menos elijamos la mejor para nosotras, Em!

Em rio.

—¡La que quieras!

—Vamos a tener que dormir muchos en cada cabaña —dijo Aren—. No me pongan con Jacobo: ronca.

—Puedes quedarte conmigo y con Liv —dijo Em.

—¿En verdad? Pensé que tendrían su propia cabaña ahora que son reinas.

—Tenemos espacio limitado —Em se encogió de hombros—. Además, te prefiero cerca.

—Por mi reina, lo que sea —dijo él con una sonrisa burlona y dándole un empujoncito con el codo.

—¿Lo que sea? Porque me gustaría un baño caliente y una gran cena con tartas de higo de postre, por favor.

El estómago de Aren rugió. Estaban alimentándose a base de nueces, semillas y los peces que el río proveía. Pronto la comida sería un verdadero problema. En Ruina casi no había cultivos.

—Eso quisiera yo también —respondió. Tomó la cantimplora que llevaba colgada del cinturón y dio un trago—. Tenía sus ventajas estar en Lera, ¿o no?

Em asintió con la cabeza, sin decir palabra. Era evidente que intentaba mantener una expresión impasible, pero cada vez que Aren mencionaba a Lera, o a Cas, sus rasgos ensombrecían.

Él no entendía el afecto de Em por Cas. No quería entenderlo. De todos modos, nunca volvería a verlo. Al menos eso esperaba Aren. Él no quería volver a ver a un solo habitante de Lera, jamás. Que Cas estuviera lejos era lo mejor, aunque eso entristeciera a Em.

Sintió pinchazos en la piel cuando el viento sopló sobre su nuca. Volteó los ojos al cielo.

Ya lo sé, ya lo sé, se dijo.

El viento no amainó, como convencido de que en realidad nada sabía; como si supiera que Aren no escuchaba las palabras de su madre que se repetían en su cabeza: *La amabilidad que muestres a los demás algún día regresará.*

El viento tenía razón: no estaba escuchando las palabras de su madre. Él toda la vida había sido amable, hasta el momento en que sus padres fueron asesinados y su casa incendiada. Lo que había mejorado la vida era la acción, no la amabilidad.

Volvió a echar un vistazo al rostro sombrío de Em. Habían sido amigos desde que aprendieron a caminar. Por lo general, podían hablar de lo que fuera.

Abrió la boca pero las palabras se quedaron atoradas en su garganta. Siempre se quedaba sin brío cuando más necesitaba hablar.

Llegaron a las cabañas y Olivia salió de una de en medio.

—Son mejores las viejas —dijo—; las nuevas son más pequeñas.

—Deberíamos quedarnos con una de las chicas —dijo Em—. Seremos sólo Aren, tú y yo.

—Está bien —dijo Olivia exhalando ruidosamente. Le guiñó un ojo a Aren como si en realidad no estuviera enojada. Se parecía mucho a Em, con la misma piel aceitunada, el mismo cabello oscuro, pero, irónicamente, en versión más pequeña y frágil.

Un movimiento fugaz llamó su atención y volteó la cabeza bruscamente a la izquierda. Dos hombres salían dificultosamente de la última cabaña. Uno estaba herido y llevaba la pierna izquierda a rastras mientras su amigo lo detenía del brazo. Se alejaron de las minas en dirección a los árboles desnudos del norte.

—Parece que tenemos algunos rezagados —dijo Olivia.

—Déjalos —dijo Em—, apenas pueden caminar.

Olivia apretó los labios.

—¿Ellos nos dejaron ir cuando apenas podíamos caminar? —y señalando a Aren añadió—: ¿Lo dejaron ir después de quemarle la mitad de la piel?

Aren escondió las manos, de pronto plenamente consciente de su estropeada carne. En realidad, no le importaban las cicatrices que cubrían casi por completo la parte superior de su cuerpo (eran un recordatorio de que había sobrevivido al asalto del castillo de Ruina, no obstante los grandes esfuerzos del rey), pero tampoco le gustaba servir de ejemplo de lo mal que podía ponerse la situación.

Se encogió de hombros cuando Olivia lo miró, expectante. Él no había planeado perseguir a esos mineros, francamente. La probabilidad de que consiguieran llegar con vida a Vallos a pie era mínima.

—Supongo que no —dijo Em en voz baja.

—Vamos a platicar un poco con ellos —dijo Olivia volteando hacia Aren—. ¿Vienes?

La miró a los ojos. Tenía el rostro iluminado, quizá porque seguía regocijada con su libertad o quizá porque le encantaba la idea de cazar y matar. No es que a él le importara mucho cuál de las dos opciones fuera la verdadera.

—Por supuesto.

De un brinco, Olivia enganchó su brazo con el de Aren.

—Em, ¿podrán Mariana y tú regresar y hacerles saber a los demás ruinos que podemos mudarnos? Aren y yo empezaremos a limpiar las cabañas después de que nos encarguemos de esos dos.

—Está bien —dijo Em y miró a Aren—. Ten ¿cuidado?

Salió como pregunta. Aren no sabía bien por qué, pero asintió con la cabeza.

Olivia lo jaló del brazo y lo llevó en dirección a los dos hombres.

—Ya tendrían que haberse marchado, francamente —dijo Olivia mientras caminaban—. Si se quedaron tanto tiempo está claro que son demasiado tontos para seguir con vida, de cualquier forma —dijo soltando una risita.

Aren supuso que si los hombres no se habían marchado era porque estaban demasiado débiles para viajar, pero no se tomó la molestia de señalar esa posibilidad. Olivia tenía razón. A los cazadores siempre les tenía sin cuidado si un ruino era lento o si estaba débil o herido. Mataban indiscriminadamente.

Aren pasó por abajo de una rama de árbol y los dos hombres aparecieron ante su vista. Se movían todavía más despacio que antes y el herido miraba hacia atrás. Cuando vio a Aren abrió los ojos muy grandes. Rápidamente dio la vuelta y agachó la cabeza, como si creyera que eso podría salvarlo. Como si Aren no fuera a atacarlo si él no atacaba primero.

—Me alegra que tengamos esta oportunidad; quiero enseñarte algo —Olivia carraspeó y levantó la barbilla para gritar a los hombres—: perdonen...

Los hombres voltearon lentamente. Aren pudo ubicar el momento exacto en que descubrieron las marcas ruinas que ascendían onduladas por el cuello de Olivia. Sus propias marcas ruinas habían desaparecido prácticamente bajo las cicatrices, pero algunas nuevas destacaban sobre su piel morena. El miedo se apoderó de los hombres con tal intensidad que casi podía sentir su corazón acelerándose.

Quizás, en efecto, *podía sentirlo.* Su poder ruino había cambiado desde que pasó tanto tiempo cerca de humanos. A veces era como si pudiera sentir su miedo, su dolor, el alivio cuando los dejaba ir. Para enruinar el cuerpo tenía que concentrarse no sólo en el cuerpo de la otra persona sino en el suyo, y cuando su magia borboteaba era como si fueran uno solo.

—Ya… ya nos vamos —farfulló el más joven.

—Tú —dijo Olivia señalando al mayor—: pareces cansado. ¿Por qué no te sientas?

El hombre se pasó la mano temblorosa por la frente y no obedeció.

—Siéntate —repitió Olivia. Las piernas del hombre se elevaron y él cayó al suelo de golpe con un aullido. Olivia señaló al joven—. Tú, haz favor de quedarte ahí.

A Aren la sensación de hundimiento en la boca del estómago se le acentuó. Podía irse de ahí. Olivia podía hacerlo sin su ayuda.

—Voy a enseñarte cómo usar tu poder sin quedar exhausto —dijo ella.

—No creía que fuera posible —comentó, nuevamente atento.

—Yo puedo hacerlo. No creo que todos los ruinos tengan ese poder, pero estoy segura de que tú sí.

Una chispa de esperanza se filtró por su desasosiego. El agotamiento que lo invadía después de usar la magia era su mayor debilidad. Así era imposible usar su poder en ciertas situaciones.

—Concéntrate en su brazo. No hagas nada todavía —dijo Olivia señalando al joven.

El pánico cruzó fugazmente por el rostro del hombre y se dio la media vuelta, preparándose para escapar.

—No —Olivia volvió a señalarlo y el cuerpo del hombre se sacudió hacia ellos. Quedó como clavado en la tierra. Y, poniendo una mano en su espalda, Olivia dijo a Aren—: adelante.

Se concentró en el brazo del hombre mientras su propio brazo hormigueaba. No es que viera los huesos precisamente, pero sabía dónde estaba cada uno. Los podía partir uno a uno, si quería.

—¿Sientes aquí? —preguntó Olivia pasando los dedos por el brazo derecho de Aren.

—Sí —respondió con un escalofrío.

—Sepáralo.

—¿Cómo? —preguntó él ladeando la cabeza.

—No te permitas ser parte de eso. Esto se trata de él, no de ti. Tú eres más fuerte que él. Él no puede controlarte, no lo dejes. Repite eso en tu cabeza.

Tú no me controlas. Tú no me controlas. Lo repitió una y otra vez.

—No obres hasta que te hayas desprendido. Retira tus emociones; él no las merece.

Algo se quebró en su interior con esas últimas palabras de Olivia. Por supuesto que ese hombre no merecía sus emociones. Tampoco su compasión ni su tristeza, ni siquiera su enojo.

El cuerpo de Aren se enfrío y desapareció el hormigueo del brazo. El mundo a su alrededor quedó en silencio. Todo estaba adormecido.

Todo lo que había sentido el último año... de pronto ya no estaba.

Era mejor así.

Nunca había querido que todo eso regresara. Quería aferrarse a esa sensación para siempre.

—Eso es —pudo escuchar la sonrisa en la voz de Olivia—. Hazlo.

No tuvo que pedirlo dos veces. Aren hizo añicos el brazo del hombre. Un grito resonó en el bosque.

Aren no se sentía distinto. Por lo general, después de hacer eso se sentía débil e inquieto, pero ahora no había agotamiento. De hecho, se sentía incluso *mejor.*

—Otra vez —dijo Olivia—. Lo que quieras.

Aren levantó al hombre por completo y lo arrojó a unos metros de ahí. El sujeto se incorporó trabajosamente y Aren hizo que tropezara. El otro resopló en el momento en que su rostro golpeó el suelo.

—¿Vas a encargarte de eso? —preguntó Olivia señalando el sitio adonde el hombre joven intentaba huir.

Aren ya había roto cuellos antes, pero esa vez resultó tan fácil que casi ni cuenta se dio. A duras penas hizo una seña hacia el hombre y ya estaba en el suelo, con el cuello torcido y el cuerpo flácido.

—¿Sientes como si pudieras con otros cien? —preguntó Olivia.

—Sí —dijo Aren respirando hondo.

Ella agitó la mano hacia el hombre mayor. Aren no tenía claro qué había hecho ella, pero del pecho del hombre brotó sangre que salpicó en la mejilla de Aren.

Olivia sonrió y frotó el pulgar sobre la salpicadura. Se limpió la sangre en los pantalones y después puso las manos en sus mejillas.

—¿Estuvo bien?

Aren rodeó los brazos de Olivia con los dedos y mirándola fijamente a los ojos respondió:

—Sí, muy bien, gracias.

—No tienes por qué agradecer —y giró sobre los talones—. Sabía que podías hacerlo.

Él pestañeó, todavía un poco aturdido. El entumecimiento ya estaba pasando, y algo más invadía su pecho. De repente deseó haberse retirado antes. Deseó no haberla escuchado, no haber matado a esos hombres.

Olivia parecía muy contenta. Seguía con una amplia sonrisa, como si no pudiera ver la súbita molestia de Aren. Él no creía haberla disimulado.

Tal vez a ella sencillamente no le importaba.

Trató de apartarse pero Olivia se paró de puntillas y recargó su frente en la de él.

—Tú y yo seremos un gran equipo, Aren.

SEIS

Cas no regresó al sitio donde había muerto su madre después de que Jovita lo mencionó. Pasó algunos días encerrado en el castillo, asistiendo a reuniones ociosas donde sólo se gritaban unos a otros.

Le gritaban a él, sobre todo, por haberse negado a atacar a los ruinos.

Se retiró a su habitación tras la última reunión, que acabó con Jovita saliendo de ahí dando fuertes pisadas. Danna y la general Amaro la siguieron.

Galo y Violet acompañaron a Cas y cerraron la puerta suavemente. Su habitación no era gran cosa: dos faroles en la pared, una cama pequeña, un escritorio y una silla de madera en el rincón. Violet se sentó en la silla. Galo comenzó a caminar aquí y allá.

—Si Jovita vuelve a insinuar que estás demente, no me haré responsable de mis acciones —dijo Galo.

Cas se dejó caer en la cama dando un fuerte suspiro.

—Si lo dice suficientes veces todo mundo empezará a creerlo.

Ya lo creían. Podía verlo en los ojos de los consejeros, en algunos soldados. No sabía qué hacer al respecto. Insistir en su salud mental sólo empeoraría las cosas. Sólo los dementes tienen que defender su cordura.

Soltó una risita y Galo lo miró, exasperado.

—Reír no será de ayuda —dijo el guardia.

—Nadie en su sano juicio pensará que enloqueció —dijo Violet poniendo los ojos en blanco. Cas había visto esa mirada muchas veces en apenas unos días. Violet no se esforzaba por disimular su desdén hacia Jovita. Eso agradaba a Cas.

—Pero entonces pienso que en esa reunión había muy poca gente en su sano juicio —dijo Cas.

—¡No me digas! —ironizó ella—. Cas, tienes que poner punto final a esas habladurías.

—¿Cómo?

—Echa a Jovita de las reuniones, destituye de sus puestos a algunos de los consejeros. Que hayan servido a tu padre no significa que vayan a ser leales a ti. Eso queda claro.

—Estamos en guerra —dijo Cas—. No estoy seguro de que en este momento sea oportuno provocar esas agitaciones en el liderazgo de Lera.

—Ya es demasiado tarde. Ya hay agitación entre nosotros. Y tratar bien a todos no llevará a ningún lado —dijo Violet.

Galo los miraba, a todas luces admirado.

—Déjame hablar con algunos consejeros. Julieta y Danna no están convencidas de que… —calló de pronto al oír un ruido sordo que resonaba en toda la fortaleza. Era bajo al principio, pero poco a poco se fue haciendo más presente. El ruido venía acompañado de gritos.

Cas se puso en pie de un brinco y salió; Galo y Violet lo siguieron. El sonido venía de afuera de la fortaleza. Bajó las escaleras corriendo y abrió de un tirón la puerta principal. Estaba nublado: el sol completamente oscurecido por un cielo gris.

Había una multitud congregada alrededor de Jovita, que estaba parada arriba de una caja no muy lejos de la puerta principal de la fortaleza. Todos daban fuertes pisadas al unísono y entre el tumulto empezó a alzarse una consigna.

—*¡Muerte a los ruinos! ¡Muerte a los ruinos!*

—¡Más fuerte! —gritó Jovita. Giró la cabeza para mirar a Cas—. ¡Su rey está presente!

—¡MUERTE A LOS RUINOS! ¡MUERTE A LOS RUINOS!

Cas se acercó a Jovita con paso firme, la tomó de la muñeca y la bajó de un tirón.

—¿Qué estás haciendo? —preguntó entre dientes.

—Te estoy mostrando lo que tu pueblo quiere —respondió jalando el brazo para liberarse—. Como rey, se espera que cumplas los deseos de tu gente, no que hagas lo que te plazca.

Cas miró a la muchedumbre. Allí estaban todos los cazadores y también muchos soldados, pero faltaban la mayoría de los guardias del rey; había gran cantidad de soldados en los alrededores, con expresiones de preocupación grabadas en el rostro.

—Esto es lo que quieres tú, no la gente —dijo.

—¿Y cómo llamas a esto? —dijo ella señalando a la multitud con un amplio movimiento del brazo.

—No volveré a discutir sobre esto: no atacaremos a los ruinos —se volteó para dirigirse al gentío—: dispérsense.

—¡Muerte a los ruinos! —gritó Jovita parándose enfrente de Cas. Le hizo una señal con la cabeza a la general Amaro, quien dio unos pasos al frente con expresión adusta.

Unas manos se cerraron alrededor de los brazos de Cas. Al voltear se encontró con dos grandes soldados. Trató de zafarse pero lo sujetaron con fuerza. Oyó un grito ahogado de Violet.

Jovita se volvió para enfrentarlo de nuevo.

—Lo siento, Cas: no podemos tener a un rey demente si estamos en guerra. Necesitas tiempo para descansar y recuperarte, y si no lo haces voluntariamente tendremos que obligarte.

Cas miraba a Jovita y a la general Amaro alternativamente.

—Que no quiera atacar a los ruinos no significa que esté fuera de mis cabales.

—Usted no atiende razones —dijo la general—. Su padre tenía una postura muy firme frente a los ruinos y no es momento de cambiar esa política.

—¡Por mi padre estamos metidos en este lío! Mi madre y él murieron por su odio a los ruinos.

—Tu padre murió por Emelina y tu madre murió por ti —dijo Jovita.

Sus palabras lo cortaron por la mitad y por un momento se preguntó por qué seguía en pie si la mitad de su cuerpo estaba desplomada.

—Date un tiempo para descansar y pensar —dijo Jovita con voz suave—. Puedo gobernar en tu lugar hasta que te sientas mejor, no me importaría hacerlo.

Cas soltó una risa sardónica.

—¡Claro!

Los bordes de los labios de Jovita temblaron, pero consiguió reprimir una sonrisa.

—Escolten al rey Casimir a su habitación, por favor, y cuiden que no salga hasta que se haya recuperado.

Los soldados forcejearon. Cas se retorcía tratando de liberarse.

—Su Majestad, por favor, no arme un escándalo —murmuró uno de los soldados.

Demasiado tarde. Todos alrededor los miraban fijamente. Algunos cazadores sonreían con suficiencia.

Galo hizo ademán de embestirlos, pero Mateo lo detuvo justo a tiempo. Susurró en el oído de Galo algo que transformó su expresión.

Con cara larga y hombros caídos, Cas aceptó que no tenía sentido resistirse. Había demasiados en su contra.

Jovita volvió a subir a la caja.

—Mis soldados reportan haber visto a numerosos ruinos camino a su reino. Nuestra primera orden del día es eliminar a todos los que podamos. Necesitamos sofocar la alianza entre los ruinos y los guerreros.

Los soldados subieron a Cas a rastras por los escalones de la fortaleza; mientras tanto, la multitud los ovacionaba.

—Sólo enviaré a la mitad —continuó Jovita— porque aquí necesitamos quien proteja la fortaleza. Irán los de mayor rango. Matarán a todos los ruinos sin hacer preguntas.

Cuando Cas entró a la fortaleza escuchó más ovaciones. Se fueron acallando cuando la puerta se cerró detrás de él.

—¡MUERTE A LOS RUINOS!

SIETE

Olivia salió de la habitación y caminó sin hacer ruido para no despertar a Em, que seguía acurrucada en su cama bajo las cobijas.

El sol empezaba a colarse por las ventanas hacia la sala cubierta de polvo. Era una cabaña pequeña y lamentable. El sofá había estado ahí probablemente por tres generaciones. Ante la mesa de la cocina sólo podían sentarse dos personas, y de una buena patada habría quedado deshecha de una vez por todas. Dejó salir un suspiro de irritación cuando abrió la puerta de entrada.

Aren estaba esperándola a unos pasos del cobertizo. Tenía una espada a la cadera, a diferencia de ella, que no se había tomado la molestia de llevar un arma; no hacía falta.

Olivia se acercó y él la saludó con la cabeza. La zona alrededor de las cabañas estaba casi completamente desierta, salvo por Ivanna, quien se encontraba de rodillas en una parcela amarilla no muy lejos de ahí. Presionaba el suelo con las manos, tenía los ojos cerrados y sus labios se movían en una silenciosa plegaria.

—Vamos —dijo Olivia y empezó a caminar. El día anterior había despachado a algunos cazadores pero todavía tenía que revisar la zona sur.

Ivanna abrió los ojos y vio a Aren y Olivia pasar a su lado.

—¿Adónde van?

—A cazar —dijo Olivia.

Un gesto de desaprobación cruzó fugazmente por el rostro de Ivanna, pero guardó silencio. Mientras se marchaban, Olivia la miró por encima del hombro.

—Malagradecida —refunfuñó.

—¿Qué? —preguntó Aren.

—Es una malagradecida. Nos estamos encargando de que todo mundo esté a salvo y ella se la pasa quejándose.

—No dijo nada.

—Lo veo en sus ojos.

—Ivanna no cree que debamos salir a buscar problemas.

—¿Y qué, entonces debemos esperar a que éstos lleguen? ¿Con lo bien que eso nos ha funcionado antes?

Aren levantó las manos en señal de rendición.

—No estoy diciendo que esté de acuerdo con ella.

Olivia aceleró el paso en un intento de dejar su enojo atrás, pero la siguió mientras se dirigían al sur. Los ruinos no la respetaban porque todavía no hacía algo grandioso. No era más que una inepta heredera de una gran reina, que además vivía en una lastimosa cabañita. Ni siquiera podía dar a su gente un buen lugar donde vivir o suficiente comida. No era de extrañar que Ivanna la mirara con desdén.

Súbitamente, Aren extendió el brazo e hizo que Olivia se detuviera. Señaló hacia adelante.

Los árboles a su alrededor eran escasos y tenían poco follaje, así que fácilmente pudo ver a los cinco hombres que caminaban frente a ellos. Tenían la ropa mojada y pegada al cuerpo.

—Cazadores —dijo Aren en voz baja.

—¿Cómo lo sabes?

—Por los prendedores azules.

Olivia entrecerró los ojos para ver mejor. Cada uno de los hombres portaba varios prendedores en la chaqueta.

—Los cazadores merecen morir —sonó casi como si Aren estuviera tratando de convencerse a sí mismo. O a Olivia. Por supuesto, ella no necesitaba que alguien la convenciera.

—¿Vamos a caminar a Vallos? —gimió un joven pelirrojo que temblaba de frío.

—A menos que tengas una mejor idea —dijo un hombre de barba poblada—. O puedes ir al océano a pescar los restos del barco si quieres.

El pelirrojo rezongó algo que Olivia no entendió. Sentía la magia sacudiéndose en su cuerpo, rogando por ser liberada.

—¿Tienes alguna preferencia? —susurró Olivia.

—No —respondió Aren.

—Yo quiero al de la barba —dijo casi gritando. Le recordaba al rey de Lera.

Las cabezas de todos los cazadores voltearon hacia ella chasqueando al unísono.

Uno llevaba arco y flecha y corrió a esconderse detrás de un árbol, desde donde apuntó. Olivia rio. La cabeza del hombre cayó al suelo con un golpe seco.

Aren tenía a los otros, así que ella se dirigió al de la barba a grandes zancadas. Lo quería en el suelo y, en medio segundo, allí lo tuvo. Olivia se sentó en las piernas del hombre.

—Conque cinco prendedores —dijo arrancándole uno—. Mi hermana me habló de éstos. ¿Mataste a cincuenta ruinos y estás orgulloso de eso?

Él sacudió la cabeza, desesperado.

—Probablemente yo también he matado a esa cantidad de gente, pero no me ves alardeando —ladeó la cabeza—. Aunque lo que acabo de hacer fue alardear, ¿cierto? —abrió la chaqueta del hombre de un tirón y clavó el prendedor en su pecho, atravesando la camisa y la carne. Él aulló.

—No exageres, ni que hubiera dolido tanto. Tendrías que haber visto el tamaño de las agujas que tu rey usó conmigo —arrancó otro prendedor y se lo metió en el pecho, junto al otro. Lo mismo hizo con los otros tres. Cuando terminó, el hombre estaba gimoteando y llorando.

—Aren, pásame los demás prendedores. Tiene mucho espacio donde ponerlos —dijo dando palmaditas en el estómago del cazador.

No hubo respuesta. Cuando volteó vio a Aren recargado en un árbol, pestañeando. Parecía como si le hubieran dado un golpe en la cabeza.

—¡Aren! —gritó Olivia.

Volteó a verla y sus ojos se aclararon.

—¡Dame sus prendedores! —dijo señalando a los cazadores muertos.

—¿Es normal...? —preguntó arrugando la cara—. ¿Es normal que me sienta así?

—¿Así cómo?

—Aturdido. ¿Es por el desprendimiento?

—Sí. Con el tiempo mejora.

Lentamente se incorporó y sacudió la tierra de sus pantalones. Se apartó de ahí.

—¡Aren! ¡Los prendedores!

—Mátalo y ya —dijo sin voltear. El cazador comenzó a lloriquear.

Olivia soltó un suspiro largo y exagerado. Era una pena que su madre ya no estuviera: ella sabía apreciar la tortura más que nadie; entendía su valor.

Se quitó de encima del cazador. Él gimoteó e intentó escabullirse moviendo los pies con dificultad. Olivia le partió el cuello.

—Iba a ponerle en el pecho una carita sonriente con los prendedores —se quejó.

Aren se detuvo y la miró; una expresión de miedo atravesaba su rostro. El segundo más poderoso entre los ruinos, el muchacho que había matado a más cazadores en Ruina, le temía. Quizás así era como se ganaba la lealtad, quizás así salvaría a todos: con miedo.

Olivia sonrió.

Em abrió los ojos y enseguida se rodó para revisar la otra cama. Vacía. Era la de Olivia; había estado vacía todas las mañanas desde hacía una semana, cuando se mudaron a las cabañas.

Em retiró sus cobijas, se incorporó y caminó hacia la ventanita junto a su cama. Afuera, algunos ruinos estaban encendiendo una fogata en la fosa, no lejos de las cabañas. El sol acababa de salir y eran los únicos que ya estaban en pie y activos. La zona frente a las cabañas era casi sólo tierra y hierba amarilla. El día volvió a ponerse gris y por unos momentos Em pensó en Lera: los cielos azules, el océano centelleante, el pan de queso, las ropas coloridas.

Permitió que la imagen de Cas cobrara forma en su memoria, sonriente mientras le ofrecía el pan de queso. Si él estuviera allí ella podría meterse con él abajo de las cobijas y dormir todo el día. El clima de Ruina no sería tan malo si pudiera pasar el día con él en cama.

Se vistió y salió de su habitación, todavía pensando en Cas. Del otro lado del pasillo la puerta de Aren estaba entreabierta, y su cama vacía.

La puerta principal se abrió y comenzaron a escucharse risas. Em salió y se topó con Olivia y Aren, que iban entrando. Las mejillas de Olivia estaban rosadas por el frío de la mañana. Saludó a su hermana con la mano, llena de entusiasmo.

—¿Qué hacían ustedes dos? —preguntó Em con un tono de recelo en la voz que no supo disimular. Olivia sólo se veía así de contenta cuando asesinaba.

—Fuimos un poco al sur para explorar la zona —dijo Aren encogiéndose de hombros y quitándose el abrigo sin ver a Em a los ojos.

—Qué bueno que lo hicimos. Uno de los barcos de Lera tuvo un problema y regresó. Había un montón de cazadores a bordo —dijo Olivia.

Em tenía miedo de preguntar.

—Ya están muertos —dijo Aren.

Ella asintió con la cabeza; probablemente era lo mejor. No estaban a salvo con cazadores en las cercanías.

Sin embargo, la expresión de alegría en el rostro de Olivia la incomodaba.

Aren caminó a la cocina con paso ligero y natural.

—¿No estás exhausto después de haber usado tu magia? —preguntó Em.

—Le enseñé a usar su magia ruina sin la participación de su cuerpo... —dijo Olivia—. Estamos enseñando también a otros ruinos. No todos pueden hacerlo, pero los más poderosos sí.

Aren sirvió agua del cántaro en una taza.

—Estaremos mucho más seguros si podemos usar nuestros poderes sin agotar nuestros cuerpos. Los mejores...

Un grito que venía de afuera cortó sus palabras. Em fue al rincón, tomó su espada y salió a toda velocidad. Los ruinos salieron corriendo de sus cabañas, todos con la atención puesta en el mismo lugar: alrededor de veinte jinetes se dirigían hacia ellos procedentes del norte, el primero de ellos ondeaba una bandera roja y blanco. Guerreros de Olso.

—Mantente detrás de mí —dijo Olivia a Em y salió corriendo.

—No ataques —gritó Em siguiendo a su hermana—, ¡son nuestros aliados!

Los caballos se detuvieron, levantando nubes de polvo a su alrededor. Olivia se irguió con bravura y extendió un brazo para proteger a Em. Tragó saliva y las marcas ruinas de su cuello se movieron. Era evidente que no creía que los guerreros fueran sus aliados.

Había diecinueve caballos en total, cada uno con un jinete vestido de negro. Los brazos se levantaron en señal de rendición. La guerrera con la bandera bajó de su montura de un brinco y se dirigió a ellos, también con los brazos levantados. Em entrecerró los ojos y dio un paso adelante.

—Es Iria —dijo Aren, detrás de ella.

Em guardó la espada en el cinturón y empezó a caminar hacia Iria, pero Olivia la tomó del brazo.

—Está bien —dijo Em liberándose con una suave sacudida—, sólo es Iria.

Olivia no parecía convencida pero no protestó cuando Em siguió su camino.

Iria bajó los brazos mientras se acercaba a Em.

—Emelina —la saludó, con media sonrisa curvando sus labios.

—Iria —Em se detuvo frente a la guerrera, que lucía demacrada, con el cabello negro ondulado recogido en un moño desarreglado. Exhibía unas grandes y vistosas ojeras. Todo indicaba que en cuanto había llegado de Lera a su hogar, en Olso, había tenido que dar la media vuelta y partir a Ruina en dirección al sur.

—Disculpen que llegue sin haberme anunciado —dijo Iria—. No sabíamos de qué otro modo acercarnos a ustedes.

—Mientras no saquen las armas, todo está bien.

—No vinimos a pelear —dijo Iria—. Vinimos a hablar con su reina —y al decir esto se volvió hacia Olivia.

—Estás hablando con una de ellas —aclaró Em.

Iria parpadeó.

—¿Qué?

Em se encogió de hombros desplegando una sonrisa. Seguía siendo una sonrisa de incredulidad.

—Olivia y yo gobernamos Ruina juntas, como iguales. Yo soy una de sus reinas.

La expresión de Iria era reflejo de la incredulidad de Em.

—¡Ah, qué bien!

—Sí.

—¿Olivia querrá venir? —preguntó Iria—. Así las presento a las dos.

—¿Presentarnos con quién?

Iria se giró sin responder. Caminó hacia uno de los guerreros a caballo y le extendió la mano. El jinete bajó del caballo sin tomarla.

Em miró hacia atrás y le hizo una señal a su hermana para que fuera con ella. El ceño de Olivia se tensó todavía más, pero avanzó y se detuvo junto a Em.

El hombre que había desmontado caminó hacia ellas a grandes zancadas. Era muy alto y junto a Iria lucía imponente. Ella prácticamente tenía que correr para seguirle el paso. Sus pantalones negros estaban cubiertos de polvo y sus ojeras hacían juego con las de Iria, pero el rostro era franco y amistoso.

—Te presento a Emelina y Olivia Flores, reinas de los ruinos —dijo Iria—. Quiero que conozcan a August Santana, príncipe de Olso.

Em lo miró con suspicacia. ¿Qué hacía en ruina el príncipe más joven de Olso?

—¿Reinas? —preguntó August con una amplia sonrisa—. Eso es inusual. Me gusta —inclinó la cabeza dándose un golpecito en el pecho: la manera tradicional de saludar a un miembro de la realeza ruina. Em permaneció unos momentos sin saber qué hacer, estupefacta ante la muestra de respeto.

Se recuperó y rápidamente entrelazó los dedos, se los puso debajo de la barbilla e hizo una gran reverencia. Su madre le había enseñado la manera apropiada de saludar a la familia real de Olso. Le dedicó un rápido agradecimiento a la Em del pasado por haber prestado atención. Olivia permaneció rígida.

—¿También a mí me da gusto conocerlo? —dijo Em, sin poder evitar que su frase sonara a pregunta.

August parecía contento con la confusión. Su piel era más clara que la de ellas y su cabello, dorado. Era de complexión ancha y musculosa; probablemente doblaba a Em en tamaño. Por lo general, cuando ella se enfrentaba a un hombre así, mantenía una mano cerca de la espada; sin embargo, su expresión era tan relajada y amistosa que no lo creyó necesario.

Eso hizo que quisiera tomar su espada todavía con más intensidad. Estaban tan cerca uno de otro que ella podía tomar el arma y tenerla en el pecho de él en menos de cinco segundos.

Resistió el impulso y devolvió la sonrisa.

—Esto es inesperado.

—Cuando rechazaron la invitación del rey para visitar Olso, mi hermano pensó que lo mejor sería venir por ustedes —dijo él soltando una risita.

—Estábamos ansiosas por llegar a casa —respondió Em.

—Entiendo. Vine a hablar de nuestra alianza. ¿Están dispuestas a comenzar esa discusión?

—Desde luego.

August miró a Olivia como si esperara que también dijera algo, pero ella permaneció en silencio.

August carraspeó.

—¿Está bien si acampamos por allá?

—Sí —Em volteó, dedicó un gesto a Mariana para que se les uniera y agregó—: Mariana se encarga de nuestras relaciones con extranjeros. Ella les ayudará a instalarse.

Mariana asintió con la cabeza y saludó a August.

—¿Puedes darle una de las cabañas al príncipe August, por favor? —pidió Em.

—No hace falta —dijo él—. Estaré perfectamente a gusto en mi tienda.

—Por favor —dijo Em—. No es gran cosa, pero será más cómoda que el suelo.

—Si es así, gracias —dijo August, y con una amplia sonrisa añadió—: estoy deseoso de que podamos charlar un poco más.

August dio la media vuelta y caminó hacia los otros guerreros.

—Si están aquí es porque quieren algo, Em —dijo Olivia en voz baja.

Por supuesto que querían algo. El acuerdo que ella tenía con el rey Lucio supuestamente iba a terminar después de que Olso invadiese Lera, pero ella no era tan ingenua para creer que eso en verdad ocurriría. Deseaban acceso a las minas, ayuda militar o algo peor. Algo que Em no estaría dispuesta a dar.

—Lo sé.

OCHO

Cas oyó que se abría la puerta, pero no se molestó en voltear. Sabía que era el soldado que le llevaba la comida dos veces al día. Habían pasado cinco soles desde que Jovita lo había encerrado en su habitación y desde entonces nadie, salvo ese soldado, había entrado.

Se cerró la puerta y el chasquido de la cerradura resonó en el silencio. Cas rodó en la cama y jaló las cobijas hasta su barbilla. La charola del desayuno estaba en el suelo cerca de la puerta. La miró unos momentos, preguntándose si levantarse no sería demasiado esfuerzo.

El primer día, había aporreado la puerta y pedido a gritos que alguien lo dejara salir. Desesperadamente había intentado quitar la manija, nada funcionó.

El segundo día había pedido hablar con Jovita. Ella nunca llegó.

Al tercer día se había rendido.

Se incorporó con un suspiro y su estómago protestó con un espasmo. Para colmo, todo indicaba que estaba enfermo. Quizás era una enfermedad mortal. Eso facilitaría muchísimo las cosas a Jovita.

Cruzó la habitación arrastrando los pies y riendo débilmente para sus adentros. Había pan, un trozo de carne y un pequeño tazón de sopa. Se sentó en el suelo y tomó el tazón de sopa. Era dulce y espesa, su parte favorita de todas las comidas.

La sopa calentó su estómago. Cuando la terminó, ya no sintió apetito para seguir con la carne y el pan. Volvió a meterse bajo las sábanas. Concentró sus pensamientos en Em, con la esperanza de soñar con ella. A veces imaginaba que huiría con ella y dejaría atrás este horrible lugar que alguna vez fuera su hogar. Quizás ahora estaría en Ruina, despertando a su lado, ayudándola a preparar el desayuno, volviéndose a meter con ella a la cama y olvidándose del mundo todo el tiempo que fuera posible. Los ojos se le fueron cerrando.

—Cas.

El sonido de su nombre lo despertó con una sacudida. Cas rodó para ver a Galo parado en la puerta con la charola de la cena en la mano. Pensaba que se había quedado dormido hacía unos segundos, pero debieron pasar algunas horas si la cena había llegado. Hizo un esfuerzo para sentarse. Sintió cómo el alivio recorría su cuerpo al ver a su amigo.

—Me preocupaba que estuvieras muerto o que te hubieran enviado a otro lugar —dijo Cas.

Galo estudió su rostro.

—Luces fatal. ¿Por qué no estás comiendo? —dijo señalando la charola del desayuno, con la carne y el pan intactos junto al tazón de sopa vacío.

—Comí un poco. No me he sentido bien.

Galo colocó la charola en la cómoda y dio unas zancadas hacia Cas. Puso la mano sobre su frente.

—No tienes fiebre.

—Entonces quizá sólo sea mi desgracia —dijo riendo. A Galo no le pareció divertido.

—Lo siento —dijo Galo—. Habría venido antes pero Jovita no deja que nadie se acerque a tu habitación. Como ahora no está…

—¿Adónde se fue? —interrumpió Cas.

—A Ruina —dijo Galo tranquilamente.

—No —dijo con voz ahogada.

—Se rumora que los ruinos acamparon cerca de las minas. Jovita llevó un ejército para atacarlos.

—¿Los guerreros están con los ruinos?

—No sabemos.

—Desde de que se fueron de aquí, ¿los ruinos han atacado?

—Ni una vez.

—Ella les dará una razón para hacerlo…

Se alcanzó a oír una voz desde el pasillo y Galo volteó para echar una mirada a la puerta.

—No debo quedarme mucho tiempo. Mateo está de guardia, por eso conseguí entrar a hurtadillas. Quería que supieras que estoy trabajando en un plan para sacarte de aquí.

Cas se dejó caer de espaldas.

—No te molestes.

—Cas…

—¿Adónde iría? —preguntó soltando una risa falsa—. ¿Al norte, a mi casa? Los guerreros la tomaron y quieren matarme. ¿Al sur, hacia Vallos, adonde supongo que huyeron los que son leales a Jovita? —una fugaz mirada a Galo le confirmó que estaba en lo cierto—. ¿Al oeste, a Ruina? Estoy seguro de que los ruinos estarían encantados de recibirme, teniendo en cuenta que mi padre intentó exterminarlos.

—Podemos encontrar un lugar —dijo Galo—. No todo mundo es leal a Jovita. Sólo tenemos que unirlos y armar un plan.

—No tiene sentido. De todas formas, ya no me queda un reino que gobernar.

—¡Por supuesto que sí! La guardia y el personal casi en su totalidad están listos para un levantamiento. La única gente que cree que no eres apto para gobernar son los idiotas que en este momento están marchando a Ruina. He estado hablando con Violet y dice que el sur te apoyaría.

Cas se encogió de hombros. ¿Apoyarlo en qué?

Quizá Lera merecía arder en llamas. Em una vez le dijo que Lera estaba construida "a costa de la gente a la que han asesinado". No se equivocaba. Quizá Lera era un ensangrentado navío en naufragio y era hora de que él lo abandonara.

—Veamos el lado bueno —dijo Cas—: al menos Jovita no me asesinó.

—¿Eso es un lado bueno?

Galo empezó a caminar, casi correr, hacia la silla del escritorio.

—Tenemos suficiente gente para derrocarlos. Podemos…

—No, no podemos —interrumpió Cas—. Jovita tiene de su lado a todos los cazadores y a un buen número de soldados.

Galo lo miró con expresión afligida, pues sabía que era cierto.

—Si peleamos, ella ganará, y probablemente los ejecutará a todos ustedes por traición.

—¿Entonces que vamos a hacer? —Galo alzó las manos—. ¿Vas a permitir que asuma el trono?

—Quizás ella lo desea más que yo.

—¿Dejarás que Jovita te despoje de tu reino, que asesine a los ruinos y te mantenga encerrado como un animal?

—Eso parece.

Galo gruñó, tomó de la cómoda la charola de la cena y la colocó bruscamente sobre la mesita de noche. Algunos frijoles rebotaron de un tazón.

—Por lo menos come algo. Tienes muy mala cara. Y sin fuerza no podrás pelear.

—Bien. Pelear es agotador.

—Intentaré volver mañana. Si no has comido, te alimentaré por la fuerza.

Galo salió dando un portazo.

NUEVE

Desde los escalones del cobertizo de su cabaña, Aren observaba a dos guerreros levantar una tienda de campaña. El viento soplaba fuerte y les estaba costando trabajo impedir que la tienda se moviera mientras clavaban los postes en la tierra. Podría haber ofrecido ayuda o conseguir a un ruino elemental que desviara las ráfagas, pero ese día no se sentía especialmente caritativo. Ningún día, en realidad.

Jovencito, los ancestros no te bendijeron con ese don para que te lo guardaras. La voz de su madre sonó con claridad en sus oídos. Estaba casi seguro de que nunca le había dicho exactamente eso, pero no importaba. Su voz siempre estaba en su cabeza, incluso cuando él no la quería ahí.

—Mi don no sirve para armar una tienda de campaña —refunfuñó en voz alta. Imaginó la mirada de desaprobación que habría recibido por esa afirmación.

—¿Qué dijiste?

Aren se sobresaltó. Iria se encontraba frente a él. Él podía jurar que esa joven no tocaba el suelo al caminar. Siempre se aparecía así, de repente.

—¿Qué? Nada —dijo rápidamente—. Hola, Iria.

Ella sonrió.

—Hola, Aren.

Parecía exhausta, a consecuencia del programa brutal que se habían impuesto para llegar a Ruina lo más pronto posible. De todos modos, tenía esa belleza que la ropa sucia y un par de ojeras no podían ocultar.

—Me alegra ver que lo lograste —dijo descendiendo para sentarse junto a Aren en el escalón. Su hombro rozó el de él.

—Los busqué a Em y a ti tras la batalla en el Fuerte Victorra.

—Nos fuimos enseguida, por riesgo a represalias: Olivia mató a la reina.

Eso no era del todo cierto. No había posibilidad de represalias, no después de que Olivia matara a la reina de Lera. Él no había visto a Olivia hacerlo (estaba herido, tirado en el suelo, cerca de ahí), pero había oído la respiración atemorizada de Cas y los llantos sofocados. Ese sonido se parecía tanto a los gritos de Aren la noche que murieron sus padres que se puso las manos en las orejas para intentar ignorarlo. De nada había servido.

—Sabes que no habría hecho este viaje si los guerreros trajeran algo malo entre manos, ¿cierto? —preguntó Iria. Su expresión era seria y estaba tratando de verlo a los ojos; él se resistía.

—Lo sé. No imagino que me hubieras mantenido con vida en la selva sólo para venir aquí a matarme.

Cuando mencionó la selva, algo titiló en el rostro de Iria. A él de pronto el corazón empezó a latirle con fuerza y se frotó la nuca tratando de ignorarlo.

—Qué lindo hogar montaste aquí —dijo Iria tras un silencio incómodo. Aren sólo se encogió de hombros. No era un hogar, y de ninguna manera era lindo.

—Trajimos comida —prosiguió Iria—. ¿Te dijo Em? Muchos frijoles y algo de carne seca.

—Lo supe, gracias —se puso en pie y luego deseó no haberlo hecho. Extrañó la tibieza de ella a su lado—. Dime si tienen algún problema. Manténganse alejados de los ruinos, sobre todo de Olivia.

Iria se levantó.

—¿Cómo está ella?

—Adaptándose. Y enojada, desde luego. Estuvo un año en cautiverio y salió para descubrir que noventa por ciento de los ruinos habían sido asesinados. Rara vez está de ánimo caritativo.

—Entiendo.

Era imposible que entendiera, pero Aren no lo señaló. En cambio, dijo:

—Aquí estás a salvo —aunque en realidad no podía garantizarlo.

Iria le sonrió. Arrugaba un poco la nariz cuando sonreía, con lo que la atención se centraba en sus pecas.

—Gracias, Aren.

Él rápidamente dio la media vuelta y entró en la cabaña. Olivia estaba junto a la ventana, deteniendo la cortina mientras miraba hacia afuera a hurtadillas.

—Conozco a esa chica —dijo Olivia—. Solía venir al castillo cuando yo era más joven.

—Iria. Estuvo con nosotros en Lera.

—Eso, Em lo mencionó.

Olivia vio cómo Iria se alejaba.

—¿Confías en ellos, en los guerreros?

—Claro que no —y tras una pausa añadió—: confío en Iria.

Olivia levantó una ceja. No era un gesto aprobatorio.

—Bueno, casi… —añadió enseguida—. Es que… en la selva, cuando los guerreros me capturaron, ella ofreció dejarme ir.

—¿Ella qué?

"Quitaré esa venda de tus ojos." También las palabras que Iria había pronunciado unas semanas atrás sonaban en sus oídos. Estaban en la selva, la noche siguiente a que los guerreros apresaran a Em y a él, y que Cas escapara. Él tenía una venda en los ojos y los brazos atados frente a él cuando esa voz dulce susurró en su oído.

—Ofreció soltarme… —dijo mientras el calor subía por su cuello. El recuerdo de Iria tirando de la venda para quitársela tomó forma en su cabeza… La manera como él parpadeó en la oscuridad para toparse con ella tan cerca que su narices casi se tocaban.

—Y… ¿qué? ¿Te quedaste de todas formas? ¿No llegaste a la fortaleza con los guerreros?

—No acepté su ofrecimiento —dijo—. Podrían haberla acusado de traición. Ella me aseguró que los guerreros no me matarían, así que me quedé. Era mejor tenerlos vigilados.

—Supongo —dijo Olivia escéptica.

Aren se volteó, temeroso de que ella viera las emociones que surcaban su rostro. El recuerdo de esa noche ardía con tal claridad en su mente que era difícil mantener una expresión neutral.

"No seas tonta", dijo él aquella vez después de que Iria le quitara la venda, con un rastro de humor en la voz, "podría matarte".

"No vas a matarme." Lo afirmó con tal seguridad que Aren se sintió insultado. Todavía recordaba la risa tranquila que siguió, como si fuera la cosa más ridícula que ella hubiera escuchado jamás. Antes de eso, él no había conocido a un solo humano que no le temiera.

Declinó su ofrecimiento; ella volvió a colocarle la venda y se acomodó junto a él. A la mañana siguiente, Aren despertó con la cabeza en su hombro y los otros soldados se rieron de él. Ella apretó su mano discretamente y se fue de su lado.

—Su primera lealtad es con los guerreros —dijo Olivia con firmeza—. Siempre lo será.

Aren asintió con la cabeza. No tenía sentido discutir con ella ni intentar explicar que una guerrera tenía en verdad buenas intenciones, que Iria había ofrecido cometer traición por él.

Quizás era un estúpido, o demasiado optimista, o estaba distraído por la manera como se le arrugaba la nariz cuando sonreía.

Pero Aren estaba casi seguro de que la lealtad de Iria estaba con él, no con sus compañeros guerreros.

DIEZ

El aire estaba cargado de risas y música. Em se detuvo en el cobertizo de su cabaña y buscó de dónde venía el ruido. Los guerreros habían encendido una gran fogata frente a sus tiendas. Una muchedumbre rodeaba a un hombre con una guitarra, sentado en una roca.

Em echó un vistazo a las cabañas a su alrededor. Había algunos ruinos observando desde sus ventanas pero ninguno se unió a los guerreros.

Em abrió la puerta y asomó la cabeza adentro de la cabaña. Aren y Olivia estaban sentados a la mesa de la cocina.

—Voy a saludar a los guerreros. ¿Quieren venir?

Aren se levantó enseguida, pero Olivia sacudió la cabeza.

Em saltó del cobertizo y caminó hacia la hoguera; por unos momentos, su mirada se posó en Aren.

Iria extendió la mano a Em:

—El príncipe August te estaba buscando, pero baila primero conmigo.

—¿Bailar contigo?

—Anda —dijo Iria—, es la tradición.

—¿Lo es?

—Bueno, bailamos juntas en Lera, así que yo digo que lo es —Iria la tomó del antebrazo y la jaló a la improvisada pista de baile. Luego alzó un brazo e hizo girar a Em.

—Siempre tienes que dirigir —reclamó Em torciendo la boca.

—Bueno, soy mejor bailarina que tú.

Em habría discutido si no fuera cierto. Se oyeron carcajadas detrás de ella; se giró y vio a Aren hablando con un guerrero al que ella no conocía. Luego volteó de nuevo con Iria:

—Aren me contó lo que pasó en la selva. Gracias.

—Ni lo menciones —Iria vio a Em a los ojos—. En serio: no le digas a nadie.

—Por supuesto. Sé cuánto te arriesgaste. Y lo agradezco.

Iria asintió con la cabeza mirando con atención algo a espaldas de Em.

—Su majestad —dijo una voz profunda.

Em volteó. Allí estaba August, parado junto a ellas. Em se alejó de Iria.

El príncipe vestía ropa limpia; sus pantalones negros y la túnica gris estaban apenas un poco arrugados. Se había quitado el abrigo. Em hizo una rápida inspección de su cuerpo. No había armas a la vista. La ropa estaba algo ajustada, así que la única posibilidad era un cuchillo en la bota.

—¿Me permite hablar unos momentos con su hermana y con usted? —pidió.

—Claro. Estaba en nuestra cabaña la última vez que la vi.

August hizo un amplio gesto con el brazo para que Em fuera delante. Ella le dedicó una breve sonrisa a Iria antes de dirigirse con él a la cabaña.

La sala estaba vacía cuando entró Em, así que dejó solo a August y caminó por el pasillo hasta la habitación que compartía con Olivia. La puerta estaba abierta y su hermana estaba sentada en la orilla de la cama con el ceño fruncido y un mapa en las manos.

—¿Invitaste a un humano? —preguntó sin mirar a Em.

—Es el príncipe August. Quiere hablar con nosotras.

Olivia dobló el mapa y lo arrojó al escritorio.

—¿Tengo que estar presente?

— Pidió expresamente hablar con las dos.

—De lo que se trata esta diarquía es justamente de que tú lidies con todos los asuntos aburridos.

—Creí que se trataba de que tú pensabas que sería una buena gobernante —dijo Em pateándole la pierna.

Olivia la pateó en respuesta y agregó:

—Supongo que también eso.

—Por lo menos escucha lo que tenga que decirnos.

Olivia se levantó de la cama con un largo suspiro.

—Bien.

—Y no te precipites. Escucharemos y cuando se haya ido, lo discutiremos —susurró Em.

—Bieeeeeen —alargando la palabra, Olivia empujó a Em hacia la puerta.

Caminaron de regreso a la sala; August seguía parado cerca de la puerta. Saludó a Olivia con la cabeza.

—Gracias por acceder a recibirme, sus majestades —dijo.

—Puedes decirme Em —dijo.

—Puede decirme su majestad —dijo Olivia.

Em hizo una mueca, preocupada de que August pudiera sentirse insultado. Pero no: sus labios se curvaron como si estuviera tratando de contener la risa. Em clavó el codo a su hermana en las costillas.

—Puedes decirme Olivia —refunfuñó.

—Maravilloso. Ustedes pueden decirme August. Todos me llaman así.

—¿Quieres algo de beber? Sólo tenemos agua —dijo Em señalando una jarra sobre la mesa.

—No, gracias, estoy bien.

—Siéntate —dijo Em.

La sala consistía en un sofá y tres sillas, dos en condiciones dudosas. August se sentó en una gris deteriorada; cuando se acomodó, el mueble crujió. Em se sentó en el sofá junto a Olivia, frente a él.

—Después de ver este lugar, tengo que reconocer que me sorprende que hayan declinado la invitación de mi hermano para visitarnos en Olso. Las habría instalado en el castillo.

—Nos gusta Ruina —dijo Olivia. Em notó el nudo en la voz de su hermana. A ninguna le gustaba tanto Ruina, mucho menos después de haber visto Lera, pero era su hogar.

—Por supuesto, pero nos habría alegrado mucho recibirlas durante la reconstrucción de su castillo.

—Por ahora es mejor que estemos juntos —explicó Em—. Los ruinos necesitan un gobierno aquí, no reinas que descansen en Olso.

—*Descansen* —repitió August con una risita—. Parece justo.

—¿Viniste a tratar de convencernos de que vayamos contigo a Olso? Si es así, pierdes el tiempo —dijo Olivia señalando la puerta con una oscilación del brazo—. Para el caso, mejor regresa.

—No —dijo él—. Mi hermano me pidió que les dijera que pueden ir a Olso cuando quieran y esperamos que pronto nos visiten, pero entiendo que ahora no es buen momento.

—*Tú* entiendes —dijo Olivia inclinándose hacia adelante en la silla—, pero seamos honestos: tu hermano es el rey.

Tienes dos hermanos mayores delante de ti en la línea de sucesión al trono. ¿Por qué enviaron al menos importante de los herederos?

—Quiero creer que soy un poco más importante que algunos de mis primos.

—¿Tienes algún poder real? —preguntó Olivia—. Si hacemos tratos contigo, ¿los cumplirá el rey? ¿O nos estás haciendo perder el tiempo?

August esbozó un gesto de irritación.

—Estoy autorizado para hacer ciertos tratos —lo dijo con el resentimiento de ser el heredero menos importante. Em contuvo la risa. Olivia parecía satisfecha de haberlo disgustado.

El príncipe logró recomponer una sonrisa, aunque falsa.

—Hay cosas que no puedo hacer, pero si alguna de ésas surge, se lo haré saber. Me enviaron con un propósito específico.

—¿Cuál? —preguntó Em.

—Mi hermano quiere fortalecer la alianza entre Olso y Ruina.

—¿Fortalecerla, cómo? —preguntó Olivia.

—Me envió a casarme con la reina ruina.

El silencio se abatió sobre la cabaña. Em quedó petrificada.

—Claro que esperábamos que sólo hubiera una, pero ya que son dos…

Sus labios se curvaron de un lado.

¿Casarse? *¿Casarse?* El rostro de Cas le cruzó a Em por la mente.

Con un resoplido, Olivia dijo:

—No cuenten conmigo.

—¡Olivia! —exclamó Em.

—¿Qué? Yo no pienso hacerlo.

—Observarás que no pedí casarme *contigo* —dijo August con desdén.

—Menos mal —respondió Olivia, y volteando hacia Em dijo—, suena a que te prefiere.

Em se aferró a los brazos de su silla y observó la puerta. ¿Sería extraño si saliera corriendo de ahí?

No podía casarse con August. Era guapo, claro que sí, pero su sonrisa muchas veces parecía forzada e ignoraba todo de él. De algún modo seguía esperando que hiciera algo espantoso.

Había sido más fácil casarse con Cas, a pesar de que en aquel momento lo odiaba. Al menos se había sentido en control de la situación. Esto era inesperado.

—¿Estás dispuesta a tener esta conversación? —preguntó August.

No. Ella no había contemplado siquiera su siguiente matrimonio. Para una reina se daba por sentado que la unión tendría que ver más con política que con amor, pero pensaba que para eso aún faltaba tiempo, mucho tiempo.

Cas.

El nombre le abría un agujero ardiente en el corazón. Trató de ignorarlo. Su cariño por Cas no importaba. Nunca sería de él, por mucho que ella así lo deseara.

—Sé que esto es inesperado —dijo August al ver que Em no respondía—, pero sería beneficioso tanto para los ruinos como para Olso. Ustedes requieren ropa y protección; nosotros podemos brindar eso.

—No necesitamos que ustedes nos protejan —dijo Olivia bruscamente—. Mucho menos pedimos limosna. Muy pronto nos habremos recuperado, de eso yo me encargo.

August a todas luces tenía sus dudas, pero no respondió. Miró a Em en espera de su respuesta.

Em podía ponerle un alto a August en ese mismo momento, decirle que empacara sus cosas y se marchara. Olivia estaría encantada.

Pero su hermana se equivocaba: los ruinos sí necesitaban la ayuda de Olso. Los guerreros podían darles protección y provisiones que Em no podía asegurar. Podían ayudar a reconstruir el castillo. ¿En verdad era tan terrible intercambiar el matrimonio por la oportunidad de reconstruir Ruina con mucha mayor celeridad y dar así a los ruinos seguridad?

—¿Entiendes en qué te estarías metiendo? —preguntó Em lentamente—. No ha habido un casamiento entre ruinos y humanos desde hace varios siglos.

—Lo sé.

—Nuestros hijos serían ruinos. Yo carezco de magia, pero eso no significa que mis hijos sean como yo. Bien podrían ser muy poderosos, como Olivia —y al decir esto respiró hondo—. Pero espera, eso es parte del trato.

—Por supuesto.

—Con ruinos en la familia real nunca tendrían contendiente al trono; al menos ninguno con alguna posibilidad real.

—Exactamente —August se inclinó hacia adelante y recargó los codos en sus rodillas—. Y con ruinos en la familia real de Olso ustedes tampoco tendrían que preocuparse de que nosotros intentáramos traicionarles. Su sangre sería nuestra sangre.

—Y tú vivirías aquí —dijo Em—, en Ruina.

—Así es, aunque sería de esperar que nuestros hijos pasaran la mitad del tiempo en Olso.

A Em hablar de hijos le provocaba escalofríos. Soltó una risa casi histérica.

Quería decirle que no, que no lograría pasar un solo minuto sin pensar en Cas, no deseaba que otro hombre se inmiscuyera en sus pensamientos.

Claro que era ridículo pensar que él pudiera alguna vez ocupar algún espacio en su mente. Ese matrimonio sólo serviría para formar una coalición. No hacía falta que ella le tuviera cariño. Quizás incluso fuera mejor así.

—No necesito una respuesta de inmediato. Posiblemente puedas comentarlo con tus consejeros y…

Un grito que venía de afuera interrumpió las palabras de August.

Em se levantó en un movimiento, presa del pánico.

Se dirigió al rincón y tomó su espada. Olivia ya estaba afuera de la puerta y Em corrió detrás de ella. August las siguió.

Aren surgió a toda prisa entre la oscuridad y se detuvo enfrente de ellos.

—Soldados de Lera —dijo jadeante—. Por lo menos cien. Nos están atacando.

Em alcanzó a ver, detrás de Aren, caballos y antorchas encendidas que venían de la colina. Una línea de fuego atravesó la noche y una tienda estalló. Los ruinos salían corriendo de sus cabañas, se calzaban y se vestían chaquetas a toda marcha. Los guerreros estaban reunidos alrededor de la tienda en llamas, intentando apagar el fuego.

—¡Lo sabía! —gritó Olivia. Partió hecha una furia y dejó a Em detrás. Echó una mirada por encima del hombro y llamó—: ¡Aren! ¡Ruinos! ¡Conmigo!

Aren corrió tras ella. Los ruinos los siguieron con las llamas iluminándoles el rostro mientras avanzaban hacia el ejército que se aproximaba. Jacobo se detuvo y volteó a mirar el fuego. Extendió la mano. Había llamas serpenteando por la hierba; pasaron cerca de Em y alcanzaron a los soldados de Lera. Dos hombres ardieron envueltos en llamas.

Em se cubrió la boca con una mano temblorosa. ¿Por qué estaban atacándolos los soldados de Lera? ¿Estaba Cas con ellos? ¿Estaba tan enojado por la muerte de su madre que ahora se volvía contra ella?

No tenía tiempo de preocuparse por eso.

Volteó hacia August:

—¿Vas a esconderte o vas a ayudarnos?

—Ayudaré —dijo enseguida.

Em señaló a los guerreros que estaban detrás de él:

—Diles que se formen detrás de los ruinos. Todos tienen que usar sus chaquetas rojas si no quieren perder la cabeza accidentalmente. Tú también debes hacerlo.

Él asintió y se giró para gritar órdenes a sus guerreros. Se puso de nuevo frente a Em quiso hablar, pero los ojos se le abrieron como platos cuando avistó algo detrás de ella. La tomó de la cintura y la jaló para hacerla a un lado, justo a tiempo para que una flecha en llamas pasara volando a su lado y aterrizara en el cobertizo de la cabaña. Em respiró hondo y le dedicó a August una mirada de agradecimiento.

Se separó de él y pisoteó la flecha.

—Ven —dijo tomándolo del brazo y corriendo hacia los guerreros.

En pocos segundos los guerreros estaban vestidos de rojo y con las armas desenvainadas. En lo alto de la colina se había formado una muralla de ruinos, con Olivia y Aren en el centro. Ivanna estaba junto a ellos. Su cabello se agitaba por el poderoso viento que había creado para avivar las llamas.

Varios soldados subieron corriendo y pasaron a los ruinos a toda velocidad. Jacobo se giró con el rostro desencajado por la furia. Señaló las llamas, que se movían lentamente en la hierba hasta apagarse. Se le doblaron las rodillas.

Em corrió hacia los soldados y ordenó a los guerreros que la siguieran. Los gritos atravesaron la noche; sospechó que no era sufrimiento ruino. Sabía reconocer los gritos de un hombre al que Olivia le retorcía los huesos.

Por lo menos diez hombres, con prendedores destellando en sus pechos, arremetieron contra ellos. Em tomó su espada con un poco más de fuerza. Cazadores. Había matado a muchos de ellos.

Iria y los otros guerreros se colocaron frente a Em y August. Las espadas rugieron al enfrentarse. Una guerrera gritó cuando un cazador hundió la espada en su vientre.

Em no veía a Cas.

No debería estar buscándolo. En ese momento tenía cosas más importantes en que pensar. En no morir, por ejemplo.

Un soldado dio un empujón a Iria para embestir a Em. Con las dos manos desenvainó la espada listo para atacarla, pero ella levantó la bota y dio una patada tan firme en su vientre que lo hizo tropezar hacia atrás con un gruñido. Iria lo tomó del hombro y le clavó su acero en la espalda.

August, junto a ella, se agachó jadeante para eludir el golpe de una espada. Em puso una mano en su espalda para mantenerlo abajo mientras ella perforaba el pecho del soldado con su acero.

—Gracias —dijo August sin aliento mientras se enderezaba.

Em se giró con la espada en alto, pero a su alrededor no había más que uniformes rojos. Todos los de azul estaban tendidos en el suelo, muertos. Con el rostro estrujado, un guerrero sacó su espada, cubierta de sangre, de un soldado de Lera.

Em volteó a la colina, al sitio en el que veinte ruinos seguían formados uno junto a otro. Ya no había soldados intentando pasar.

Algunos ruinos se desplomaron en el suelo, con la respiración agitada tras haber usado su magia. Jacobo estaba recostado de espaldas con los brazos extendidos y una sonrisa enloquecida en el rostro.

—¡La próxima vez envíen más hombres! —gritó—. ¡Eso fue demasiado sencillo!

Em sintió alivio. No habían perdido a ningún ruino, hasta donde podía observar. Dio grandes zancadas hasta el lugar donde Aren y Olivia estaban parados hombro con hombro, concentrados en la escena frente a ellos. Llegó a la cima y siguió su mirada. August se detuvo junto a ella.

Los cuerpos de los soldados de Lera se encontraban tendidos al pie de la colina. No, mejor dicho, partes de soldados. Miembros esparcidos por todas partes. Había antorchas tiradas en el suelo, quemando la hierba. Espadas abandonadas destellaban con el fuego. Llena de amargura, buscó a Cas entre el desastre. No había manera de saber si estaba ahí.

Los soldados supervivientes estaban huyendo, corriendo tan rápido como podían hacia los árboles desnudos. Olivia dirigió su magia a uno de ellos y le separó la cabeza del cuerpo.

August dio la media vuelta. Cerró los ojos y respiró hondo.

Em posó su mirada en Olivia y Aren.

—Necesito a uno —su voz sonó demasiado quedo; carraspeó y repitió—: Olivia, Aren, necesito a uno vivo. Tengo preguntas.

—Ése —dijo Aren señalando a un hombre que casi había llegado a los árboles. Olivia asintió y el hombre se detuvo. Movía los brazos, pero sus pies estaban clavados en el suelo.

—Gracias —dijo Em y empezó a descender la colina.

—Yo también iré —dijo Olivia.

—Ir-Iria, ve con ellos —las palabras de August brotaron trabajosamente, como si estuviera a punto de vomitar. Em lo miró y descubrió que él seguía dándoles la espalda.

Iria caminó hacia Em y enfundó la espada, alzando las cejas como preguntándole a ella si estaba de acuerdo; Em asintió.

—¿Está seguro de que no quiere venir, su alteza? —preguntó Olivia en tono dulce. Nadie jamás había dicho "su alteza" con semejante desprecio.

August se alejó de ellas sin voltear.

—Iré a ver cómo están mis guerreros.

Olivia soltó una risita y a grandes zancadas dejó a Em atrás. Luego pasó encima de un brazo amputado carcajeándose.

Iria exhaló largamente y acomodó su marcha a la de Em.

—¿Está bien Aren?

Sorprendida por la pregunta, Em volteó a verlo. Notó que su rostro estaba pálido y sus ojos no parecían enfocar. No parecía débil, como si usar magia hubiera sido un gran esfuerzo. De hecho, no tenía gesto alguno. Era como si todo en Aren hubiera sido succionado y no quedara más que una cáscara vacía.

—¡Em! —llamó Olivia, que ya estaba parada al lado del soldado de Lera, haciendo gestos a Em para que se apresurara.

Aren miró a Em pestañeando.

Iria lo vio y se mordió los labios. Parecía preocupada. ¿Debía Em preocuparse también?

Em se volteó para concentrarse con el soldado que tenía enfrente. Temblaba mientras ella se acercaba; el sudor corría por ambos lados de su rostro.

—¿Por qué están aquí? —preguntó.

El hombre apretó los labios y, nervioso, miró a Olivia.

—Si dices por qué están aquí, te soltaré. Podrás volver y contar lo que pasó con tus amigos. Si no hablas, dejaré que Olivia te desprenda todas las extremidades.

—Lentamente —dijo Olivia con una sonrisa burlona—. Preferiría que no hablaras, si te soy sincera.

—Nos... nos dieron órdenes de atacar el campamento ruino —dijo el soldado.

—¿Quién?

—Jovita.

—¿Por qué Jovita está dando órdenes? ¿Le pasó algo al rey Casimir? —preguntó Em.

El soldado miró a Em con firmeza, como si desesperadamente estuviera tratando de evitar la mirada salvaje de Olivia.

—Perdió el juicio tras la muerte de sus padres, luego de lo que usted le hizo. Jovita tomó su lugar.

Em se tambaleó. Cas no podía haber enloquecido; no el muchacho que había tenido el aplomo para escapar ileso del castillo de Lera, no el joven que había conseguido escapar del carro de los guerreros y dirigirse a la selva él solo. No podía creer que Cas se hubiera desmoronado después de sobrevivir a todo aquello.

—¿Y quién te dijo eso? ¿Jovita?

—Y los consejeros —el soldado de pronto sonó a la defensiva.

—¿Y dónde está ahora tu supuestamente loco rey?

—Jovita lo encerró para protegerlo.

Em se llevó las manos a la frente. Con Jovita a la cabeza, los ruinos ya no estaban a salvo. El pacto que había hecho con Cas no sería respetado.

Volteó a ver los cadáveres tirados detrás de ella.

—¿Ella está ahí? ¿Vino Jovita con ustedes?

—Nos ayudó a entrar a Ruina, pero luego regresó. Ahora debe estar en Lera.

—Qué valiente —dijo Olivia con sequedad.

—¿Cas está en la fortaleza? —preguntó Em.

El soldado se pasó la lengua por los labios, vacilante.

—Probablemente necesites las dos piernas para correr, ¿cierto? —dijo Olivia señalándolas—. Entonces no te gustaría si te arrancara una ahora mismo…

—Sí —dijo enseguida el soldado—, está en la fortaleza.

—Bien.

Em le hizo una señal a su hermana y Olivia se acercó. Em se inclinó para susurrarle al oído:

—Mátalo. Rápido.

Olivia giró rápidamente y trazó un círculo en el aire con el dedo. El cuello del soldado se quebró y su cuerpo cayó pesado en el suelo. Iria se sobresaltó.

Olivia miró a Em con expresión aprobatoria.

—Pensaba que ibas a dejarlo ir.

—Eso iba a hacer, pero no podía permitir que Jovita averiguara cuánto nos dijeron. Imaginaría nuestro siguiente paso.

—¿Y cuál es?

Em enganchó su espada en el cinturón.

—Buscar a Jovita. Y matarla.

ONCE

Aren podía sentir humanos en el área. Podía sentir sus corazones palpitando a través de su propio cuerpo. Había uno más abajo en la colina que aún no estaba del todo muerto y su latido pausado e irregular era como el sonido de un tambor en medio de la noche.

Em, Olivia e Iria caminaban de regreso, absortas en la plática. ¿Olivia no podía escuchar las pulsaciones?

—Ya hemos estado en la fortaleza —decía Iria—. No pueden regresar a tomarla por asalto sin un plan.

—Haremos un plan —dijo Olivia.

—No iremos directo a la fortaleza —dijo Em—: invadiremos Vallos. Los guerreros habrán conquistado la tierra al norte de la fortaleza. Tomaremos el sur y Jovita quedará atrapada. La obligaremos a salir.

Olivia brincó emocionada.

—Perfecto. ¿Cuándo partimos?

—Harán falta más guerreros —dijo Iria—. Dejen que August envié a Olso por refuerzos.

Aren pestañeó al ver los cadáveres que tenían enfrente. ¿Necesitaban más guerreros? Olivia y él habían matado a toda esta gente, con mínima ayuda de los demás ruinos.

—Eso lo agradeceríamos —dijo Em—, pero esperaré a que lleguen aquí. Que se reúnan con nosotros en Vallos.

—No estoy segura de que sea lo mejor... —las palabras de Iria se fueron apagando mientras Aren descendía la colina. Alguien lo llamó; él no hizo caso.

Estuvo a punto de tropezarse con algo y al darse cuenta de que era una cabeza lo invadió el pánico.

Había en el suelo una antorcha aún encendida que proyectaba un brillo sobre la masacre de la zona inmediata. Debía correr de regreso, no quería presenciar aquello.

Pero ese martilleo no dejaba de llamarlo. Era más alto que las voces que gritaban su nombre, más intenso que los fuertes latidos de los corazones de los guerreros.

Se detuvo junto al hombre. Observó fijamente su rostro porque no podía forzarse a mirar el destrozado cuerpo.

¿Él había herido a éste? No lo sabía. Estaba muy oscuro para ver todos los rostros. Eran demasiados.

El hombre gimió. Aren no estaba seguro de que estuviera consciente. Quizá. Quizás estaba adolorido.

Su cuerpo se le desentumeció de pronto. En cuanto eso pasó, quiso el entumecimiento de vuelta. La roca que se había posado en su pecho se volvió insoportable. Los ojos empezaron a escocerle. Lágrimas.

¿Por qué estaba llorando? Él no iba a llorar por los soldados de Lera que acababan de atacarlo.

Solia, cuida su alma y perdónalo por todo...

La plegaria cruzó por su mente sin invitación y la interrumpió antes de terminar. Él no rogaba por humanos. Debió haber maldecido su alma, no pedir a los ancestros que la cuidaran.

No podía obligarse a hacerlo.

Quebró el cuello del hombre. La fuerza generada por el uso de su magia recorrió su cuerpo y sus hombros se encorvaron hacia adelante. Era la única muerte de esa noche que le había quitado algo. La instrucción de Olivia era perfecta.

Algo tocó su hombro; se giró y sujetó la mano responsable. Tenía la respiración pesada *(¿por qué?)*. Iria se sobresaltó y quiso liberar su mano pero él no cedió.

Aren podía ver su miedo. Por lo general, le alegraba aterrar a la gente, pero a ella no. Esta joven que había arriesgado su vida para reunirse con él en el castillo de Lera, que le había ayudado en la selva... ella no debía temerle.

Iria volvió a intentar zafarse y él la soltó.

—¿Estás bien? —preguntó ella.

—Estaba cerciorándome de que todos estuvieran muertos —su voz sonó más tranquila de como él se sentía—. Nada inesperado por aquí.

Ella asintió con la cabeza, pero sus cejas se juntaron mientras lo estudiaba. Se daba cuenta de que algo no andaba bien. Él rápidamente se apartó.

—¡Aren! ¡Ven! —gritó Olivia desde atrás.

—¡Espera un minuto, ya voy! —gritó sin voltear. Pasó pisando un cadáver.

Una mano lo tomó del brazo y lo obligó a detenerse.

—Estoy segura de que todos están muertos, Aren. Ven.

La voz de Iria era suave, dulce; él se giró para mirarla. La ráfaga de miedo que antes había visto ya no estaba; algo más la había sustituido. Comprensión, quizás. ¿Ella lo comprendía?

—Siento que hayas tenido que hacer esto —dijo deslizando los dedos hacia la mano de Aren y él se apartó bruscamente. Ella jaló los brazos de Aren hacia su pecho; él estaba tentado de volver a tomar su mano y decirle que no le importaba, pero no había esperado esto.

—¿Dicen alguna plegaria los ruinos después de matar en batalla? —preguntó Iria.

—Algunos. Yo ya no rezo.

A veces se le olvidaba que ella había conocido a su madre, la sacerdotisa del castillo. Ella había conocido al Aren más joven, más contento, que oraba y creía que su vida sería feliz.

De pronto, el olor de la sangre a su alrededor fue demasiado. Giró sobre sus talones, tomó la mano de Iria y se alejó con ella de los cadáveres. Soltó su mano cuando llegaron a la cima, donde Em y Olivia estaban en pie junto al consejo ruino. Olivia frunció el ceño cuando lo vio; él se alejó de Iria a toda velocidad y se incorporó al círculo. Mariana y Davi estaban exhaustos, recargados la una en el otro, y Jacobo de rodillas, con las manos presionando la hierba. Los ruinos elementales afirmaban que conectar con la tierra tras emplear sus poderes les permitía recuperarse. Sólo Ivanna parecía serena tras la batalla.

—Es buena idea —decía Ivanna a Em—. No podemos quedarnos aquí sentados esperando a ser atacados. Si los guerreros marchan con nosotros, no deberíamos tener problema en invadir algún pueblo de Vallos no muy grande.

—No necesitamos a los guerreros —gritó Olivia.

—Sí los necesitamos —dijo Ivanna—. Emelina tiene razón. Ella mató a la princesa de Vallos; su gente bien puede querer amotinarse después de que invadamos. Y es acertado que esté contemplando una alianza matrimonial con August. Nosotros…

—Perdón, ¿qué? —preguntó Aren.

—Les estaba contando de una conversación que acabo de tener con August —dijo Em—. Lo enviaron aquí para casarse con la reina ruina. Podría ser una jugada beneficiosa para nosotros.

Aren hizo una mueca y Em se encogió de hombros, como si se hubiera resignado a la idea. Primero el príncipe de Lera, ahora el príncipe de Olso. Aren no envidiaba a los pretendientes de Em.

—No lo estamos considerando en verdad —dijo Olivia—. Los ruinos no se emparejan con humanos.

—Ahora las cosas son diferentes. No podemos seguir aislándonos —dijo Davi.

—¿Y qué sacaremos de emparejarnos con ellos? ¿Más de esto? —Olivia hizo un amplio gesto con el brazo en dirección a los soldados de Lera.

—Los guerreros nos ayudaron, Liv —dijo Em en voz baja.

Olivia le dirigió una mirada furiosa.

—Esta vez.

Nadie respondió a eso. Olivia se dio la media vuelta.

—Luego no lloriqueen cuando traten de asesinarnos mientras dormimos —refunfuñó al partir.

—La convenceré —dijo Em en cuanto Olivia ya no podía escucharla.

—¿Podemos confiar en que te hagas cargo de esto? —preguntó Ivanna.

Em movió la cabeza en gesto afirmativo.

—Desde luego. Preparen a los ruinos, partiremos mañana a primera hora. Me aseguraré de que los guerreros estén con nosotros. Estoy segura de que para eso tendré que dar esperanzas al príncipe August.

—¿Y eso no te perturba? —preguntó Mariana.

Em dudó por medio segundo, tan brevemente que nadie más que Aren se daría cuenta.

—No.

—Bien —aprobó Ivanna—. Entonces ve adelante; nosotros te seguimos.

DOCE

—Lo de alimentarte a la fuerza era en serio.

Cas no tenía energía para enfrentar a Galo. Acercó más a su pecho las rodillas dobladas y se hundió en el colchón. Cuando se movió hizo un gesto de dolor: el hombro herido estaba entumido después de tantos días en cama.

La habitación estaba oscura, pero Galo encendió un farol y el espacio se llenó de luz. Cas entrecerró los ojos ante la repentina luminosidad.

Sonaron pisadas en el suelo de madera y de pronto Galo estaba frente a él. Su enojo se transformó en preocupación. Puso la mano en la frente de Cas.

—Estás hirviendo —dijo Galo.

—Tengo frío.

Galo salió de la habitación para volver unos momentos después con dos mujeres. Cas levantó la mirada: Violet y Daniela.

—¿Regresó Jovita? —masculló Cas. Sentía como si su cabeza flotara entre algodones—. ¿Qué pasó?

—Jovita regresó, pero los soldados no. Ella sólo llegó a la frontera —dijo Galo empujando el hombro de Cas y haciéndolo rodar para que quedara boca arriba. Puso un trapo frío sobre su frente.

Daniela le desabotonó la camisa y él miró sus manos cejijunto.

—Voy a hacerle unas fricciones medicinales, su majestad; con eso se sentirá mejor.

—¿Alguien más está enfermo? —preguntó Galo.

—No que yo sepa —dijo Daniela sacudiendo la cabeza mientras untaba en el pecho de Cas un bálsamo frío.

Galo miró a Cas y luego la charola de desayuno junto a la cama.

—Comí un poco —murmuró Cas—. ¿Ya estás contento?

Galo caminó hacia la charola sin responder.

—¿Quién le prepara las comidas?

—Blanca —dijo Violet.

—Que venga a verme.

Violet salió corriendo de la habitación y volvió pocos minutos después acompañada de Blanca. Las dos parecían preocupadas.

La cocinera se precipitó a la charola de la cena, seguida de Galo. Empezaron a hablar en voz baja.

—Yo no preparé esa sopa —dijo Blanca con la voz un poco más alta.

—La sopa es lo mejor —dijo Cas intentando mantener los ojos abiertos. Se preguntó quién la habría preparado, quizás esa persona debería hacerse cargo de la cocina.

—¿Quién trae la charola? —preguntó Galo con tono estricto.

—Hay un soldado que siempre se aparece en la cocina a la hora de las comidas: George.

—¡Mateo! —gritó Galo. Sus botas aporrearon la madera del piso. Dijo algo que Cas no alcanzó a oír.

—¿Has comido de esa sopa a menudo? —le preguntó Violet.

—Algunas veces últimamente —balbuceó.

Había mucho trajín alrededor de Cas. Él esperaba que todos se marcharan pronto, pues necesitaba dormir.

—¡Cas! —la voz de Galo lo hizo despertar. Estaba en el suelo. ¿En qué momento se había movido al suelo?

—Ábrele la boca —dijo alguien.

Lo apoyaron contra alguien más y unos dedos le abrieron la boca toscamente. Violet metió algo por su garganta y él, entre arcadas, intentó apartarse de ella.

—Quédate quieto —dijo Galo, detrás de él, deteniéndole a Cas los brazos contra los costados.

Él obedeció, sencillamente porque estaba demasiado débil para resistirse. Pestañeó algunas veces intentando enfocar la habitación. Estaban metiéndole un tubo por la garganta.

Qué extraño. Él no quería un tubo en la garganta.

De pronto su estómago se sacudió. Se retorció contra Galo mientras el contenido de su estómago salía por el tubo. El guardia lo sostuvo con firmeza, sin esfuerzo. ¿Adónde se había ido su vigor?

El tubo desapareció tras varios largos momentos. Tragó. La garganta le ardía.

—Bebe —dijo Violet inclinándole la barbilla hacia arriba. Agua fría tocó sus labios. Hizo muecas de dolor mientras el líquido bajaba.

Varios pares de manos lo levantaron del piso y lo depositaron en la cama.

—Descubran qué le dio ese soldado a Cas y luego échenlo de la fortaleza —dijo Galo con fiereza—. Dejenlo a merced de los ruinos y los guerreros.

—No creo que haya actuado solo —dijo Violet en voz baja—. Puede ser que tuviera órdenes…

—De Jovita —terminó Galo—. No importa. Hay que sacarlo de aquí. Díganle a Mateo que tenga listo un carro con caballos.

En medio del trajín, Cas se acurrucó en la cama y dejó que su cabeza se hundiera en la almohada.

Luego, de repente, estaba fuera de su habitación. ¿Cómo había llegado ahí?

Levantó la cabeza con una sacudida, sorprendido de descubrir que estaba en pie. O algo así. A sus costados, unos brazos lo sostenían.

—¿Qué están haciendo? —masculló. Alguien le pidió silencio.

Con los ojos entrecerrados vio a la figura que estaba a su lado, la que lo sostenía firmemente por la cintura: Galo. Giró la cabeza al otro lado: Mateo. Violet estaba frente a ellos, escudriñando desde la esquina.

—Adelante —susurró.

Los guardias lo empujaron suavemente hacia adelante e intentó caminar. No funcionó.

Estaban en las escaleras. A su alrededor, la fortaleza se encontraba silenciosa y desierta. Qué extraño. Se preguntó adónde había ido todo mundo.

Galo y Mateo lo bajaron a empujones. Daniela esperaba al pie de las escaleras, sosteniendo la puerta para que pasaran.

—Todo despejado —susurró. Le dio un apretoncito a Cas en el brazo cuando pasó.

Estaban en la cocina y luego afuera. Era de noche. El viento latigueaba sobre su rostro. Miró su ropa. Alguien le había ceñido una gruesa chaqueta de guardia. Qué considerados.

—¿Dónde están los caballos, Mateo? —preguntó Galo.

—Adelante. Ya casi llegamos.

Se oyó un grito, ¡*Hey!*, que puso nerviosos a Galo y a Mateo, seguido de ruido de pasos corriendo hacia ellos.

Violet tenía una espada. Cas no se había dado cuenta, pero la llevaba en la mano, y embistió a un guardia de uniforme. Mateo se apartó de Cas y Galo lo sujetó con firmeza.

La espada de Violet abrió una cortada en el brazo del hombre y él se tambaleó hacia atrás. Mateo le dio un puñetazo en la mandíbula y luego corrió de vuelta al lado de Cas.

—Apresúrense —dijo.

Empezaron a correr. Los pies de Cas se arrastraban sobre el suelo. Quería avanzar pero estaba demasiado débil. A duras penas podía mantenerse erguido.

¿Qué le había pasado?

Sus pensamientos se llenaron de recuerdos de sopa y de un tubo que metían por su garganta. ¿Alguien lo había envenenado?

De repente, Galo y Mateo se detuvieron y lo subieron a un carro. Conocía ese carro, no le agradaba.

—Todo está bien —Violet lo tenía sostenido de las axilas y lo jaló hacia adentro. Mateo y Galo habían desaparecido.

Oyó gritos a lo lejos. Miró con los ojos entrecerrados pero el carro estaba cerrado. De pronto, comenzó a sacudirse hacia adelante.

—Acomódate aquí —dijo Violet poniéndole algo suave bajo la cabeza—. No te preocupes, vas a estar bien.

Los párpados se cerraban contra su voluntad.

—¿Jovita me envenenó? —balbuceó.

—Eso creemos. Creemos que le ordenó a un guardia que lo hiciera.

¿Tanto lo odiaba? Eran familia, la única que les quedaba a los dos, ¿y ella lo despreciaba lo suficiente para asesinarlo?

—Ahora estarás a salvo —dijo Violet acomodándole el cabello hacia atrás. Te lo prometo.

No era una promesa que pudiera cumplir, pero a Cas finalmente se le cerraron los ojos, y durmió.

TRECE

Em ordenó que se incineraran los cadáveres de los soldados de Lera. El humo todavía flotaba en el aire cuando tanto ruinos como guerreros empacaron sus pertenencias, partieron en dirección a Vallos.

August le pidió que esperara. Envió a un guerrero de vuelta a Olso inmediatamente y aseguró que los refuerzos llegarían en menos de dos semanas.

Ella no podía esperar tanto. Se negó a quedarse sentada con los brazos cruzados a esperar que Jovita volviera a atacarlos. Proteger a los ruinos era más importante que reconstruir Ruina.

Las cabañas de los mineros no estaban lejos de la frontera de Vallos, pero como no tenían suficientes caballos para todos, la mayoría debía marchar a pie. Les tomó dos días alcanzar la frontera. El viaje no fue igual al que Em y Aren habían hecho meses antes. En ese entonces, al acercarse a Vallos, tres veces estuvieron a punto de morir a manos de los cazadores.

Ahora no había rastro de ellos. Una hilera de rocas señalaba la frontera de Vallos pero nadie la resguardaba. Vallos siempre había sido una región fácil de cruzar, pero esto era ridículo.

Olivia y Aren encabezaban el pelotón, ambos montados en caballos. Pasando la frontera de Vallos había un pueblo llamado Roca Sagrada, donde Em decidió que se asentaran porque era la elección más lógica para planear desde ahí su siguiente movimiento. Tenía una población escasa y sus únicos accesos eran dos caminos; además, estaba lo bastante cerca de la fortaleza para lanzar un ataque con facilidad.

Roca Sagrada estaba a sólo unas horas a caballo de Fuerte Victorra. A pocas horas de Cas. Podía girar su montura hacia el norte y llegaría al anochecer.

El aire se iba entibiando conforme avanzaban y el horizonte a su alrededor era más verde. La tierra de Vallos era mucho más fértil que la de Ruina y Em alcanzó a ver largas hileras de cultivos a lo lejos.

—Em —dijo August, sacándola de sus meditaciones. No había dicho gran cosa en el camino y se preguntó si le habría molestado que ella se negara a esperar a los guerreros de refuerzo—. Lamento que otra vez hayas tenido que dejar tu tierra.

Ella frunció el ceño, confundida.

—¿Qué?

—Acabas de volver a casa y tuviste que partir de nuevo a causa de todo esto —con un amplio gesto de la mano señaló a los ruinos y guerreros que avanzaban a su zaga—. Lo lamento. Sé que estabas contenta de haber regresado.

—Ah. Eh… gracias.

August soltó una risa avergonzada.

—No salió bien, ¿cierto? He estado pensado maneras de entablar conversación contigo.

—Supongo que podría haber salido peor.

Él sonrió, mostrando una dentadura blanca y recta.

—Gracias. Eso me hace sentir mucho mejor.

Los labios de Em se contrajeron pero se resistió a sonreír. Aún no decidía si le alegraba la oportunidad de fraternizar con Olso de manera permanente o si le contrariaba la posibilidad de casarse con este hombre.

—¿Puedo decir algo más? —preguntó él.

—¿Y por qué no?

—Me da gusto que seas tú una de las reinas —lo dijo en voz baja, para que sólo Em lo escuchara—. Cuando me enviaron pensaba que Olivia había vuelto a ocupar el trono. Y no lo digo como insulto a Olivia. Simplemente me alegra que también tú estés aquí.

—¿Por qué? ¿Porque yo no tengo poderes y no tienes que preocuparte de que te arranque la cabeza mientras duermes?

August estalló en risa.

—No me refería a eso.

—¡No!, para nada…

—¡En verdad! ¡Estaba siendo amable! Estábamos teniendo un momento especial.

—No estábamos teniendo un momento especial.

Él suspiró de manera exagerada.

—Está bien. Entonces *yo* estaba teniendo un momento especial. Estaba tratando de decir que me agradas, me intrigas, te respeto. Nada tiene que ver con los poderes.

—¿Podrías dejarlo? Ya te dije que pensaré en el matrimonio.

August levantó una mano en señal de rendición.

—A ver si vuelvo a decirte cuánto me agradas.

—Oh, qué pérdida más triste —dijo ella secamente. Lo miró con suspicacia.

—Apenas si me conoces.

—Me gusta lo que he visto hasta ahora.

—En lo que estás pensando es en una alianza matrimonial que te convertirá en algo más que *el menos importante de los herederos,* como tan delicadamente dice mi hermana.

Él se encogió de hombros.

—Por supuesto. Eso no significa que no puedas agradarme.

Olivia frenó a su caballo y volteó hacia atrás en busca de Em. Señaló al frente.

El camino del oeste llevaba directamente al centro; a Em se le hizo un nudo en el estómago al seguir el dedo de su hermana hacia el letrero que anunciaba que estaban por entrar a Roca Sagrada. Nunca antes había invadido una población.

Olivia giró a su caballo para quedar frente a la multitud.

—¡Ruinos, equipo uno! ¡Vamos a entrar! ¡Todos los demás equipos sígannos! ¡Sin prisioneros!

—Liv —dijo Em en voz baja—: si algunos corren, déjalos ir.

Olivia lo pensó unos momentos.

—Si tú lo pides, pero así no le veo lo divertido.

Se oyó un estallido de risa entre los ruinos. No parecía momento para reír.

Olivia clavó los talones en la grupa de su caballo y arrancó. Varios ruinos la siguieron, levantando una nube de polvo. El equipo uno eran los más poderosos, los que podían eliminar a medio pueblo antes de que los demás siquiera llegasen.

Una serie de gritos rasgaron el aire mientras los ruinos se lanzaban a la carga por el camino de tierra. Em espoleó a su caballo y August de pronto ya estaba a su lado.

Torció en una esquina y el centro apareció ante su vista. Había construcciones de dos y tres pisos desperdigadas a ambos lados del camino. Había sólo quince o veinte en total, con algunas casas en los alrededores. La avenida principal, de color marrón, estaba llena de polvo, pero alrededor todo era hierba verde exuberante y zonas cercadas que probablemente formaban jardines comunitarios.

Los vecinos comenzaron a salir gritando de sus casas y comercios hacia el camino principal. Algunos avistaron a los ruinos y de inmediato se giraron para salir corriendo en dirección opuesta. Olivia los vio huir. Volteó hacia Em arqueando una ceja, como diciendo *¿estás contenta?* Em asintió en señal de aprobación.

—¡Todo mundo fuera! —gritó Olivia mientras desmontaba. Con un giro de la mano decapitó a un hombre que se acercaba a ella a toda velocidad.

—Corran, o morirán. Ustedes eligen —dijo señalando hacia arriba en dirección a algunas personas que miraban desde las ventanas—. Si se esconden, también morirán.

Los rostros inmediatamente desaparecieron. Un momento después la gente salió corriendo del edificio.

Dos mujeres avanzaron hacia el norte se encontraron con un muro de guerreros. Iria sacudió la cabeza y apuntó en la otra dirección.

—¡Todo mundo al sur! —gritó Olivia—. Hay dos caminos para salir del pueblo. Tomen el del sur o morirán.

Em sacudió la cabeza hacia los bosques del este.

—Iré a revisar esa zona.

—Voy contigo —dijo August.

Em montó su caballo y galopó esquivando a la gente del lugar que caminaba por el sendero. Trató de no preguntarse adónde irían. Ella ya había sido expulsada de su casa, en la noche, tiritando, sin comida ni esperanza.

Por lo menos, era mejor que la muerte.

Montaron hasta la orilla este del pueblo, donde los árboles se alargaban alrededor de un estrecho sendero. Em conocía bien ese camino: ella lo había tomado. Era la manera más discreta de viajar en la zona.

—Em —dijo August entre dientes.

Ella siguió su mirada y alcanzó a ver un carro no muy lejos. No había nadie montado en los caballos. Se inclinó a un lado y vio a un hombre encorvado sobre una rueda atascada en el lodo. Su chaqueta era azul, Lera.

Se bajó del caballo y sacó la espada de su cadera. August hizo lo mismo.

Cuidadosamente pasó sobre un tronco, sin que sus botas hicieran ruido al pisar el suelo.

—Creo que si la sacamos de este lado… —dijo otro guardia, un joven con cabello oscuro rizado que apareció detrás del carro y al ver a Em se paralizó.

—Galo —susurró poniéndole la mano a su compañero en el hombro.

El guardia que estaba agachado se levantó de un brinco con la espada desenvainada. Em dio un grito ahogado. Era el mejor amigo de Cas.

—¿Emelina? —dijo Galo sin dar crédito a lo que veía.

—¿Los conoces? —preguntó August.

Ella asintió con la cabeza mientras registraba la zona detrás del carro. ¿Estaría Cas cerca?

—¿Qué hacen aquí? —preguntó Galo—. ¿Esa conmoción eran ustedes?

Al carro a sus espaldas le habían arrancado varios trozos de madera para dejar pasar el aire y Em detectó movimiento. Avanzó unos pasos apuntando su espada a él.

—¿Qué hay adentro? —no esperó a que le respondieran. Avanzó dando zancadas y abrió bruscamente las puertas.

Había una espada apuntándole directamente al pecho.

Em dio un pequeño paso hacia atrás mientras contemplaba a la joven que se encontraba frente a ella. La espada tembló y sus ojos oscuros brillaban como si estuviera a punto de llorar. No era la mujer más intimidante que Em hubiera conocido.

—¿Emelina? —preguntó con voz temblorosa—. ¿Emelina Flores?

—Está bien, Violet —dijo Galo detrás de Em—, no le hará daño.

Violet, confundida, arrugó la frente, pero lentamente bajó el arma.

Em sintió que el corazón se le subía a la garganta y se instalaba en ese lugar. *No le hará daño*, había dicho Galo. ¿A quién se refería?

Violet se hizo a un lado y Em soltó un grito ahogado. *Cas*.

Estaba hecho un ovillo en el suelo del coche con la cabeza recargada en un fardo de cobijas. Tenía el rostro pálido y temblaba.

—¿Qué le pasa? —preguntó Em; entró al carro de un brinco y se arrodilló junto a Cas. Tomó su mano. Estaba hirviendo.

—Lo envenenaron —dijo Galo—. Creemos que fue Jovita.

Em reprimió el impulso de gritar de frustración. Debió haber matado a esa chica cuando tuvo la oportunidad. Debió dejar que Olivia le arrancara los miembros.

—Creemos que le dio algunas dosis antes de que nos diéramos cuenta —continuó Galo—. Lo sacamos de ahí en cuanto pudimos.

—¿Qué clase de veneno? —preguntó.

—Rosamuerta. O al menos eso dijo el guardia que interrogamos.

—Eso tendría sentido —dijo ella presionando la mano contra la frente de Cas—. ¿Pierde la conciencia, luego la recupera y así sucesivamente?

—Sí —dijo Galo.

—A mi madre una vez la envenenaron con rosamuerta. ¿Le vaciaron el estómago?

—Sí, pero creemos que estuvo ingiriéndola durante varios días.

Tragó saliva y la invadió el pánico. Eso no auguraba algo bueno. La rosamuerta trabajaba lentamente, pero con efectividad.

—Tenemos que purgarla de su organismo —dijo, y tomándolo de los hombros agregó—: Galo, toma sus piernas. Tenemos que buscar una cama para que descanse.

—No podemos parar aquí. Jovita se dará cuenta de que no está y…

Em interrumpió a Galo con una mirada penetrante.

—Si no dejas que descanse y que su organismo rechace la tóxina, morirá.

Galo cerró la boca. Se trepó al carro para sujetar a Cas.

—¿Mateo? —llamó.

—Voy.

El otro guardia subió al carro para ayudar.

—Tú —dijo Em señalando a la joven—, ¿cómo te llamas?

—Violet.

—¿Conoces la hierba cañi silvestre, Violet?

—¿La de hojas un poco rosadas?

—Sí. Recoge toda la que encuentres, pulverízala y traéla.

Violet vaciló y miró a Galo en busca de confirmación. Él asintió con la cabeza.

Em levantó los hombros de Cas, Galo y Mateo lo sujetaron de las piernas y entre los tres lo sacaron del carro con suavidad.

—Eh, Em… ¿Él es quien creo que es? —preguntó August. Ella había olvidado por completo que August estaba ahí. Si hacía un movimiento para matar a Cas, Galo y Mateo podían detenerlo fácilmente.

—Sí —respondió.

—¿Y vas a salvarlo? —preguntó incrédulo. Em lo miró con tal ponzoña que él inmediatamente se apartó con las manos en alto en señal de rendición.

Ella tragó saliva e intentó ofrecer una expresión más amable. Los ruinos aún necesitaban a August y sus guerreros, pero ella no podía dejar morir a Cas. Mucho menos si eso significaba que Jovita heredara el trono y enviara más soldados a atacarlos.

—¿Quién es él? —preguntó Galo cuando empezaron a caminar.

—No quieres saberlo.

—Creo que sí queremos —dijo Mateo.

—August, el príncipe más joven de Olso.

Galo y Mateo intercambiaron miradas, pero guardaron silencio.

—Em —dijo Cas haciendo un esfuerzo por abrir los ojos.

—Creo que está volviendo en sí —dijo Em esperanzada. Caminó un poco más rápido.

Galo negó con la cabeza.

—Todo el tiempo dice tu nombre en sueños.

Esas palabras fueron como un cuchillo que le atravesó el pecho. Apretó los hombros de Cas un poco más fuerte.

Probablemente también ella decía su nombre dormida. Él estaba allí, en sus sueños, todo el tiempo.

Em no hizo caso de las miradas curiosas mientras conducían a Cas a una de las casas más allá del centro. Abrió la puerta de una patada y echó un rápido vistazo alrededor. Era una casa pequeña con una sala a la izquierda, un comedor a la derecha y una cocina al fondo. Unas escaleras llevaban a lo que seguramente eran los dormitorios.

—Voy a cerciorarme de que todo mundo se haya ido —delicadamente acomodó a Cas en el sofá.

—Alguno de ustedes busque agua limpia. Mucha.

Mateo salió corriendo de la casa y pasó junto a Violet. August estaba en el camino mirándolos fijamente con expresión estupefacta. Em cerró la puerta.

—No dejen que nadie entre, salvo Mateo. Cuando haya regresado, aseguren las puertas.

Galo y Violet asintieron con la cabeza.

Em subió corriendo las escaleras. Encontró dos habitaciones y eligió la más espaciosa. La cama estaba desordenada, con sábanas y edredón amontonados en el extremo del colchón.

Había sábanas limpias en un cajón y rápidamente tendió la cama. Gritó a Galo y a Mateo, pidió que subieran a Cas.

Aparecieron unos momentos después y con cuidado posaron a Cas sobre la cama. Em subió al colchón y levantó sus hombros para quitarle la chaqueta. Cas gimió en protesta.

—Todo estará bien —susurró a su oído. Levantó las mantas para arroparlo y lo reclinó hacia atrás de modo que quedó recostado contra su pecho. Lo estrechó entre sus brazos y apretó la mejilla contra su cabello.

—Vas a estar bien.

CATORCE

Algo había muerto en la boca de Cas y había retumbado en su cabeza antes de partir.

Tragó saliva, gimiendo mientras se movía contra algo tibio y sólido. Estaba apoyado en alguien.

—Ten —dijo una voz, y una taza apareció frente a él—. Bebe.

Cejijunto, miró la taza con sospecha.

—Sólo es agua.

La voz sonaba como la de Em. ¿Otra vez estaba soñando? La voz entraba y salía flotando de sus sueños, sin parar. Era tan vívida que habría jurado que Em estaba a su lado.

Tomó la taza con mano temblorosa y dio unos sorbos de agua. Alguien se llevó la taza cuando terminó. Se volteó inclinando la cabeza hacia arriba para ver de quién era el cuerpo en el que estaba acurrucado.

Em.

Se echó hacia atrás, pestañeando. Definitivamente seguía soñando... o había muerto. ¿Era esto lo que le aguardaba después de la muerte? ¿Despertar en los brazos de Em?

Ella sonrió.

—Hola.

—¿Qué estás…? —su voz sonó extraña.

—Galo y tus amigos te encaminaban a través de Vallos para alejarte de Jovita cuando se toparon conmigo por casualidad.

—¿Qué estás haciendo en Vallos? —seguía casi seguro de que todo era una alucinación.

—Contraatacando. Es una larga historia.

Empezó a sentir un fuerte mareo y hundió la cabeza en el pecho de Em.

—¿Estoy muriendo? —preguntó con dificultad.

Ella pasó los dedos por su cabello.

—Definitivamente no. Te di algo para ayudar a neutralizar el veneno. Fue un día duro, pero ya estás mejor.

—¿Cuánto tiempo he estado aquí?

—Desde esta mañana. El sol acaba de ocultarse.

—¿Están bien Galo y Mateo? ¿Y Violet?

—Están bien —Em tenía un brazo rodeándole la cintura; él encontró su mano, enlazó sus dedos y la acercó más hacia él.

—No puedo creer que estés aquí —balbuceó—. Estás aquí y estoy demasiado enfermo para disfrutarlo. Huelo horrible.

A Em se le agitó el pecho de la risa.

—Hueles muy bien.

—No es cierto.

—No, no es cierto —dijo rozándole la frente con los labios—, pero no importa. Y yo misma no huelo muy bien que digamos: llevo varios días viajando. Así que estamos a mano.

—Qué considerada —dijo Cas. Su cuerpo quería regresarlo al sueño pero se obligó a mantener los ojos abiertos. Todavía no quería dejar a Em—. Jovita me envenenó.

—Eso escuché —dijo Em con voz glacial.

—Mi prima trató de matarme. Convenció a todos de que yo estaba demente y prácticamente me arrebató el trono. Ahora que no estoy, probablemente ya lo habrá asumido de manera oficial.

—Pagará por eso.

—¿Qué clase de rey permite que su prima le robe el trono en sus narices?

—La clase de rey que jamás soñaría con hacerle algo así a su prima.

—Uno débil.

—Su reinado será corto —dijo Em.

Los párpados se volvieron a cerrar. Intentó abrirlos, pero lo consiguió sólo parcialmente.

—Duerme —dijo Em a su oído—. Necesitas descansar. Seguiré aquí cuando despiertes.

Cas le apretó la mano un poco más fuerte, hundió la cabeza en su pecho y cedió al sueño.

Aren tamborileaba en la mesa con los dedos mirando fija y firmemente a Galo. El guardia lo descubrió mirándolo así por centésima vez e hizo un ruido molesto.

—¿Quieres dejar de verme?

—No puedo evitarlo —dijo Aren—. No confío en ti.

—El sentimiento es mutuo.

—Em ordenó que no hiciéramos daño a ninguno de ustedes y la obedeceremos.

Galo y Mateo no parecían convencidos.

Aren se inclinó hacia adelante, recargó la barbilla en una mano y preguntó:

—Entonces, ¿Cas te hizo capitán de su guardia real?

—Sí.

—Creo que no estás haciendo un gran trabajo, amigo. A últimas fechas lo han apuñalado, apresado y envenenado. Creo que le convendría considerar un cambio de lacayos.

La quijada de Galo se tensó.

—¿Y de quién es la culpa?

Aren señaló a sí mismo con un dedo simulando estar confundido, y dijo:

—¿Mía?

—Desde el momento en que pusiste un pie en el castillo supe que ocultabas algo.

—Y sin embargo, nunca descubriste qué era —dijo Aren con petulancia. Galo daba la impresión de estar pensando en cómo asesinarle.

Al otro lado de la habitación, Violet se revolvía en el sofá. Se talló los ojos con una mano y se sentó enfrente de las ventanas oscuras, pestañeando.

—¿Durmió mucho tiempo?

—Un par de horas —dijo Galo.

—¿Emelina sigue allá arriba con él?

—Sí —dijo Aren.

—Lleva todo el día allá arriba. ¿Debería ofrecerle un relevo, otra vez?

—No hace falta —dijo Aren—. No se apartará de su lado.

Violet se levantó, caminó hacia ellos y se sentó en la silla junto a Galo. Estaba intentando, sin éxito, no mirar mucho las quemaduras en los brazos de Aren. El chico conocía bien esa expresión. Puso las palmas en la mesa para que Violet pudiera dar un buen vistazo.

—¿Lo quiere en verdad? —preguntó Violet en tono muy sorprendido.

—Si está aquí salvándole la vida no será porque lo odie —dijo Aren secamente.

—Sí, lo quiere —dijo Galo—. Y el sentimiento es mutuo.

—Él es más indulgente de lo que yo sería —refunfuñó Mateo.

Aren lo fulminó con la mirada y dijo:

—Y ella es más indulgente de lo que yo sería.

—¿De qué tendría que disculparse Cas? —preguntó Mateo.

—¿De cruzarse de brazos y permitir que su gente nos asesinara, por ejemplo? ¿De que su padre asesinara a la madre de Em? ¿De haber secuestrado a su hermana para hacer experimentos con ella durante un año?

—Cas no hizo nada de eso —dijo Violet.

—Aceptar semejantes atrocidades es tan malo como cometerlas —replicó Aren.

—No sé si estoy de acuerdo con esa afirmación —dijo Mateo.

Aren abrió la boca para ofrecer una respuesta pero Galo se adelantó y le dijo:

—Cas estaría de acuerdo contigo, Aren.

—¿En verdad?

—Sí.

No dio más explicaciones.

—¿Han subido a ver cómo está? —preguntó Violet tras un breve silencio—. ¿Ha mejorado?

—Subí hace tiempo. Em dijo que despertó unos cuantos minutos y que de hecho estaba lúcido.

—Qué bien —dijo Violet levantándose de la silla—. ¿Puedo dormir en ese sofá esta noche? —preguntó mirando a Aren.

—¿Te refieres a si te arrancaré algunas extremidades mientras duermes? Probablemente no. Inténtalo y veamos qué pasa.

—Aren —Violet dijo con poca energía—, estoy exhausta y pasé los últimos días cuidando a nuestro rey enfermo que sacamos a hurtadillas de una fortaleza muy custodiada. ¿Puedo dormir en ese sofá o no?

Él reconocía su agotamiento: era como el que sobreviene cuando tienes que escapar y lo has perdido todo.

—Puedes dormir en él —respondió en voz baja.

—Gracias —se acercó arrastrando los pies y se dejó caer.

Aren señaló hacia las escaleras.

—Ustedes suban y ocupen la segunda recámara. Yo me quedaré aquí abajo toda la noche. Nadie molestará a Cas con Em cerca.

Pensó que los guardias opondrían resistencia, pero Galo se levantó y le extendió la mano a Mateo.

—Despiértame si Cas necesita algo, con toda confianza —dijo.

—Lo haré.

Sus pasos se perdieron arriba, seguidos por el suave sonido de una puerta que se cerraba. Aren se reclinó en su silla y pasó una mano por su rostro.

—¿Ella es la reina ahora? ¿Emelina? —preguntó Violet. Estaba estirada en el sofá, con el rostro volteado hacia él. Tenía la cabeza apoyada en las manos.

—Una de ellas —dijo él.

Aren miró a Violet mientras doblaba las piernas y las acercaba a su pecho. Había encendido la chimenea, pero la habitación seguía helada.

Se levantó soltando un largo suspiro. Tomó una cobija que estaba en una silla y se la arrojó a Violet encima. Ella se removió y se cubrió con ella hasta la barbilla.

—Gracias.

—Por nada. Hace un momento… me comporté como un cretino. En realidad, no te haría daño.

—Te lo agradezco.

Aren volteó y se encontró a Iria en pie frente a la puerta abierta, con expresión extraña. Ladeó la cabeza y miró a Violet y luego a Aren…

—Ningún guerrero —dijo él caminando hacia la puerta—. Lo siento. Em lo dijo claramente: ningún guerrero en la casa.

—Vine a ver si necesitaban algo.

—Estamos bien.

Iria levantó la barbilla para mirar a Aren fijamente a los ojos. Siempre hacía eso. Lo observaba con tal intensidad que hacía que se le erizaran los cabellos de la nuca.

Él habría querido que dejara de hacerlo. Era fácil olvidar lo bonita que era cuando estaba del otro lado de la habitación o rodeada de guerreros, pero cuando se erguía frente a él y lo veía así, perdía el control de sus sentidos.

Se frotó la nuca y se puso a mirar atentamente el piso.

—¿Algo más?

La pregunta sonó más dura de lo que pretendía.

Iria retrocedió.

—Lo siento. No. Hasta mañana.

Cuando salió, Aren cerró la puerta. La risa de Violet lo hizo voltear.

—¿Qué?

—En verdad que eres un cretino —y rodándose para quedar de espaldas a él, agregó—. Eso les gusta a algunas chicas, supongo…

QUINCE

Em abrió los ojos para encontrar la sonrisa de Cas frente a ella. Respiró hondo y se incorporó, apoyándose con las manos en el colchón. La luz del sol entraba a raudales por la ventana; algunas voces alcanzaban a oírse desde la planta baja.

—¿Cómo te sientes? —preguntó Em a Cas.

—Fatal —respondió sonriendo—, pero mejor.

Em puso una mano sobre su frente. Ya no había fiebre. La temperatura había descendido la noche anterior, y él había caído profundamente dormido. Ella también se quedó dormida, con la palma de la mano sobre el pecho de Cas, para asegurarse de que no dejara de moverse.

Cas tomó su mano cuando ella quiso apartarla, y la rozó con sus labios. La puso cerca de su cuerpo.

—¿Dónde estoy?

—En Vallos, al sur de la fortaleza, a medio día de camino. Es un pueblo que se llama Roca Sagrada.

—¿Tú por qué estás en Vallos? ¿Qué pasó cuando volviste a Ruina?

Em, sentada con las piernas dobladas, le contó lo que Jovita había hecho y cómo habían empezado a organizar una nueva vida en Ruina cuando ella atacó. Le habló de August y de los guerreros que estaban afuera.

No mencionó el detalle de que August podría casarse con ella.

—Lo siento, Em —dijo Cas en voz baja cuando ella terminó su narración—. Traté de detenerla. Intenté convencer a la gente de que los ruinos nos dejarían en paz si nosotros dejábamos de matarlos.

—Lo sé. Y eso estábamos haciendo. Había ordenado a todo mundo que se quedara en Ruina.

Cas ladeó la cabeza.

—¿*Tú* ordenaste?

—Ah, sí… mmm, de hecho soy la reina. Una de las reinas. Olivia sugirió formar una diarquía.

Cas esbozó una sonrisa.

—Admirable, su majestad.

Em le dio un empujoncito en la pierna con el pie.

—Basta.

—Sí, su majestad —Cas rio cuando Em frunció la nariz—. A mí puede llamarme *exmajestad*. Suena simpático, ¿cierto?

La sonrisa de Em se desvaneció.

—Todavía eres el rey, Cas. Sólo tienes que mostrarle a Jovita que no puede derrocarte.

—¿Qué crees que dirían de eso los guerreros que están allá afuera?

Em no supo responder porque él tenía toda la razón. Los guerreros no tenían interés en devolver Lera a Cas. Ya bastante había costado convencerlos de que no lo asesinaran.

—Quisiera bañarme —dijo Cas—, ¿crees que sea posible?

—Claro —dijo Em bajando de la cama—, aunque dudo que estés lo bastante fuerte para hacerlo tú solo.

Él arqueó una ceja.

—¿Eso fue un ofrecimiento de ayuda?

Em se sonrojó.

—Fue un ofrecimiento de ir a buscar a Galo.

Cas se incorporó lentamente apoyando las manos en el colchón.

—Sí, por favor. Definitivamente voy a necesitar ayuda.

—Bien, lo haré venir —dijo caminando a la puerta.

—Em...

Ella volteó. Ahora la expresión de Cas era seria.

—¿Estoy a salvo aquí? —preguntó—. ¿Debemos preocuparnos de que el ejército de Vallos nos ataque? Imagino que aún no te han perdonado que mataras a su princesa.

—Definitivamente deberíamos preocuparnos de que el ejército de Vallos pueda atacarnos, pero tengo a ruinos y guerreros vigilando. Probablemente ahora mismo éste sea el lugar más seguro para ti.

—Gracias, Em.

—Nada que agradecer.

—¿Volverás más tarde?

—Por supuesto.

Abrió la puerta y salió al pasillo. Las voces de la planta baja enmudecieron cuando descendió y todas las miradas se fijaron en ella. Aren estaba sentado en la mesa de la cocina, solo. Mateo, Galo y Violet estaban en la sala.

Galo se puso en pie de un brinco.

—¿Cómo está?

—Mucho mejor. Quiere bañarse. ¿Puedes ir a ayudarlo, Galo?

—Claro —dijo—. Mateo, ¿traes agua por favor?

El guardia asintió con la cabeza y fue por un cubo a la cocina para luego salir rápidamente de la casa. Galo subió corriendo las escaleras.

Em miró a Violet. La joven era más o menos de su misma edad, acaso un par de años mayor. Se había recogido el cabello oscuro en un moño holgado; unos rizos sueltos enmarcaban su hermoso rostro.

—Violet, ¿cierto? ¿Eres guardia o parte del servicio?

Violet se puso en pie y atravesó la habitación para quedar frente a Em.

—Ni una cosa ni la otra. Soy regente de la provincia del sur de Lera. Desde hace poco.

—¿Desde hace poco, es decir, después de que los guerreros atacaron el castillo?

—Sí —los ojos se le llenaron de lágrimas y rápidamente trató de contenerlas.

—¿Cas y tú ya se conocían?

—No. Nos vimos por primera vez en el carro. En el que nos pusieron los guerreros…

—Sé cuál —interrumpió Em—. ¿Qué piensas de los ruinos, Violet?

La muchacha inclinó la cabeza hacia Aren.

—Bueno, ya dejamos en claro que él es un cretino…

Em soltó una breve risa de sorpresa. Trató de disimularla carraspeando. Aren puso los ojos en blanco, pero sus labios se curvaron un poco.

—… y usted organizó el asalto al castillo de Lera en que murió mi padre —continuó Violet, regresando la mirada a Em—, así que no siento mucho cariño por ninguno de los ruinos en esta cabaña.

La casa quedó en silencio mientras Violet miraba a Em fijamente.

—Lamento mucho eso —dijo Em en voz baja. El rostro de Violet enrojeció, recelosa—, pero la pregunta era qué piensas de los ruinos en su conjunto.

—Juzgo a los ruinos como hago con el resto del mundo: caso por caso.

Em casi sonrió. Mientras esa chica no albergara odio por los ruinos, no importaba disgustarle. Era la principal aliada de Cas, su mayor esperanza de recuperar el trono. La provincia del sur de Lera era la más grande y, hasta donde Em sabía, los guerreros aún no la habían tomado.

—Esta casa será para ustedes cuatro —dijo Em—. Nadie más que Cas, Galo, Mateo y tú pueden entrar, a menos que ustedes aprueben lo contrario. He ordenado que a ninguno de ustedes se le haga daño. Si les parece que alguien está desobedeciendo esa orden, acudan a mí inmediatamente.

—Bien —dijo Violet.

—También daré a todos la orden de no decir una palabra sobre su presencia. Aquí estarán a salvo, por el momento.

Em caminó a la puerta y con un gesto llamó a Aren:

—Vamos.

Salió seguida de Aren y cerraron la puerta a sus espaldas.

—¿Los dejamos sin vigilancia? —preguntó.

—Por ahora. Volveré por la tarde.

Escudriñó la zona. El camino frente a ellos llevaba directamente al centro del poblado. Guerreros y ruinos pasaban caminando; sus risas flotaban en el aire.

—Olivia les consiguió un buen lugar donde dormir. Para mí, encontré un lugarcito en el ático de una panadería —dijo Aren, y agregó—: Olivia quiere hablar contigo.

—Ya lo creo —Em frotó su collar con el pulgar—, pero antes tengo que hablar con August.

—Qué interesante será eso —dijo Aren con un resoplido y bajó del cobertizo.

—Aren.

Él se volvió hacia ella otra vez, con los ojos entrecerrados por el sol.

—¿Me apoyas en esto? ¿En permitir que se queden?

—Vigilé toda la noche, ¿o no?

—No me refería a eso. Yo sé que harás lo que te pida. Lo que quiero saber es si crees que es una decisión estúpida. Si me respaldarás ante los ruinos.

—Por supuesto que te respaldaré ante los ruinos —dijo—. No creo que sea una decisión estúpida: creo que el razonamiento detrás de ella lo es.

Ella lo miró con curiosidad.

—Estás dejando que Cas descanse aquí porque lo quieres. Porque estás tratando de aferrarte a una relación que no tiene futuro. Tarde o temprano tendrás que dejarlo ir, Em.

Tenía razón, pero ella no podía evitar sentir un gran alivio al ver de nuevo a Cas. Como si esos pocos días que tendría con él fueran quizás un regalo.

—Pero si fuera yo, también los mantendría aquí —continuó Aren—. Ahí adentro tienes al rey de Lera y a la regente de la mayor provincia. Claro que yo no los dejaría ir —se frotó la frente con los dedos—. Estoy agotado. Voy a buscar donde dormir.

—Gracias, Aren.

—Plantéalo así, ¿de acuerdo? Como hice yo. No expongas tus sentimientos.

—No lo haré.

—Y trataré de que te deshagas de esos sentimientos, Em. Puede ser que tú lo quieras, pero él es nada comparado contigo. Tú eres nuestra reina y nuestra salvadora. Serás la mejor gobernante que los ruinos hayan tenido jamás. Él no es más que un niño.

Las palabras de Aren retumbaron en todo su cuerpo. Las pronunció tranquila y amablemente, pero igual la desconcertaron. No se le ocurría una respuesta.

Aren no esperó a que la hubiera. Giró sobre sus talones y se marchó.

No necesitaba que ella le dijera que tenía razón.

DIECISÉIS

Olivia respiró hondo por la nariz, pero no sirvió para apaciguar la furia que bullía en su pecho.

Vio a Em salir de la casa de la orilla del pueblo con Aren. Olivia podía irrumpir en esa casa y matar a todos en menos de diez segundos. Adiós, Casimir. Problema resuelto.

Enroscó los dedos alrededor de la cadera de la estatua de Boda. En esa población, había estatuas de los ancestros por todas partes, pero ninguna tan grande como las tres frente al tribunal. Eran mucho más altas que ella; tenían en los rostros expresiones ridículas que quizá pretendían ser pacíficas, pero en opinión de Olivia sólo lucían cansadas.

Las miró con desagrado y se hizo a un lado. Tantas estatuas y ninguna había hecho nada para proteger a nadie. De cualquier forma, la gente de Roca Sagrada había sido expulsada de sus hogares. Tendrían que haber empleado su dinero en conseguir armas.

Un poco más adelante, Aren se alejó de Em. A pesar de su expresión avinagrada, había pasado la noche vigilando a la gente de Lera porque Em se lo había pedido. Si hubiera bandos, Aren definitivamente estaba en el de Em.

¿Los había?

No había dado a Em la oportunidad de ser reina sólo para que cuidara a gente de Lera. Los ruinos nunca iban a respetar a sus reinas si tomaban esas estúpidas decisiones.

Em se dirigió hacia donde estaba Olivia, pero aminoró el paso al toparse con su mirada. Al parecer, su enojo era evidente.

—Es temporal —justificó enseguida, deteniéndose frente a su hermana—. Él…

—Adentro —la interrumpió Olivia bruscamente. Había ruinos y guerreros deambulando a su alrededor, cargando artículos que habían robado de las tiendas. No iba a tener esa conversación en público.

Em la siguió a la casa junto al tribunal. Tenía dos pisos, con dos recámaras arriba, y sala y cocina abajo. Más allá había casas más grandes, pero a Olivia le había gustado la ubicación de ésta.

Cuando entraron, azotó la puerta y Em se sobresaltó.

—No puede quedarse —dijo Olivia.

—Jovita lo envenenó. No representa ninguna amenaza. Está tan débil que ni siquiera puede caminar sin ayuda.

—Para mí, Casimir nunca ha sido una amenaza —dijo Olivia mofándose—. Eso no es lo que me preocupa. Me pregunto por qué nosotros habríamos de querer que el rey de Lera recupere la salud.

—Prometió dejarnos tranquilos. Si es rey, nunca más tendremos que preocuparnos de ser atacados. Si vuelve al trono, tendremos paz.

Olivia soltó una risa sarcástica.

—Em, ¿te das cuenta de lo que dices? Fuiste a Lera para eliminar por completo a la estirpe de los Gallegos ¿y ahora quieres alentar su reinado?

—Él no es como su padre, él…

—¡No importa! —gritó Olivia—. ¡No importa si él odiaba a su padre! Sigue siendo parte de un reino que nos declaró la guerra; que asesinó a nuestros padres, a nuestra gente. Quizás él no empuñó la espada personalmente, pero sigue cargando con la culpa.

—Lo sé —dijo Em en voz baja.

—¿Entonces? ¿Simplemente decidiste perdonarlo?

Em apretó los labios; tenía los ojos anegados en lágrimas.

—Sí —dijo.

Olivia pestañeó. La respuesta parecía obvia, pero no dejaba de ser horroroso oírla.

—Estuve enojada mucho tiempo —dijo Em—. Pensaba que destruir Lera me haría sentir mejor, pero no fue así. Lo único que me sanó fue perdonar a Cas.

—Él no merece perdón. Ninguno de ellos. Y concederles muestra de *debilidad* —escupió la última palabra con furia.

—Yo no concuerdo —dijo Em.

Olivia se dio la media vuelta y abrió la puerta principal.

—Liv, no vas a… —la voz de Em se fue apagando.

—¿Qué? —por encima del hombro, Olivia le lanzó a su hermana una mirada cargada de veneno—. ¿Matarlos a todos ahora mismo?

—Por favor, no lo hagas.

Estaba tentada. Sin duda, eso le daría un giro positivo al día. Pero los ojos de Em estaban muy abiertos, suplicantes, y Olivia no estaba del todo segura de que su hermana fuera a perdonarla si asesinaba a Cas. Ese joven la había cegado.

—No les haré daño —dijo Olivia—, aunque sólo sea para que me escuches "Te lo dije" cuando ese muchacho te traicione.

Salió de la casa pisando fuerte y azotó la puerta con tal brío que todo el edificio tembló. Algunos ruinos lo notaron y la miraron con preocupación. Bien. Después de todo, debía haber tenido el pleito con Em afuera, para hacer saber a los ruinos que la débil no era Olivia.

Al otro lado del camino, Davi salía de una panadería con una hogaza en la mano. Dio una gran mordida y sonrió. Por lo menos, tenían comida y refugio. La idea había sido de Em, pero sin Olivia al frente de los ruinos nunca habrían podido tomar el pueblo.

Olivia dio un paso atrás y alzó la mirada hacia la casa que era su hogar temporal. No era suficientemente buena. Roca Sagrada era un diminuto pueblo en Vallos, ni más ni menos. El peor de los cuatro reinos, por donde se mirara. Era mejor que las cabañas, pero aún no era suficiente. No para los ruinos. No para su reina.

Dio la vuelta y caminó hacia la plaza. Sólo había una cosa que hacer con ese enojo.

—¿Aren? —gritó—. ¡Aren!

Él llegó corriendo.

—¿Qué pasa?

—Nada. Voy de caza. ¿Vienes?

—De caza, es decir… —su voz se fue apagando.

Ella no se tomó la molestia de responder. Él sabía que no iba a cazar animales.

Se alejó por el camino sin hacer caso de las miradas curiosas de su pueblo. El establo quedaba un poco más adelante, del lado izquierdo. Pasó junto a Jacobo, que estaba guardando el caballo de un guerrero.

Aren corrió a alcanzarla.

—¿Pasó algo? ¿Por qué tenemos que salir a cazar?

—No debemos engañarnos y pensar que aquí estamos a salvo. Tenemos que patrullar el área circundante.

Eso quizás era cierto, pero no era la razón que la motivaba. Si no podía sacarle a Cas la columna vertebral por la garganta, al menos podía buscar alguien más a quien matar.

—Tienes razón —dijo Aren—. Iré contigo.

Montaron dos caballos del establo. Al salir del pueblo Olivia espoleó al suyo; el viento le agitaba la cabellera.

Avanzó por el camino del sur, el que el día anterior les había ordenado tomar a los residentes de Roca Sagrada. En las afueras no encontró a nadie, desafortunadamente. Dejó que su yegua redujera la velocidad mientras registraba el área. Aren la alcanzó.

—¿Por qué dormiste anoche con ellos? —preguntó Olivia.

—Porque Em me lo pidió.

—Podrías haber dicho que no.

—Supongo que sí. No tiene sentido hablar con Em cuando se trata de Cas. Ella nunca lo habría dejado partir en esas condiciones, así que ni siquiera hice el intento de discutir con ella.

—Es estúpido —bufó Olivia—. Tenemos que hacerla olvidarlo.

—Bueno, August lo está intentando.

—Em no va a casarse con un humano… ¿Qué dices tú? ¿No estás interesado?

—¿En Em? No. Somos sólo amigos.

—¿Y qué? Los amigos se enamoran, pasa todo el tiempo.

—Puede ser, pero a Em y a mí eso no va a pasarnos.

Olivia pasó una mano por su frente.

—Está bien. Supongo que entonces te casarás conmigo.

—¿Qué?

—No quedan muchos hombres jóvenes entre los ruinos —dijo—. Ya te había insinuado que probablemente te casarías con una de nosotras.

—Lo sé, pero... —de pronto pareció nervioso—. Está Jacobo. ¡Y Paulo!

—Ninguno de ellos es tan poderoso como tú.

No supo qué más decir.

—¿Acaso no deseas ser rey? —preguntó Olivia.

—No, no es eso, es que... —tragó saliva eludiendo su mirada.

—No pretendo casarme por amor, Aren. Yo no soy mi hermana. Me agradas, es verdad, pero me importa más el control de tus habilidades, y tu capacidad para gobernar a los ruinos.

—Conque te agrado... —dijo Aren con una risita—. ¡Ay, Liv, eres terriblemente romántica!

Ella frunció el ceño. No se trataba de romance. Sin duda, Aren era guapo, con esos hoyuelos y sus ojos negros, pero a ella nunca le había importado mucho la belleza. Él era la mejor elección de marido, más allá de su apariencia física.

—Mi matrimonio no es una prioridad, así que por el momento no te preocupes por eso. Tal vez lo será en algunos años —dijo.

Aren se quedó mudo y asintió con la cabeza; su sonrisa se estaba desvaneciendo.

Un movimiento repentino llamó la atención de Olivia y jaló la rienda para frenar a la yegua. Más adelante, a la derecha del camino, alguien había erigido un campamento provisional, con dos tiendas mal levantadas que caerían sobre la tierra con la primera ráfaga de viento.

—Allá —señaló Olivia.

Aren entrecerró los ojos para observar mejor.

—Sólo veo como a diez. Probablemente sólo están descansando para seguir su camino al siguiente pueblo.

—¿Y?

—Yo no… —se interrumpió y bajó la mirada a las riendas que tenía en las manos.

—¿Qué?

—No creo que debamos dar caza a gente tranquila, que no molesta a nadie. Sería como lo que los cazadores hicieron con nosotros.

—Exactamente. Lo merecen.

—Ellos no son cazadores, Liv: son gente que huyó sin oponer resistencia. Ya bastante nos preocupa que el ejército de Vallos pueda hacer un intento por recuperar Roca Sagrada.

—El ejército de Vallos —repitió Olivia burlona—. ¿Cuándo en la vida ha conseguido algo el ejército de Vallos?

—De todas formas no debemos acosarlos. Si deciden atacarnos, podríamos perder a más ruinos.

—¡Por favor!, ellos no están a nuestra altura. Yo puedo proteger a los ruinos —golpeó a la yegua en el costado para que echara a andar—. Eres débil, Aren —le gritó por encima del hombro.

Él no la siguió. Olivia pensó que cambiaría de parecer, pero cuando miró atrás Aren seguía congelado a la zaga, sobre su caballo.

Eran doce humanos en total. Un pequeño, al reconocer las marcas ruinas en el cuello de Olivia, comenzó a gritar, y el resto del grupo hizo lo mismo. Ella podría haber matado a todos rápidamente y así detener el escándalo, pero no lo hizo.

Se tomó su tiempo. Su madre habría estado orgullosa.

Cuando volteó, Aren se había marchado. Pudo verlo a lo lejos, cabalgando de regreso al pueblo. No sólo se había negado a matar a los humanos: había huido para no ser parte de ello. Pusilánime.

Olivia dejó a un hombre vivo para que pudiera hablar de ella a su gente. Lo dejó envuelto en polvo mientras ella se marchaba al galope.

Aren no estaba por ningún lado cuando Olivia volvió al establo. Dirigió a la yegua a su compartimento y le dio una palmada aprobatoria. Podía confiar en que por lo menos la yegua hacía su trabajo.

Mientras caminaba por el centro del pueblo, los once asesinatos seguían vibrando en su cuerpo. Si Em no fuera inútil, entendería por qué el perdón no era la mejor alternativa. La furia era lo que finalmente había dado rienda suelta al poder de Olivia. Era diez veces la ruina que había sido antes de la invasión de Lera. Cada momento en esa celda, rodeada de debilita, la había hecho una mejor ruina: la hierba que supuestamente debía dañarla la había hecho más fuerte.

Y en todo caso, ¿qué tenía de maravilloso Casimir? Era atractivo, claro, pero Em nunca había sido de las que se desmayaran ante los jóvenes apuestos. De haber sido así, desde hacía años habría puesto la mira en Aren.

Miró el camino en dirección a la casa de Casimir. Había un guardia en el cobertizo con las manos en las caderas. Olivia pudo sentir su temor al verla.

Bien.

Lo miró fijamente mientras caminaba hacia la casa. El guardia se apoyó en la puerta para protegerla con su cuerpo. Olivia se detuvo al pie de los escalones.

—Quiero hablar con Casimir.

El guardia tocó a la puerta y llamó a Galo.

La puerta se abrió y dejó al descubierto a otro guardia. Galo la miró con ojos muy abiertos.

—Quiero hablar con Casimir —repitió.

Galo sacudió la cabeza.

—No.

—¿Eres tú su jefe? Por lo menos ve y pregunta.

—Está descansando.

Olivia, irritada, suspiró. Retrocedió, levantó la barbilla, hizo un altavoz con las manos y gritó:

—¡Casimir! ¡Soy Olivia! ¡Quiero subir y hablar contigo! —hizo una pausa para pensar por un momento—. ¡Prometo no sacarte el corazón, si eso te preocupa!

—¡Hey! —replicó Galo con dureza.

Olivia retiró las manos ahuecadas de su boca.

—¿Algún problema?

Galo la fulminó con la mirada. Detrás de él apareció una chica y dijo algo que Olivia no alcanzó a escuchar.

—¿En serio? —Galo preguntó sorprendido.

La joven asintió con la cabeza.

Galo frotó su rostro y miró a Olivia.

—Puede pasar.

—Maravilloso —Olivia subió los escalones dando saltitos y entró. La joven rápidamente se hizo a un lado para dejarla pasar.

—Yo iré con usted. Eso no está a discusión —dijo Galo.

—No podrías protegerlo de mí —dijo ella subiendo las escaleras de dos en dos—, pero si eso te hace sentir mejor…

—Si le hace daño, juro que…

—Tranquilo —lo interrumpió—. Em me pidió que no lo hiciera, así que no lo haré.

—Es ahí —dijo Galo entre dientes señalando la puerta de la derecha.

Casimir estaba sentado en la orilla de la cama con los pies descalzos sobre el suelo. Se veía peor que la última vez, y eso era mucho decir, tomando en cuenta que en ese último encuentro había asesinado a la madre de él.

Olivia cruzó los brazos, se recargó en la pared y fijó en Casimir la mirada. Galo se quedó en la entrada; sus dedos no dejaban de moverse alrededor de la empuñadura de su espada.

—Hola —dijo Cas vacilante.

Ella cruzó un dedo sobre sus labios.

—Shhh. Un minuto de silencio.

Cas miró a Galo, pero asintió con la cabeza y permaneció callado.

Olivia lo observó con atención. No sabía qué buscaba, pero necesitaba un momento para encontrar lo que fuera que su hermana veía en él.

Incluso enfermo era bastante guapo. Su cabellera oscura era abundante y un poco ondulada. Sus ojos, más azules que verdes, pero eso bastaba para que resultaran cautivadores. La línea de su mandíbula resultaba muy agradable y la piel del rostro lucía suave, recientemente afeitada.

Se parecía a su padre. Los ojos eran distintos, pero sus rasgos tenían la clara impronta del rey Salomir. Para Olivia era difícil mirarlo sin torcer los labios.

—¿Qué crees que Em vea en ti? —preguntó, rompiendo finalmente el silencio.

—¿Cómo dices?

—¿Por qué le agradas?

—Eh... —lo pensó un momento—. Una vez me dijo que yo era bueno. Y razonable. Y considerado.

—¿Razonable? —preguntó Olivia incrédula—. ¿En verdad?

—Sí.

—Qué romántico.

—Con mi padre no podía razonarse, así que lo consideré un cumplido.

Olivia ofreció un gesto de fastidio.

—Lamento lo que te hizo —dijo Cas—. Que haya matado a tu madre, que te haya capturado. Todo. Lamento haberme mantenido al margen cuando sucedió.

—¿En verdad pretendes, Cas, que acepte esa disculpa?

—¿A qué te refieres?

—Te estás disculpando conmigo sólo para poder decirle a Em que lo hiciste y así sentirte mejor contigo mismo —se acercó un poco más a él y oyó que Galo hacía una aspiración brusca—. Yo maté a tu madre. Tú me odias.

—No —respondió encogiéndose de hombros—. No. Sé que debería, pero no te odio.

Olivia resopló.

—Claro.

—No voy a mentir, es difícil mirarte. No creo que jamás logre verte sin... —tragó saliva—. Pero entiendo tu enojo.

—Tú no entiendes *nada.*

—No espero que me disculpes, pero sí lo lamento y quiero hacerlo mejor.

—¿Entonces, también me disculparás a mí? Demasiadas disculpas flotan hoy por aquí, tantas que no he podido llevar la cuenta.

—Pensé que sería insultante ofrecerte mi perdón —dijo Cas—, pero si lo quieres, por supuesto que lo tendrás.

—No lo quiero, y no deberías estar ofreciéndolo —se inclinó para quedar frente a frente—. ¿En verdad crees que Em te disculpa? Aunque diga que lo hace, es mentira. No existe perdón para lo que has hecho.

Cas sostuvo su mirada, pero se notó cómo se le movió la garganta al tragar saliva. Irradiaba miedo. Lo que ella daría por quebrarle algunos huesos.

—¿Conoces el dicho "se cosecha lo que se siembra"? Para ti la cosecha fue dura, ¿cierto? Perdiste tu reino, a tus padres y tu salud —dijo Olivia.

—Lo había notado, sí —dijo en voz baja.

—Muy bien. Y tampoco te engañes creyendo que me has perdonado. Le arranqué el corazón a tu madre y no lo lamento. Lo volvería a hacer.

—Se lo merecía —dijo Cas, pero en realidad no a Olivia; parecía estar hablando para sus adentros.

—¿Qué? —preguntó ella, sorprendida. Quizás había sobrestimado el amor de Cas por su madre.

—Em me dijo eso una vez. Dijo que no lamentaba en lo absoluto haber matado a algunas personas. *Se lo merecían* —rio suavemente—. Yo estaba horrorizado y admirado en partes iguales.

Olivia dio un paso atrás, intentando no comunicar su desconcierto. Había estado tan obsesionada intentando descubrir por qué a Em le agradaba Cas que no se había detenido a pensar por qué Cas sentía lo mismo por Em. Había un millón de cosas adorables en su hermana, pero la expresión del rostro de Cas al hablar de ella era algo que no esperaba ver.

—Quizá mi perdón sea irrelevante —dijo Cas—. Lo perdí todo, y odiarte no hará que lo recupere.

—Jamás sentiré lástima por tí —dijo ella bruscamente—, y no lo has perdido todo. Tienes a mi hermana, que extrañamente está decidida a ayudarte a recuperar un reino que ni siquiera mereces.

Cas bajó la mirada.

—Tienes razón —dijo suavemente—, todavía tengo a Em.

—Ya basta —dijo Galo. Extendió la mano como si fuera a sujetar a Olivia—, vámonos.

Ella se hizo a un lado y lo fulminó con la mirada.

—De todas formas ya terminé.

Al caminar hacia la puerta echó un vistazo atrás, pero Cas no la miraba. Tenía la cabeza agachada. La imagen se quedó con Olivia mientras bajaba las escaleras y salía de la casa.

DIECISIETE

Al atardecer, Cas pudo levantarse sin ayuda. Ignoró a Galo y decendió las escaleras lento y cojeando. Cuando llegó abajo se sintió mareado y tomó el brazo del guardia un momento, para estabilizarse.

La sala estaba bañada de luz anaranjada y Violet se encontraba acurrucada en el sofá con un libro en el regazo. Junto al sofá había un gran librero y por primera vez Cas se preguntó a quién pertenecería esa casa. ¿Alguna vez recuperarían sus libros?

Violet sonrió.

—Luces bien.

—No es cierto.

—Bueno, no pareces a punto de morir. Es una mejoría.

—Gracias —dijo con una risa débil. Soltó a Galo y caminó a la puerta arrastrando los pies.

—Iré a sentarme un momento en el cobertizo.

—Eso no es buena idea —replicó Galo.

—Em dijo que podíamos hacerlo. No iré más allá. Necesito respirar aire fresco.

Se sentía apretujado e incómodo en la casa de un extraño y quería ver un poco del pueblo.

Y tenía esperanzas de ver a Em. Detestaba no poder correr a buscarla. Debía esperar a que ella fuera a él, y le preocupaba que no lo hiciera. Tenía cosas que hacer: un reino que gobernar, gente que proteger, batallas que pelear. No podía ayudar y eso lo hacía sentir pena por él.

—No me pasará nada —le dijo a Galo, que intentó seguirlo a la puerta—. Puedes observarme desde las ventanas, como una pesadilla, si eso te hace sentir mejor.

Galo refunfuñó algo que Cas no entendió pero no le tomó importancia. Era posible que pronto Cas dejara de ser rey. Debía aprender a protegerse él mismo.

Abrió la puerta y una ráfaga de viento golpeó su rostro. Respiró hondo al poner un pie afuera. Arriba había abierto la ventana, pero no había servido gran cosa para aminorar el encierro.

Se deslizó hasta sentarse en el suelo, se recargó en el muro y estiró las piernas. La casa estaba a la orilla del pueblo, así que no alcanzaba a ver mucho más allá del contorno de algunas construcciones. Escuchaba risas provenientes de esa dirección.

¿Estaba Em allá? No lo había visitado desde que se marchó Olivia, lo cual le hizo pensar que no sabía que su hermana lo había visitado. O quizá sí. Quizás Em misma había enviado a Olivia con la esperanza de que ambos pudieran llevarse bien. Si era así, el plan había fracasado.

Una figura alta apareció al final del camino, eso llenó a Cas de esperanza. La figura se acercó. Era un muchacho: Aren.

Cas se recargó en la casa con un suspiro.

—Hola, Aren —dijo.

La cabeza de Aren volteó bruscamente hacia él.

—¿Cas? ¿Qué haces aquí afuera?

—Tenemos permitido estar en el cobertizo.

Aren se acercó y se detuvo al pie de los escalones.

—Lo sé, pero alguien podría estar deambulando por ahí y arrancarte la cabeza.

—Correré el riesgo. Además, Olivia no lo hizo cuando estuvo en mi habitación, así que creo que estaré a salvo.

—¿Olivia estuvo en tu habitación?

Aren parecía incrédulo.

—Sí. Vino y me observó un momento. Después hablamos. Fue extraño.

—Ah —exclamó Aren ceñudo, mirando al suelo.

—¿Has visto a Em?

—Sí, está con algunos guerreros, discutiendo un plan para... —se calló de repente y carraspeó—. Estoy seguro de que vendrá a verte cuando pueda.

Por supuesto que lo haría. Olivia tenía razón. Él aún contaba con Em. Había pasado tanto tiempo pensando en lo que perdió que había olvidado a la persona más importante. Em seguía apoyándolo incluso cuando parecía absurdo hacerlo.

—Estás complicando las cosas, ¿sabes? —dijo Aren—. Olivia está furiosa con tu presencia. Los guerreros te quieren muerto, y la mayoría de los ruinos también.

—Lo sé, pero ¿adónde puedo ir? Mi reino no existe más, mi prima está intentando usurpar mi trono y mis padres están muertos. La única pariente que me queda quiso asesinarme —cerró los ojos; de inmediato apareció el rostro de Em, sus labios esbozaron una sonrisa—. Cuando Em llegó a conocerme mejor, decidió no asesinarme. Eso tendría que decir algo, ¿cierto?

Aren hizo un ruido extraño, como si se estuviera atragantando, y Cas abrió los ojos para ver cómo intentaba contener una risotada. No lo consiguió.

—Supongo —dijo Aren—. Eso suena a su lógica, de hecho.

—Tenemos mucho en común en estos días.

—Supongo que sí —dijo Aren en voz baja.

—Además creo que, aunque yo ahora me marchara, encontraríamos el modo de estar juntos de nuevo —dijo Cas. Levantó la cabeza para mirar hacia las estrellas—. He estado pensando que puede haber en todo esto la mano de alguien más.

—¿A qué te refieres?

—¿Qué probabilidades había de que nos encontráramos en la selva camino a la fortaleza? Es una selva grande, y aun así nos encontramos. Y ahora, en Vallos. Dice Galo que si esa rueda no se hubiera atascado en el fango, de ninguna manera habríamos coincidido. Ahora estaríamos en lo más profundo de Vallos —Cas enderezó las piernas y las extendió frente a él—. Mis padres no eran creyentes, pero todo eso me hace pensar que los ancestros sí están allá afuera, cuidándonos.

—No lo sé —dijo Aren sacudiendo la cabeza; guardó silencio unos momentos y entonces agregó—: las cosas pasan, es todo. Coincidencias.

—Tal vez *coincidencia* sea una manera de hablar del destino —sonrió Cas—. Tú sólo observa. Si volvemos a separarnos, apuesto a que nos encontraremos.

—Agh, qué asco. ¿Podrías quitar esa desagradable mirada boba de tu rostro, por favor?

—¿Qué mirada? —preguntó Cas riendo.

Aren dibujó un círculo en el aire.

—Ese gesto de amor o lo que sea. No necesito verlo.

Cas nunca había pensado en ello, pero en ese momento no le pareció inadecuado. Le sonrió a Aren y comentó:

—¿Acaso no puedo sentir cariño por mi esposa?

—Vamos, no es *tu esposa*. Te casaste con la princesa de Vallos, no con Em.

Él nunca se había casado con la princesa de Vallos. Em podría haberlos engañado a todos, pero nunca hizo esfuerzo alguno por convertirse en Mary. Siempre fue ella misma.

—No pensarás alegar que tu matrimonio es válido, ¿cierto?

—¿Por qué? ¿Alguno de ustedes escucharía?

—Ni se te ocurra —la voz de Aren se tornó severa—. No puedes exigirle que…

—Aren, tranquilo —dijo Cas—. No voy a exigirle nada. Ni siquiera consumamos el matrimonio.

Aren pestañeó y el enojo desapareció poco a poco de su rostro.

—¿Que nunca qué?

—Oh, supuse que Em te habría dicho.

—No. Nunca dijo… —Aren parecía auténticamente confundido—. ¿Por qué no…?

Cas vaciló y se tronó un nudillo, preguntándose si le habría dicho a Aren algo que Em no quería hacer público.

—Ella no parecía desearlo —dijo en voz baja.

—Eso fue muy decente de tu parte —dijo Aren.

—No tienes que sonar tan sorprendido.

Aren frunció el ceño y lo miró como si no le gustara sorprenderse.

—¿Aren? ¿Qué estás…? —Em iba caminando con una expresión confundida en el rostro, y entonces descubrió a Cas—: ¡Cas! No estás en cama.

—Así es —dijo recargándose en el suelo del cobertizo para lentamente ponerse en pie. Extendió los brazos y exclamó—: ¡Mira! Hasta puedo levantarme solo.

En eso le acometió el vértigo y se apoyó con la mano en el muro.

—Casi —agregó.

Em subió de prisa los escalones del cobertizo y rodeó con el brazo su cintura. Él se apoyó en ella. Era altísima. A Cas le encantaba eso. Era lo bastante robusta para sostenerlo cuando él lo necesitaba.

—¿Qué haces aquí? —le preguntó Em a Aren con un dejo de recelo en la voz.

—Sólo estábamos charlando —dijo Cas.

La cabellera de Em seguía húmeda y todavía olía un poco a jabón. Cas la besó en la cabeza.

—Agh —dijo Aren—. ¡Adiós!

—¡Adiós, Aren! —se despidió Cas mientras el ruino se alejaba—. ¡Gracias por la charla!

Aren movió un poco la mano tras la espalda sin mirar atrás.

—¿De qué hablaron? —preguntó Em.

—De ti —Cas tomó su mano y la jaló de los dedos hasta que ella apoyó su cuerpo en el de él. Él le rozó los labios con el pulgar y ella movió los ojos en gesto aprobatorio. Él se inclinó un poco y dejó que su mano fuera bajando al cuello de Em. Ella cerró más la distancia y cubrió sus labios con los suyos.

El cuerpo de Cas la recordaba. Todas las fibras de su ser se iluminaban cuando lo besaba. Ella dejó una mano en la cintura de Cas pero dejó que la otra jugueteara con su cabello. De repente, todo lo que Cas había estado pensando ese día pareció absolutamente cierto. Tenía que quedarse con Em. Ahora ella era su hogar.

Sintió que el mundo se iba de lado e interrumpió el beso, pestañeando. Em lo sostuvo con más fuerza de la cintura.

—Lo siento. Mantenerme en posición vertical sigue siendo un poco problemático —y señalando la casa con un movimiento de cabeza propuso—: ¿vendrás conmigo para adoptar una posición que no sea vertical?

Ella echó una mirada a la puerta con expresión vacilante.

—Sólo a dormir, no te pido más... Estoy demasiado débil —y en silencio maldijo esa debilidad. Habría dado lo que fuera por poder estrechar con fuerza a Em y liberarla de alguna de esas prendas.

—Hay algunas cosas que tengo que decirte —le indicó Em.

—Mañana... —dijo él agachándose a besarla. Presionó suavemente sus labios contra los de ella, dos veces—. Esta noche esto es todo lo que quiero hacer.

Los labios de Em se curvaron sobre los de él.

—Yo también —susurró.

Cas la tomó de la mano y apoyándose en ella se estabilizó al entrar a la casa y subir las escaleras. Se tendió sobre la cama que había llegado a aborrecer, pero cuando Em se quitó los zapatos y se estiró junto a él, su lecho ya no pareció tan desagradable.

Él la jaló hacia sí y ella hundió la cabeza en su pecho. Ahí era donde él debía estar. Olivia tenía razón. Él no merecía su reino. No lo quería.

Em era todo lo que deseaba.

DIECIOCHO

Em despertó envuelta en el abrazo de Cas, con la espalda contra su pecho. Él tenía los labios ligeramente presionados en la base de su cuello; su aliento le hacía cosquillas.

Se le escapó una risita. Agachó la cabeza con una sonrisa de oreja a oreja.

—Buenos días —dijo él, con los labios rozándole el cuello. Sus dedos acariciaron la piel desnuda de su cintura, donde la blusa se había subido.

Em cerró los ojos; el tacto de Cas enviaba chispas por todo su cuerpo. Nunca más se levantaría de esa cama.

—Quiero despertar contigo todas las mañanas —dijo Cas.

—Eso sería lindo —suspiró ella imaginándolo un momento. Los dos llevarían menos ropa puesta y no tendrían la constante amenaza de peligro pendiendo sobre sus cabezas.

Los labios de él se apartaron de su cuello y rodó para mirarlo. El color había vuelto a sus mejillas.

—Te ves mejor —dijo.

—Me siento mejor —se tendió de espaldas, parpadeando—. Mucho mejor, de hecho.

Ella se echó adelante y apoyó la cabeza en su pecho. No debía quedarse. La luz entraba por las cortinas y esa mañana tenía que reunirse con August y algunos otros. Además, había cosas que tenía que decirle a Cas. Decirle, por ejemplo, que ella estaba conspirando para matar al único pariente que le quedaba, o que estaba considerando una proposición matrimonial de August.

En vez de eso, cerró los ojos y escuchó cómo latía el corazón de Cas mientras él pasaba los dedos por su cabellera. Así permanecieron largo rato, sin hablar. Ella había pasado gran parte de su tiempo hablando con Cas. Hablando de sus familias o de sus políticas o gritando sobre los ruinos. Quizá necesitaba pasar algún tiempo *sin hablar* con Cas.

Cuando el sol que se asomaba por las ventanas brilló más intensamente, Em, a su pesar, se desprendió de los brazos de Cas.

—Debo irme —dijo, buscando su mano—. ¿Te veré más tarde?

Él besó sus dedos y respondió:

—Aquí estaré. Igual puedo salir…

Em lo miró disculpándose mientras bajaba de la cama.

—Lo siento. Sabes que es por tu seguridad.

—Lo sé. No estaba quejándome.

Em se ató los cordones de las botas y se pasó los dedos por el cabello. Cas se incorporó fácilmente, ya sin la inestabilidad que exhibió el día anterior.

—¿Qué tanta mejoría sientes? —preguntó Em con voz dulce.

—Pues… mucha.

—¿Lo bastante, como para visitarte esta noche en tu habitación y…? —no estaba segura de cómo pretendía terminar esa oración.

Él tomó aire lentamente. Sabía a qué se refería.

—Sí.

Em sonrió y se sonrojó.

—Muy bien. Entonces te veré más tarde.

Abrió la puerta y salió de la habitación sin dejar de sonreír. Tal vez pronto tendría que despedirse de Cas, pero sin duda podría aprovechar al máximo el tiempo que aún les quedaba.

Caminó por el pueblo hasta su casita. Olivia no estaba. No habían hablado desde la discusión del día anterior. Tal vez lo mejor sería darle espacio hasta que Cas y sus amigos se marcharan.

Em se echó un poco de agua en el rostro, se cambió de ropa y tomó un mapa enrollado de la mesa. Afuera, los guerreros se repartían trozos de carne seca de venado. Tomó uno antes de dirigirse a casa de August, que se había instalado en el otro extremo del camino principal. Lo más lejos posible de Cas, había notado Em.

Aren estaba con Iria en el cobertizo, las manos metidas en los bolsillos, como si algo lo tuviera inquieto. Vio a Em y se alejó de Iria.

—¿Ya está aquí Olivia? —preguntó ella.

—No —dijo Aren sacudiendo la cabeza—. El resto del consejo está adentro pero no he visto a Olivia desde anoche.

Olivia estaba convocada a esa reunión, pero quizá no era sorprendente que no se tomara la molestia de aparecer. Había dejado claro que no tenía interés en negociar con los guerreros.

La puerta principal estaba abierta, así que Em entró, seguida de Aren e Iria. August se encontraba sentado en el sofá de la sala frontal con una guerrera de nombre Lorena a su lado. Todo el consejo ruino estaba presente: Mariana, Ivanna,

Davi y Jacobo estaban sentados en sillas frente al príncipe. Todos se pusieron en pie cuando Em entró.

August atravesó el lugar con grandes zancadas y le extendió la mano. Ella vaciló antes de darle la suya, insegura de qué quería. Él la levantó y posó los labios en sus nudillos.

—Encantado de verte, Em —dijo—. Desapareciste un par de días. ¿Muy ocupada últimamente?

Ella liberó la mano con rapidez, deseando no habérsela dado. La sensación de los labios de August se prolongó en su piel de manera desagradable.

—Por favor, toma asiento —dijo August.

Em se sentó al lado de Mariana y Aren en la silla del otro extremo; Iria se sentó junto a August. La pared que se elevaba arriba de ellos estaba descolorida y tenía la forma de un gran cuadrado. Em echó un vistazo al lugar hasta que encontró una pintura recargada en la pared. Estaba con el reverso hacia ella, pero debía ser de algún ancestro. La familia real de Olso no veneraba a los ancestros.

—Gracias por aceptar la convocatoria esta mañana —dijo Em, y mirando a Ivanna preguntó—: ¿alguna noticia de nuestros vigías?

—Hasta donde podemos ver, aún no hay movimiento —dijo Ivanna—. Si el ejército de Vallos se está organizando, no lo hemos visto todavía.

—Bien.

Em desenrolló el mapa sobre la mesa. En él aparecía dibujado precipitadamente el terreno de Vallos y el sur de Lera. Em había marcado la fortaleza al norte y dibujado una estrella en la costa este.

—Creo que debemos enviar a un grupo de guerreros y ruinos al norte a revisar el estado de Lera —dijo—. Necesitamos informar de lo que ha estado pasando allí. Tenemos la fortaleza rodeada por el norte y por el sur, pero ningún verdadero plan de acción. No tenemos idea de lo que esté pasando en el norte. Necesitamos gente fuerte que viaje de una posición a otra. Si enviamos a un grupo por la costa —señaló la estrella—, aquí, tendrían que poder llegar al norte. Sobre todo, si mandamos con ellos a un par de ruinos poderosos. Ambos podemos escribir una carta con una explicación de lo que ha sucedido, para que ellos la entreguen.

—¿Cuándo? —preguntó August.

—En cuanto lleguen sus refuerzos.

—Sería más seguro regresar por Ruina y pasar por Olso hasta Lera —dijo Iria.

—Más seguro, pero tomaría semanas —dijo Ivanna.

—Y no contamos con semanas —dijo Em—. Tenemos que organizarnos lo más pronto posible si queremos volver a atacar la fortaleza y eliminar a Jovita. Estará muy protegida y no podemos correr riesgos.

—Bien —dijo August—, ¿cuántos de ustedes desean ir?

—Estaba pensando en un grupo de diez guerreros y dos o tres ruinos —dijo Em.

—¿Qué ruinos? —preguntó August.

—No lo sé. Primero pediré voluntarios. Si hace falta, asignaré las funciones.

Al decir esto, Em echó un vistazo a su derecha. Los ruinos asintieron con la cabeza para manifestar su acuerdo.

—Yo quiero aprobar quién irá —dijo August.

—Por supuesto. Pediré lo mismo con respecto a los guerreros.

—Bien. Haré las elecciones en cuanto todo mundo esté aquí —dijo August dando una palmada—. Listo, ahora hablemos sobre el hecho de que tienes al rey de Lera en una casa en la acera de enfrente. El rey al que mi hermano ordenó matar.

—Una orden que ya una vez me negué a cumplir —dijo Em—. ¿Qué te hace pensar que permitiré que lo mates ahora?

August cerró un puño con tanta fuerza que sus nudillos se tornaron blancos.

—Podría decirse que tu insistente relación con gobernantes de Lera debilita tu posición en Olso.

—¿Podría decirse o lo estás diciendo?

—Casimir no tiene nada que hacer aquí. Estamos en guerra con su reino.

—Conviene asegurarnos de que Jovita no asuma el trono de Lera —dijo Em—. No estaríamos en esta posición si Jovita no lo hubiera excluido del poder.

—Ah, ¿por eso le das refugio? —preguntó Jacobo—. ¿No porque deseas besarlo, como anoche en el cobertizo?

Em se ruborizó. El grupo quedó en silencio.

—Ha demostrado que no puede controlar a su gente —dijo Ivanna—. Honestamente, te creí cuando dijiste que habías concertado con Casimir que no nos atacaría, pero tu acuerdo con él ya no significa nada. Y hemos elegido a Olso como nuestro aliado, no a Lera.

Em bajó la mirada. Ivanna no se equivocaba. Pero, por otra parte, ella tampoco. Para garantizar la seguridad de los ruinos era fundamental mantener a Jovita lejos del trono de Lera.

Sin embargo, era hora de que Cas se marchara y se cerciorara de que su reclamo del trono fuera seguro. En eso tenían razón.

—Les pediré que se marchen —dijo Em con voz tensa—. En cuanto Cas esté plenamente recuperado. Les daré una semana.

—Un día —dijo August—. Se irá mañana.

Em cruzó los brazos sobre el pecho.

—Cinco días.

—Tres. No aceptaré más.

—Bien, tres. Si algo le pasa en esos días tendremos un problema muy serio.

—Nadie va a tocarlo —bufó August—, pero tú necesitas preguntarte si tu relación con Casimir vale tanto la pena como para arriesgar tu alianza con los guerreros. ¿Qué pensaría tu gente si nos fuéramos de pronto? —sus palabras temblaban, como si estuviera conteniéndose de gritar.

Bueno, pues Olivia saltaría de alegría. Los ruinos más sensibles, como Ivanna y Mariana, se pondrían furiosos. Sabrían que Em arriesgó su seguridad por la vida de un muchacho. Un hombre al que odiaban.

No podía hacerlo. Su mayor prioridad era ayudar a su pueblo. Ahora era su reina y debía protegerlos, aun cuando eso significara no tomar en cuenta sus propios deseos.

—Se irán en tres días —dijo Em.

—Muy bien —la sonrisa de August pareció forzada—. Si no tienes más que agregar, por mí eso es todo.

Em se levantó y rápidamente se despidió de los guerreros. Los ruinos la siguieron afuera.

—No deberías permitir que Cas se vaya —dijo Jacobo mientras marchaban por el camino de tierra—. Deberíamos mantenerlo cautivo hasta que ya no sea útil.

—Carece de valor como prisionero —dijo Ivanna—. Además, no es sabio destruir el potencial de una alianza futura. No la contemplamos ahora, pero nunca se sabe.

—Ruina y Lera… —dijo Jacobo— como si eso fuera posible.

Ivanna se encogió de hombros.

—Sólo estoy diciendo que es un acierto de Emelina mantener relaciones con ellos.

—Gracias —dijo Em sin poder atenuar la sorpresa en su voz—. ¿Podrían Mariana y tú empezar a tantear el terreno? ¿Ayudarme a averiguar qué ruinos estarían interesados en ir al norte con los guerreros?

—Claro —dijo Mariana. Ivanna asintió con la cabeza y se dieron la vuelta para regresar con Jacobo y Davi al centro.

Em miró a Aren

—Qué extraño fue eso.

—No tanto. Yo también creo que tomaste la decisión correcta.

—¿Sí?

—Sí. Si mataras a Cas, le estarías haciendo un favor a Jovita. Además, él no es tan... —Aren arrugó la cara—. Supongo que podría ser peor.

—¡Ah! —exclamó Em riendo—, creo que es lo más amable que te he oído decir de alguien de Lera.

—No vayas a divulgarlo —dijo, y tras una pausa añadió—: Me dijo que ustedes dos nunca consumaron el matrimonio.

—¿Te dijo eso?

—Pensó que tú ya me habías contado. Y deberías haberlo hecho, dicho sea de paso.

—Oh. Bueno... —se encogió de hombros eludiendo su mirada.

—Eso me preocupaba, ¿sabes? Pensaba que estarías traumada por verte obligada a tener relaciones sexuales con él. Podrías haberme dicho que te daba miedo.

—¡No me daba miedo! Me... incomodaba.

—Es normal.

Ahora, sin embargo, no sentía miedo alguno. Registró la zona y encontró a Iria alejándose de la cabaña. Em se despidió de Aren y corrió a alcanzarla.

—¿Puedo hacerte una pregunta? —le preguntó Em acoplando su paso al de ella.

—Voy a ofrecerme para ir al norte con el equipo, si es eso lo que estabas pensando.

—No, pero no es mala idea. En realidad, me preguntaba si, este… si tienes algo de hierba juner, o si no habrás visto cerca algún lugar donde crezca.

Iria se detuvo con una sonrisa de oreja a oreja.

—Vas a aprovechar esos últimos tres días, ¿eh?

Em se sonrojó por completo.

—Eh, bueno…

Sí, eso planeaba, pero lo último que necesitaba ahora era un bebé. La hierba juner evitaba el embarazo.

—Hay un campo de juner en las afueras, en el noreste. Lo vi cuando veníamos hacia acá.

—Y… ¿crees que pudieras mostrármelo? La verdad es que no sé cómo es.

Las cejas de Iria se arquearon.

—Claro que sí. Podemos ir caminando, no está lejos.

—Gracias.

—¿Tu madre no te enseñó? —preguntó Iria en el camino—, ¿o es que no crece en Ruina?

—Sí crece, pero creo que para ella no era prioritario. En cambio, conozco un montón de hierbas que pueden matarte.

—Bueno, supongo que eso también es útil.

DIECINUEVE

—¿A dónde vas?

Aren brincó del susto al oír esa voz. Iria estaba en pie a la entrada del establo recogiéndose en una cola de caballo el cabello alborotado por el viento. Como él no contestaba, señaló el caballo al que acababa de ensillar.

—Eh… voy a revisar algo —dijo él.

—A revisar algo —repitió ella con tono suspicaz.

Aren tragó saliva, nervioso. Quería comprobar si Olivia había matado a toda esa gente el día anterior. Había huido como un cobarde cuando aniquiló al primero y no tenía idea de si todos estaban muertos. Quizás a algunos los había dejado heridos. Olivia sí sabría, desde luego, pero no se atrevía a preguntarle. No quería acercársele.

El pánico lo invadió mientras las palabras de Olivia se repetían en su cabeza: "Supongo que entonces te casarás conmigo". ¿Cómo podría casarse con alguien que mataba sin atisbo de remordimiento? Más aún, con auténtico regocijo. ¿Qué pasaría cuando se enojara con él? Podría perder una extremidad cada vez que sucediera.

Soltó una risa casi histérica e Iria lo miró con preocupación.

—¿Quieres que te acompañe? —preguntó.

Sí. La palabra se quedó en la punta de su lengua. Quería que Iria fuera con él. Quería contarle a alguien lo que Olivia había hecho; a alguien que no fuera Em. Aún no había resuelto cómo hablar con Em sobre su hermana.

—Veas lo que veas… ¿podrás guardar el secreto? —le preguntó—. Sólo hasta que resolvamos qué hacer.

El rostro de Iria manifestaba sorpresa y preocupación pero asintió con la cabeza. Aren le ayudó a ensillar otro caballo, salieron del establo y atravesaron el pueblo cabalgando. Él volteó hacia atrás cuando pasaron las estatuas de los ancestros frente al tribunal. A él no le gustaban esas estatuas: sus ojos lo seguían.

A su izquierda, el sol estaba descendiendo y proyectaba un brillo anaranjado en toda el área. Miró al frente, concentrado, pretendiendo que no sentía los ojos de los ancestros perforándole la espalda.

Ya casi oscurecía cuando tiró de las riendas para frenar al caballo. El grupo de tiendas de campaña junto al camino seguía allí.

Había cadáveres tendidos en todas partes y moscas zumbando alrededor. Los había matado a todos.

Aren bajó del caballo. Supo que sus botas tocaron el suelo por el sonido que produjeron, pero su cuerpo estaba adormecido.

Podrías haberlo impedido, le susurraba a gritos la voz en su cabeza.

—¿Qué pasó? —preguntó Iria en un grito ahogado. Desmontó del caballo y corrió hacia los cadáveres. De pronto frenó en seco y se apretó la nariz con el dorso de la mano.

Aren trató de sostenerse de su caballo. Sus piernas temblaban. Necesitaba algo que lo mantuviera erguido.

Probablemente su madre estaba diciéndole algo en la cabeza, pero él no escuchaba más que el estruendo de sus oídos. Él era en parte responsable de aquello. Nunca debió haber seguido a Olivia para matar a esos hombres en las cabañas de Ruina. Nunca debió haber matado con ella.

—Aren —lo llamó Iria, que estaba frente a él. No se había dado cuenta de que se había acercado, pero ahí estaba, lo bastante cerca para tocarla—. ¿Qué pasó?

Una lágrima inesperada rodó por su mejilla. La secó de inmediato.

—Aren —dijo Iria con dulzura y buscó su mano. Su piel era suave y tibia junto a la suya y, agradecido, estrechó sus dedos.

—Olivia —susurró Aren.

—¿Ella los mató? ¿Por qué?

Una risa histérica borboteó en su garganta. ¿Por qué? ¿Por qué Olivia hacía cualquier cosa? Odiaba a los humanos.

Aren levantó la mirada hacia Iria. Había creído que él mismo también los odiaba. Le tranquilizaba descubrir que estaba equivocado.

—¿Em lo sabe? —preguntó Iria. Él negó con la cabeza y ella agregó—: Necesitamos decirle.

—Está hecho. Yo no detuve a Olivia.

—La gente de Vallos podría tomar represalias. Ya odian a Em por haber matado a su princesa. No necesitan que nadie los empuje a lanzar un ataque.

—Claro.

Qué estúpido por no haber pensado eso antes. En ese momento técnicamente estaban en territorio enemigo.

—Hey, Aren —Iria de pronto puso las manos en sus mejillas. Él pestañeó; todos los sentidos de su cuerpo estaban en alerta—. ¿Estás bien?

Definitivamente no, así que guardó silencio. Sólo la miró. Todavía podía distinguir sus rasgos en la luz tenue, a punto de apagarse. Las pecas en el puente de la nariz. La curva de sus labios. Sus ojos oscuros.

—Lamento no haberla detenido —dijo, porque necesitaba decírselo a alguien.

—¿Podrías haberla detenido?

—Tal vez. Pero en lugar de eso, salí huyendo.

Iria movió la cabeza en señal de asentimiento y no intentó consolarlo. Le gustaba que no le mintiera.

—Volvamos y digámosle a Em —dijo soltando su rostro—. Ella sabrá… —en eso volteó a su caballo y se calló abruptamente—. Aren —dijo respirando hondo y apuntando a algo. Él siguió su dedo. A lo lejos, un ejército marchaba hacia el norte con rumbo a Roca Sagrada.

Em se detuvo frente a la casa y levantó la cabeza en dirección a la ventana de Cas. Estaba cerrada pero alcanzaba a ver la luz alrededor de las ventanas. Hacía no mucho que el sol se había puesto y el aire frío la hacía sentir todavía más nerviosa.

Tocó la puerta y abrió Galo. Violet y Mateo estaban sentados a la mesa, con una baraja frente a ellos, y la saludaron al pasar.

Subió las escaleras hacia la habitación de Cas con pisadas silenciosas, pero en cuanto abrió la puerta supo que él la había oído llegar. No estaba recargado en las almohadas sino sentado a la orilla de la cama. Sus ojos estaban brillantes y, otra vez, llenos de vida. Lucía todavía mejor que aquella mañana.

—Hola —dijo azotando la puerta. La habitación estaba iluminada por un farol en la mesita de noche y proyectaba un suave brillo sobre la cama.

—Hola.

Se acercó hasta que sus rodillas rozaron las de Cas. Él levantó el rostro.

—Los guerreros quieren que en tres días todos ustedes se hayan ido —dijo, porque no sabía qué más decir.

Él tomó su mano y entrelazó sus dedos. No respondió.

—Y hay otras cosas de las que tendría que hablarte —dijo Em en voz baja.

Él puso la otra mano en su cuello para acercar su rostro.

—Sea lo que sea, no importa ahora.

Ella presionó los labios sobre los de él, al principio con suavidad. Él acarició su cintura en círculos y abrió las piernas para acercarla a él. Deslizó los dedos por debajo de la blusa de Em para explorar su espalda desnuda; a ella ya no le importó tener algo que decirle porque había olvidado cómo hablar.

Subió al regazo de Cas dejando que sus rodillas descansaran a los costados de él. Por unos momentos separó sus labios de los suyos y se inclinó para atraparlos de nuevo.

Ya lo había besado antes. Lo había besado incluso en esa cama. Pero ahora era diferente. Ahora su cuerpo estaba en llamas y su cerebro se había convertido en papilla. Nada más existía, sólo él y la calidez de su aliento sobre su boca.

Em encontró la parte inferior de la camisa y la jaló hasta que él levantó los brazos. Ella se la quitó.

Sus miradas se encontraron brevemente hasta que él volvió a besarla. Em recordaría por siempre cómo se veía Cas en ese momento: los ojos centelleantes, la barbilla elevada para poderla besar.

Cas dio una suave mordida al labio inferior de Em y ella prácticamente descansó sobre sus brazos. Los dedos de él encontraron los botones de la blusa y lentamente los fue desabrochando. Mientras se la quitaba, rozó sus hombros desnudos. Em no llevaba nada debajo. Los labios de ella se curvaron hacia arriba; él respiró hondo.

Ella le pasó los dedos por el cabello y los enroscó en sus suaves mechones. Las manos de Cas tocaban la piel desnuda de Em; ella decidió que nunca volvería a vestirse. Había pasado demasiado tiempo al lado de Cas con la ropa puesta.

Él la tomó de la cintura y la apoyó contra el colchón. Ella envolvió sus piernas en las caderas de Cas mientras le rozaba la musculosa espalda con los dedos.

Los labios de Cas ya no estaban junto a los de Em, ahora estaban en su cuello; luego fueron descendiendo hasta que todo el cuerpo de Em estalló en electricidad.

Cas buscó a tientas los botones de los pantalones de Em; ella, riendo, vio cómo trataba de desabrocharlos sentado en sus piernas.

—¿Quieres algo de ayuda con eso? —le preguntó acercando la mano.

Él la hizo a un lado y desabrochó el botón superior.

—No. No tienes idea de cuántas veces he pensado en quitarte los pantalones. Déjame hacerlo yo solo —y liberó el segundo botón.

—¿Cuántas veces? —preguntó ella.

Cas soltó el último botón y tomó los pantalones por la cintura.

—Algunas —se los terminó de quitar y los arrojó a un lado de la cama—. Pero más veces reviví la noche en que te desabotoné el vestido.

—Ah, ¿sí?

Él puso las manos sobre el colchón, a ambos lados de la cabeza de Em. Se quedó viéndola aunque el cabello tapaba sus ojos. Ahora no llevaba más que un trozo de tela y todo su cuerpo se iluminó cuando Cas se acomodó entre sus piernas.

—Fueron tantas —susurró inclinándose a besarla.

Ella lo abrazó tan estrechamente como le fue posible. Si lo apretaba suficiente, quizá no tendría que irse. Quizá podrían hacer eso todas las noches por el resto de sus vidas.

Los dedos de Cas serpenteaban por el muslo de Em camino a su cadera cuando se oyó el grito.

Cas se quedó paralizado y miró bruscamente hacia la ventana. Otro grito.

Em salió de la cama al instante, tomó su blusa y sus pantalones. Se vistió a toda prisa y corrió a la puerta.

—Quédate aquí —dijo.

Antes de que Cas pudiera responder, ella ya atravesaba la puerta. Abajo, dio las mismas instrucciones a Galo, Mateo y Violet.

Cuando Em llegó al centro del pueblo, ruinos y guerreros salían a raudales de sus casas. Aren e Iria corrían desde la dirección opuesta.

—¡Soldados de Vallos! —gritó Aren.

Em volteó en dirección a las oscuras figuras que se acercaban desde el sur. Cascos de caballos retumbaban sobre la tierra. La luz de una antorcha se reflejaba en la hoja de una espada.

Em no esperaba un ataque del ejército de Vallos tan pronto. Era inevitable, tomando en cuenta que habían invadido un pueblo y matado a su princesa, pero no eran lo suficientemente fuertes para enfrentarse ellos solos a los ruinos. ¿Por qué irrumpirían en el pueblo sin refuerzos de Lera?

—¡Mátenlos! ¡A todos y cada uno!

La voz de Olivia se elevó por encima del estruendo. Salió de su casa a grandes zancadas con la espada de Em y el rostro tranquilo. Le entregó a Em su espada.

—Los guerreros esperan órdenes.

Em volteó. August y sus guerreros estaban reuniéndose en el pueblo, vestidos de rojo y con las espadas listas. Em magnificó su voz con las manos.

—¡Ataquen! ¡Sin prisioneros!

VEINTE

A Aren se le estrujó el pecho cuando Em dio la orden. Iria y él cabalgaron lo más rápido posible, pero el ejército de Vallos les llevaba ventaja. Con mucho esfuerzo consiguieron volver a Roca Sagrada antes que los soldados.

—¡Mátenlos! ¡Mátenlos a todos! —gritó Olivia.

Los soldados de Vallos estaban respondiendo a lo que Olivia había hecho. Aren les daba la razón: ya odiaban a los ruinos porque Em había matado a su princesa. Él habría hecho lo mismo.

Unos guerreros pasaron corriendo junto a él, con Em gritándoles órdenes. Un mar rojo atravesó frente a sus ojos.

—¡Aren! —la furiosa voz de Olivia se elevó sobre el caos a su alrededor. Él pestañeó. Ella estaba a unos pasos de ahí, con el abrigo hinchado por el viento—. ¿Vas a quedarte ahí parado o vendrás conmigo?

Todos los instintos de su cuerpo le decían que corriera. Nunca antes había querido huir de un ruino.

Iria avanzó a toda prisa, gritándole a otro guerrero que iba detrás de ella. Miró con desesperación a los soldados de Vallos, que seguían su marcha. Los guerreros se dispersaron por el camino y nada quedó entre Aren y los caballos que se aproximaban.

Los soldados de Vallos estaban vestidos de negro y llevaban antorchas que se agitaban en la oscuridad. Varias centenas.

Olivia apretó su mano. Aren habría jurado que podía sentir cómo su poder le recorría el cuerpo. Nunca había sentido eso con ningún otro ruino. Ni siquiera sabía que fuera posible.

Cascos de caballos golpeaban el suelo. Estaban tan cerca que podía oír los gritos.

—Despréndete —dijo Olivia—. Puedo sentir la emoción soltándose de ti. No me obligues a hacer esto yo sola.

Él asintió con la cabeza. Aclaró la mente, aplastando la sensación de culpa.

Dos hombres al frente de la fila cayeron de sus caballos. Olivia había comenzado.

—Toma la izquierda —le dijo.

Él entrecerró los ojos. Era fuerte. Nada sentía. Podía hacerlo.

¿Por qué no podía hacerlo sin el baño de sangre?

Cuando arremetía contra un hombre, de su pecho brotaban ríos de sangre. Olivia era mucho más limpia. ¿Por qué él no podía serlo?

Los hombres del lado izquierdo empezaron a caer uno por uno. Su poder ruino crepitaba y lanzaba chispas por todas las extremidades.

Los hombres ya estaban cerca. No podría ocuparse de todos antes de que lo estuvieran demasiado.

Había un soldado de Vallos justo frente a él. Aren dio un grito ahogado; súbitamente, el mundo a su alrededor empezó a verse con total claridad. Su capacidad de desprendimiento se deslizó por sus dedos.

El soldado cerró el puño y Aren se inclinó hacia atrás para eludir el golpe. Le rozó la mejilla. Se concentró en el cuello del hombre.

Lo que Aren quería era rompérselo, pero en lugar de eso brotó un chorro de sangre. Todo fue rojo. El soldado se cubrió la herida con la mano y cayó de rodillas.

El cuerpo de Aren se sentía pesado por el uso de su magia; cerró los ojos unos momentos. Ya no tenía la mano de Olivia; ahora debía esforzarse más para desprenderse.

—¡Aren! —la voz de Olivia penetró en medio del caos y él abrió los ojos justo a tiempo para ver a un soldado corriendo en dirección a él con la espada desenvainada.

Aren lo arrojó lejos. Se esforzó en sacudirse esos ruidos de la cabeza para concentrarse únicamente en los soldados frente a él.

Hubo huesos rotos y algunas cabezas rodaron por el suelo.

Oía a Olivia reír.

Él trató de hacerlo también. Nada.

Pero hubo más sangre. Los soldados huían de él. Olivia eliminó a algunos.

Aren se secó el brazo con la frente. Todo estaba mojado.

Miró abajo. Sangre.

Un dolor quemaba su carne. Ladeó la cabeza y vio cómo la nueva marca ruina en el dorso de la muñeca se abría. Debilita. Estaban disparando debilita.

Pero ni siquiera la sentía. ¿No tendría que haberla sentido?

Los ruinos a su alrededor gritaban pero Olivia y él se mantenían firmes. Los soldados de Vallos no tenían tanta debilita como en la fortaleza, ni de cerca, y pedacitos de la hierba caían al suelo revoloteando.

—Aren —dijo Olivia señalando algo a lo lejos. Había una larga fila de gente a pie, en carros o a caballo. Los soldados no eran más que una distracción para permitir que la gente pasara por Roca Sagrada. Probablemente estaban tratando de llegar a Lera.

Olivia salió corriendo.

—Ven —gritó hacia atrás.

Aren no la siguió. Jacobo y algunos otros ruinos pasaron empujándolo para correr tras Olivia.

Los gritos se propagaron entre la multitud. Cuerpos lanzados al aire que luego caían al suelo con un ruido sordo. Olivia no necesitaba usar los brazos para controlar su poder, pero los movía junto con los cuerpos como si estuviera dirigiendo a un grupo de músicos.

Aren dio la media vuelta.

Una soldado de Vallos dificultosamente intentaba hincarse y cuando Aren la descubrió se quedó paralizada. Del moño le caía un mechón de cabello oscuro que sus pesadas exhalaciones alejaban de su rostro ensangrentado.

—Corre —las palabras de Aren fueron apenas un susurro y no estaba seguro de estarlas diciendo a ella o a sí mismo—. Corre.

La soldado salió corriendo a toda velocidad, esquivando cadáveres. Más adelante otro soldado le extendió la mano, ella la tomó y huyeron juntos. Una guerrera los vio marcharse y volteó hacia Aren con la ceja levantada. Se quitó el arco de la espalda y lo miró con expresión interrogante. Él negó con la cabeza.

A sus espaldas, los gritos fueron extinguiéndose poco a poco. Los guerreros a su alrededor enfundaron sus espadas. Algunos ruinos reían. Los pocos soldados de Vallos que habían sobrevivido desaparecieron por el mismo camino por el que habían llegado.

Miró con sorpresa los cadáveres a su alrededor. La muerte a sus pies. La última vez los soldados iban vestidos de azul; ahora, de negro y amarillo. Independientemente del reino de donde vinieran o del color que usaran, todos terminaban así.

Em apareció de pronto delante de él con la frente arrugada. Dijo algo que Aren no entendió. El mundo en torno a él se oscurecía y su campo de visión se redujo a un punto frente a sus ojos.

—Pregunté si estás bien —dijo Em.

—Ah —qué pregunta tan estúpida, pensó él—. Le dije que no.

—¿Le dijiste a quién que no qué?

—Le dije a Olivia que no matara a esa gente. Vinieron porque ella los mató.

—Espera, ¿qué dijiste? ¿A quién mató Olivia?

Él sacudió la cabeza. Estaba cansado de responder preguntas. No quería estar parado frente a la gente que había matado.

—¡Olivia! —gritó Em y corrió a encontrarla—. ¡Olivia!

Aren esquivó a algunos ruinos exhaustos. Se secó la mano en el rostro. Estaba roja. Miró su camisa: roja también.

Quería correr. Le decía a su cuerpo que corriera pero su cuerpo no escuchaba. Le resultaba sorprendente seguir caminando: sus piernas parecían moverse por su cuenta.

Al fin llegó a la panadería y empezó a subir las escaleras al ático en la parte superior. ¿Alguien estaba llamándolo? Voltear suponía mucho esfuerzo.

Empujó la puerta. Se detuvo en el umbral.

¿Y ahora qué debía hacer? Parecía que había ido ahí por alguna razón.

—Aren.

Conocía esa voz.

—¿Aren? —y de pronto Iria apareció frente a él—. ¿Qué está…? —se calló al asimilar su aspecto.

Aren se miró las manos al pasar junto a ella. Mucha sangre.

—Lo siento —susurró.

—¿Qué? —las pisadas de Iria estaban cerca.

—Lo siento —volvió a decir, pero no a ella—. No sé si es lo que ustedes habrían hecho, pero creo… —cerró los ojos con fuerza—. Lo siento.

Sus padres no respondieron. Nunca lo hacían.

Levantó la vista. El rostro de ella parecía demacrado, como si algo anduviera mal.

¿Algo andaba mal?

Él volvió a mirar sus brazos. Sangre. Eso es lo que iba mal.

Se dejó caer de rodillas y, arañando las partes ensangrentadas, dijo:

—Quítala —¿por qué no se quitaba?—, ¡quítala!

Iria se alejó de él y por unos momentos él pensó que había huido aterrorizada. No. Había cerrado la puerta principal. Le jaló la camisa y la rasgó con tal fuerza que una de las mangas se abrió. Le ayudó a quitársela por la cabeza y la arrojó lejos. Él se desabotonó los pantalones y, reclinado, se los sacó a patadas.

—Sí, también los pantalones —dijo Iria; su voz sonaba un poco extraña—. Claro.

—Quítala —susurró, a nadie en específico. Se embadurnó el brazo con sangre al pasar la mano por encima.

Iria tomó la cubeta de agua de la esquina. Se hincó delante de él. Llevaba un trapo en la mano.

Puso dos dedos debajo de su barbilla y movió su cabeza para que quedara en dirección a ella. Pasó el trapo por una mejilla y luego por la otra. Estaba rojo cuando lo volvió a sumergir en el agua.

Aren sintió un estremecimiento mientras ella lavaba sus brazos; el agua fría escurría por su piel.

—¿Me puedes contar qué pasa? —preguntó.

Él no respondió. ¿Tenía palabras para explicarle lo que pasaba?

Iria pasó el trapo por su pecho, luego llegó a los pies y finalmente puso la cubeta y el trapo cerca de la puerta. Él se miró. Ya no había sangre.

—Las manos —dijo ella.

Él no sabía para qué las quería, pero se las dio. Ella le vendó la muñeca, donde la debilita lo había herido. Luego lo jaló para ayudarlo a levantarse y lo condujo a la cama. Eso era buena idea. Aren se recostó y, de pronto, ya tenía unas cobijas encima.

Iria se arrodilló junto a la cama. Deslizó una mano entre las suyas. Él respiró hondo; la sensación del contacto con su piel acomodó algo en su cerebro de golpe. Sus miradas se cruzaron.

—¿Quieres que vaya a buscar a alguien? —preguntó ella—. ¿A Em?

—No —dijo él enseguida—, por favor, no.

¿Qué pensaría Em de él? Seguramente lo juzgaría por ser un desastre digno de lástima tras una simple batalla.

—Está bien —dijo ella suavemente.

Él acercó su mano al pecho e inclinó la cabeza para sentirla más cerca. No sabía por qué tenía la mano de ella consigo, pero era agradable.

—No quería matar a esa gente —susurró—. Mamá solía decir que mi poder era… mi poder era… —bajó la cabeza al pecho; su garganta se cerró y se perdió el resto de la oración. Unas lágrimas escurrieron por sus mejillas.

—Lo siento mucho, Aren —susurró Iria; puso una mano sobre su cabeza y con la otra estrechó más la de él, que tenía entrelazada—. Lo siento mucho.

VEINTIUNO

Olivia suspiró profundamente al ver las oscuras manchas de sangre en su chaqueta. No era de extrañar que su madre hubiera tenido que revisar su ropa todo el tiempo.

Olivia no durmió. Ayudó a deshacerse de los cadáveres de los soldados de Vallos y luego recorrió la zona por si todavía quedaba por ahí alguno. Sobre todo, había estado tratando de evitar a su hermana.

Olivia empujó la puerta de su casa. Em estaba sentada a la mesa de la cocina. Sus ojeras indicaban que tampoco ella había dormido.

—¿Dónde has estado? —preguntó Em.

Olivia, encogiéndose de hombros, se quitó el abrigo y caminó a la sala para pararse frente a la chimenea. Por lo menos, ese lugar era mejor que las cabañas. Los muebles, modernos, estaban limpios, los anaqueles que cubrían las paredes estaban repletos de libros, las pinturas eran de artistas profesionales. En esa habitación había retratos de todos los ancestros. Olivia miró a Boda. El ancestro favorito de su madre la miraba también desde su asiento en un jardín.

Em la observaba expectante, en espera de una respuesta.

—Fui a las zonas circundantes para asegurarme de que no hubiera más soldados —dijo Olivia.

—¿Y?

—Había unos cuantos. Me encargué de ellos.

—Aren dijo que los soldados vinieron porque los atacaste. ¿A qué se refiere?

Olivia frunció el rostro.

—Aren ya no es como lo recuerdo.

Ella recordaba a un niño que a duras penas reconocía a los guerreros cuando entraban. Ahora seguía a esa muchacha, Iria, adondequiera que fuera.

—Ha tenido que pasar por mucho.

—¿Y yo no? —sintió el enojo abrasándole el cuerpo, pero salió en forma de lágrimas. Las logró contener—. Ya sé que Aren y tú pasaron un año huyendo, pero ¿qué estuve haciendo yo en ese tiempo? En esa celda no llevaba una vida cómoda y agradable, ¿o tú qué crees?

Una lágrima se resbaló por su mejilla y cerró los ojos tratando de ignorar las desagradables imágenes que aparecían. Estar cubierta de debilita, recibir la orden de curar humanos heridos, los golpes si se negaba a obedecer.

¿A esa gente quería proteger Em?

—Lo sé —dijo Em en voz baja.

Olivia abrió los ojos.

—Sí, maté a algunas de las personas que huyeron de este lugar.

—¿Sin que lo hubieran provocado? —preguntó Em.

—Sí.

—¿Por qué?

Olivia había imaginado que Em la reprendería, no que le preguntaría por qué. Aren no era el único que había cambiado.

Puede ser que Em hubiera querido proteger a Cas y a sus seguidores, pero seguía siendo la chica que había matado a la princesa de Vallos a sangre fría.

—Porque no confío en ellos —dijo Olivia serenamente—. Porque no quiero que mis compatriotas vivan lo que yo viví. Voy a mantenerlos a salvo, aun si para lograrlo tengo que matar a todos los humanos.

—Entiendo —dijo Em—. Sé que crees que no es así, pero entiendo. He visto lo peligrosos que pueden ser.

—¿Entonces por qué estás enojada?

—No estoy enojada... Tengo miedo.

Olivia apretó los labios. Quizá también ella tenía miedo, pero se negaba a reconocerlo. El miedo era debilidad. Se negaba a ser débil nuevamente.

—Me da miedo no poder razonar contigo, Liv. Temo que tu odio te haga hacer algo estúpido y que mueras a causa de eso —Em se inclinó hacia adelante y agregó con suavidad—: Necesitamos a los guerreros. Tenemos que ser astutas. ¿Y si el ejército de Vallos hubiera sido el doble de grande? ¿Y si hubiera logrado pasar más allá de Aren y de ti? Todo esto podría haber acabado antes de que empezara.

—Pero no es ésa la única razón, ¿cierto? —preguntó Olivia—. Crees que hice mal en matar a esa gente.

—Sí, creo que estuvo mal. Pero sobre todo, no creo que haya sido sensato. No creo que fuera la acción de una reina. Tenemos que pensar estratégicamente, tenemos que planear y comunicarnos. ¿Cómo vamos a salvaguardar la seguridad de los ruinos si atacamos pequeños campamentos de gente inocente?

Olivia exhaló ruidosamente, irritada con esa lógica contra la que nada podía alegar.

—Tienes razón —dijo al fin.

—¿Sí? —preguntó Em, a todas luces sorprendida.

—Si —dijo Olivia riendo—. Tienes razón y también eres una hipócrita.

—¿Y eso?

—¿Tener aquí a Cas es lo que haría una reina, cuando además sabes que nos incomoda a August y a mí? ¿Eso sí es sensato?

Em bajó la mirada.

—No —respondió en voz baja.

—Entonces seamos sensatas las dos. ¿De acuerdo?

Cas esperó a Em toda la noche. Cuando finalmente, después del amanecer, entró a su habitación, él se puso en pie de un salto.

—¿Todos están bien? —preguntó él—. ¿Quiénes eran?

—Soldados de Vallos —dijo, y en lugar de ir hacia él se recargó en la pared—. Todos están bien. Nos defendimos.

—Bien.

Cas quería ir con ella, tomarla en sus brazos, pero el lenguaje corporal de Em indicaba claramente que prefería guardar distancia.

—Tengo que decirte algo —soltó.

—Sí…

—Vinimos aquí para matar a Jovita. Es nuestra principal misión.

Cas rio. Fue una risa que borboteó en su pecho y estalló más fuerte de lo que hubiera querido. Volvió a reír, de un modo casi histérico.

—Es verdad, Cas.

—Lo sé. ¿Por qué otra razón estarían aquí? Ella los atacó. Aquí están a unas cuantas horas de la fortaleza.

Cas no había dedicado mucho tiempo a pensar por qué Em estaba en Vallos. Se lo preguntó y luego lo olvidó. Simplemente se había alegrado de verla.

Em estaba allí para responder a un ataque. Matar a quien le hacía la guerra a su pueblo. Estaba, como de costumbre, tomando medidas.

—Sé que es toda la familia que te queda, pero...

—No importa —interrumpió Cas—. Mátala. Dile que le mando decir *adiós*.

Em retrocedió, impactada.

—¿Pensaste que me enojaría?

—Quizá.

—Ella me envenenó. Me tuvo encerrado en una habitación durante días. Convenció a la gente de que yo estaba demente. No me importa lo que le hagas.

Em asintió con la cabeza y bajó la mirada.

—Tienes que irte. Después de que matemos a Jovita puedes atacar para recuperar el poder.

—No lo quiero —interrumpió él.

—¿Qué?

—No quiero el reino. Que se lo quede Olso.

—¿Qué? —volvió a preguntar Em, cada vez más incrédula.

—De todas formas, ya tomaron la mayor parte del reino. Es una batalla perdida y estoy demasiado cansado para pelearla. Prefiero quedarme aquí contigo.

—No puedes.

—¿Por qué no? Renunciaré a Lera o haré lo que quieras que haga. Enviaré a Galo, Mateo y Violet de regreso, si es su deseo. Déjame ayudarte. Déjame pelear a tu lado.

Em pasó las manos por su rostro y una risa forzada salió de su boca.

—Eso es lo más tonto que he oído.

Él retrocedió, sorprendido.

—¿Qué?

—¿Vas a rendirte? Me prometiste que como rey de Lera mejorarías las cosas para los ruinos, pero ahora, cuando te enfrentas al menor problema, ¿sales huyendo?

—¿El menor problema? Me declararon demente, Em. Mi propia gente me rechazó.

—¿Y qué? ¿Crees que no sé cómo se siente? Yo no me quedé enfurruñada y ya. Hice algo.

—No es lo mismo. Yo me avergüenzo de lo que hizo mi padre. Me avergüenzo de ser de Lera.

—¡Entonces mejóralo!

—¿Y eso a ti por qué te preocupa? —preguntó empezando a levantar la voz—. ¡Odias Lera! Estoy ofreciendo abandonarlo todo por ti, para ayudarte…

—Yo *no* pedí eso. Nunca te pediría que abandonaras todo por mí, y si crees que lo haría es que no me conoces en absoluto. Y está claro que yo tampoco te conozco bien, porque nunca pensé que te rendirías tan fácilmente.

—Supongo que no —dijo Cas con amargura. Ya no podía mirarla a los ojos. La vergüenza se había instalado en su garganta y se negaba a marcharse.

—Aunque no tengas intenciones de volver a Lera, no puedes quedarte aquí —dijo Em—. Eso incomoda a mucha gente, en particular a Olivia y August. August nos ha propuesto formar una alianza matrimonial y lo estamos considerando seriamente.

Cas sintió que la habitación se inclinaba.

—Olso quiere hacer una alianza permanente con nosotros, así que se espera que él se case conmigo o con Olivia. Sé que él me prefiere.

—Oh —la voz de Cas sonó un poco extraña. Mientras él estaba en la cama soñando con quedarse con Em, ella estaba planeando un matrimonio con alguien más. Planeando un ataque a otro reino. Para proteger a su gente.

No era de extrañar que Jovita intentara usurpar su trono. Él nada había hecho para merecerlo.

—Tus caballos y el carro están en el establo —dijo Em—. Creo que es mejor que te vayas. Puedes quedarte unas horas, mientras te preparas —giró hacia la puerta pero se detuvo con la mano en el picaporte—. No es que no te quiera o no me importes, Cas. Es que mucha gente cuenta conmigo, tengo que ponerla a salvo.

Salió de la habitación y cerró la puerta. Cas se dejó caer sobre la cama y escuchó el sonido de las pisadas de Em en las escaleras.

Sus manos temblaban y se planteó correr tras ella para gritarle que no tenía derecho de estar enojada con él. Ella era la razón por la que él había perdido tanto.

Pero se quedó paralizado sobre la cama; el nudo en la garganta crecía y dolía cada vez más.

—¿Cas? —dijo Galo al otro lado de la puerta. La abrió, y con el celo fruncido preguntó—: ¿Qué está pasando? Em dijo que debemos irnos.

Sin dejar de verse los pies, Cas confirmó:

—Sí, ahora mismo.

Galo cerró la puerta y se recargó en ella.

—¿Qué pasó?

—A Olivia y August no les agrada que estemos aquí.

—¡En serio! Lo que pregunto es por qué escuché gritos.

—Le pedí quedarme con ella, pero no le gustó la idea.

—¿De qué hablas? —preguntó Galo—. ¿Cómo vas a quedarte con ella?

—Ni que tuviera adonde ir. Jovita, a estas alturas, ya se sienta en el trono. Pensé que podría quedarme con Em y unirme a los ruinos.

Galo guardó silencio y Cas cruzó los brazos sin poder dirigirle la mirada. Mientras más confesaba su plan, más le avergonzaba.

Galo cruzó la habitación a grandes zancadas y le dio un manotazo en la cabeza. Cas, con el cabello cubriéndole los ojos, gritó asustado.

—¿Pero qué...? —Galo dio otro golpe y las palabras quedaron suspendidas.

—¿Qué? Dijiste que eres nada. A un don nadie puedo golpearlo a placer —explicó Galo volviendo a levantar la mano. Cas se levantó de la cama con dificultad y se alejó de él.

—¿Vas a detenerte ya?

—No. Ven aquí. Pretendo golpearte hasta hacerte entrar en razón —Galo lo embistió; Cas corrió al otro extremo de la cama y se recargó en la pared.

—¡Ya entendí! —gritó con los brazos levantados en actitud defensiva—. Soy un completo idiota.

—Sí, eso eres —Galo se detuvo a unos pasos de él—. ¿Ofreciste quedarte con Em?

—Dijo que no.

—¡Claro que dijo que no! Apenas conozco a la chica y ya sé que eso es una pésima idea.

—Anda, sigue restregándomelo —dijo Cas—, como si no me sintiera suficientemente mal.

—Cas —dijo Galo con voz más suave—. Cada decisión que Em ha tomado, ¿para quién lo hizo?

Cas volteó a mirar el techo y se negó a responder la pregunta.

—Para ellos —dijo Galo señalando al frente de la casa—. Para los ruinos. No dudo que te quiera, pero todo lo que hace es por ellos.

Cas no contestó. Ya una vez había estado furioso con Em por haber elegido a los ruinos por encima de él. Ella no le dijo que los guerreros atacarían y, por consiguiente, él había perdido a su padre y su hogar. Estaba enojado con ella por haber tomado la decisión equivocada y no haberlo elegido.

Pero ella nunca iba a elegirlo a él.

—August quiere casarse con ella —dijo.

—Vaya —exclamó Galo—. Tiene sentido: una alianza permanente entre Olso y Ruina —hizo una pausa—. Lo siento, Cas.

Cas se apartó de la pared y se tronó un nudillo.

—Ni pienses en eso. Tenemos que decidir adónde iremos. Quizá si vamos al sur y nos internamos más en Vallos… —su voz se fue apagando. No tenía idea de adónde ir.

—Tenemos que regresar a Lera —dijo Galo—. Quedarnos en Vallos nunca fue nuestra intención. Íbamos a esperar hasta que te recuperaras para luego volver a Lera y organizar un ejército en el sur. No es verdad que vas a rendirte, ¿o sí?

—¡No sé qué se espera que haga! ¡Jovita tiene el control sobre el ejército y los consejeros!

—Violet está contigo, lo que significa que tienes a la provincia del sur, si te interesa. La gente del sur le será leal. No podemos permitir que Jovita llegue antes a ellos.

Quizás Em mataría a Jovita más temprano que tarde. De hecho así, sin ella, tendría alguna posibilidad de reclamar su trono.

El rostro furioso de Em flotó por su mente y Cas de repente se dio cuenta de que comprendía su expresión: estaba avergonzada de él. Ella siempre se hacía cargo, siempre actuaba como líder, siempre defendía a su gente.

¿Y qué hizo él? Se sentó en la cama. Tembló. Ofreció renunciar a todo por una joven que lo rechazó.

Hizo una aspiración profunda: acababa de ocurrírsele una idea.

Un líder actuaba. Un líder dirigía. Un líder aprovechaba las oportunidades.

—¿Qué? —preguntó Galo.

—Em va a matar a Jovita.

—Mentiría si dijera que eso me desgarra.

—No —por primera vez en varios días, a Cas el pecho se le llenó de esperanza—. Volvamos a la fortaleza.

—¿Por qué?

—Para matarla yo primero.

VEINTIDÓS

Aren abrió los ojos, pero volvió a entrecerrarlos con la luz anaranjada que inundaba el departamento. Se restregó el rostro hasta que logró enfocar los alrededores.

Iria.

El recuerdo de la noche anterior se precipitó en su cerebro y se sentó de golpe. Iria estaba sentada en el suelo, junto a la ventana, con las rodillas abrazadas contra el pecho. Volteó al moverse él, con algo de preocupación en el rostro.

¿Sería extraño si saliera corriendo por la puerta? Podría escapar en menos de tres segundos.

Miró hacia abajo: estaba en ropa interior.

Se vería muy ridículo corriendo a la puerta en ropa interior.

¿Más ridículo que sentado en el suelo mientras Iria le limpiaba la sangre? Probablemente no.

Iria se levantó.

—¿Cómo te sientes?

Humillado. Demente. Preocupado de que su comprensión de la realidad fuera aún más endeble de lo que pensaba.

Jaló las cobijas un poco más arriba, hasta su cintura. Ya había estado con menos ropa frente a una chica, pero nunca se había sentido tan vulnerable.

Ella se sentó en la orilla de la cama sobre una pierna. Si él alargaba la mano podía tomar la que descansaba sobre el colchón.

¿Se había quedado dormido la noche anterior tomándola de la mano?

Y pensar que creía haber llegado a su límite de bochorno.

Ella lo miraba fijamente. Él no había contestado su pregunta.

—Estoy bien, gracias —mintió; luego carraspeó y, viendo adonde había estado sentada junto a la ventana, preguntó—: ¿Te quedaste aquí toda la noche?

—Fueron sólo algunas horas. El sol acaba de salir. Y pensé que no debía dejarte.

Él quería agradecerle, pero sólo miró sus cobijas.

—¿Quieres contarme qué pasó anoche? —preguntó Iria.

¿Cómo podía explicar lo que él difícilmente entendía?

—Me siento… extraño.

Esa palabra se quedaba corta.

—Extraño —repitió ella.

—Olivia ha estado enseñándome cómo usar mis poderes sin debilitarme, cómo desprenderme de modo que no me afecte. Pero es como… como si me hiciera desprenderme también de mí.

—Oh.

Su ropa ensangrentada estaba en un rincón. ¿A cuántos había matado la noche anterior? Ni siquiera sabía. Solía llevar un registro de cuántos cazadores mataba, pero ahora la cantidad sería abrumadora.

—Quizá no estás hecho para desprenderte —dijo Iria—. Quizá necesitas sentirlo.

—Eso me debilita, y la gente necesita que yo pelee. Soy el ruino más poderoso después de Olivia, y todos cuentan conmigo.

—Nadie cuenta contigo para que mates. Que sea lo que Olivia espera de ti no significa que sea correcto.

Sus ojos oscuros estaban fijos en los suyos y él tuvo el repentino impulso de jalarla hacia él y estrecharla. Casi deseó que se hubiera metido con él a la cama la noche anterior.

—Quizá deberías hablar con Em —dijo Iria tras un largo silencio—, contarle lo que está pasando.

—¿Y ella qué va a hacer? Éste es mi problema. Olivia no me obliga.

Decir esas palabras en voz alta liberó algo horrible en su interior. Las manos empezaron a temblarle.

Olivia no lo obligaba.

No todavía, por lo menos. La creía perfectamente capaz de obligarlo a casarse con ella. Su respiración se volvió inestable. Necesitaba hablar con Em sobre eso. Ella era la única que podía detener a su hermana.

—¿Y si te alejaras un tiempo? —preguntó Iria—. Yo he estado pensando en unirme a la misión del norte. Podrías ofrecerte como uno de los ruinos. No hay modo de que Olivia venga con nosotros, y puedes usar ese tiempo para ordenar tu cabeza.

—Temo que esté torcida de manera permanente —dijo él con sequedad.

—Yo la veo bastante bien —dijo ella sonriente y poniéndole la mano en la coronilla.

Él le devolvió la sonrisa; cierta sensación de alivio empezaba a abrirse paso por el terror que le oprimía el pecho.

—No es mala idea. Le preguntaré a Em.

—Bien —dijo Iria y soltó su mano.

—Eh, pero... es seguro que tú vayas, ¿cierto? Me sentiría más cómodo si tú estuvieras ahí. Eres la única guerrera en la que realmente confío —agregó enseguida.

Ella enrojeció del cuello a las mejillas. Él intentó ocultar su sonrisa. Sabía bien que muchas chicas se ruborizaban ante él, pero viniendo de Iria era distinto. ¿Podía ruborizarla a pesar de que lo había visto en tan malas condiciones?

—Allí estaré —dijo ella.

Él alargó la mano para tomar la de Iria, casi en contra de su propia voluntad. No había decidido tocarla pero parecía como si su cuerpo tuviera otras ideas.

Sus dedos se entrelazaron, suaves y tibios. Una sensación de alivio recorrió sus huesos, como si el simple acto de tomarse de la mano fuera a curarlo de todo.

—Gracias, Iria —dijo en voz baja.

—¡De nada!

Él soltó su mano, iba a parecer extraño si la mantenía mucho tiempo más. Ella bajó de la cama pero su mirada siguió fija en él.

—Tus marcas ruinas están regresando —dijo.

Él miró las finas líneas blancas que se cruzaban con las cicatrices de su pecho. No se veían iguales que antes. Estaban grumosas y como aplastadas por su piel quemada.

—Sí, tengo muchas nuevas.

—Qué bien. No me gustaba que también te hubieran arrebatado eso.

Él le sonrió y deseó que no se hubiera bajado de la cama. Sus dedos se movían queriendo tocarla de nuevo.

—Me tengo que ir —dio la media vuelta y caminó a la puerta con pasos largos—. Intentaré dormir un poco.

—Bien —pero no, no era eso lo que quería decir. Quería pedirle que se quedara. Quería decirle que estaba bien si dormía en la cama junto a él. Quería decirle que se sentía mejor con ella ahí.

No dijo nada de eso.

—Adiós —se despidió Iría al salir.

VEINTITRÉS

Em esperó cerca del carro y los caballos frente al establo, con el corazón en la garganta. Una parte de ella quería correr hacia Cas y disculparse. La otra parte quería golpearlo y decirle que dejara de ser tan tonto. ¿En verdad tenía intenciones de abandonarlo todo por ella?

Cas iba en dirección a ella con Galo, Mateo y Violet detrás. Galo y Mateo siguieron hasta el carro. Violet saludó a Em con la cabeza; se mordía el labio como si estuviera nerviosa. Trepó a la parte trasera del vehículo.

Cas se detuvo frente a Em. No parecía molesto. Ni feliz. De hecho, su rostro inexpresivo era quizás el peor semblante que le hubiera visto jamás.

—No tendría que haber pedido quedarme —dijo él rotundamente—. Lamento haberte colocado en esa posición.

—No te disculpes. No es que no quiera que te quedes, es...

—Por favor, no des más explicaciones —la interrumpió.

Ella asintió con la cabeza, con la respiración entrecortada.

—Tengo una propuesta para ti —dijo él.

—¿Qué cosa?

—Mataré a Jovita.

Em dio un paso atrás.

—¿Qué?

—Déjame matar a Jovita. Yo puedo acercarme a ella.

—¿Cómo?

—Vamos a regresar a la fortaleza —dijo señalando al carro—. Le diré que cambié de parecer, que tiene razón con respecto a los ruinos.

—Intentó matarte. Quizá vuelva a encerrarte, sobre todo si tu regreso le parece sospechoso.

—Déjame llevarle información. Jovita alegaba que yo estaba demente porque no quería matar a los ruinos. Si a mi regreso ve que he cambiado de opinión y le ofrezco información útil sobre ti, no podrá volver a encerrarme.

—¿Qué información quieres ofrecerle?

—Lo de la diarquía. Tu inminente casamiento con August. Tu plan para asesinarla. Diré que he descubierto una conspiración para atacar la fortaleza y matar a Jovita antes de un mes.

—¿Y si no atacamos antes de un mes?

—Para entonces ya estará muerta.

Em negó con la cabeza.

—Es demasiado peligroso. Jovita tiene muchos partidarios, y la información que tienes no es suficiente.

—Entonces dame algo más. Un mapa, un plan, algo concreto que pueda mostrarle. Diré que lo robé.

Em sacudió la cabeza nuevamente.

—No sé si tenga algo que... —dejó que su voz se fuera apagando mientras pensaba en los diferentes mapas y planes que tenía en su casa bajo llave—. Escribí una carta que los ruinos y los guerreros llevarían a los soldados en Ciudad Gallego, donde básicamente detallo nuestra posición aquí y prometo que seguiremos apoyando a Olso. No dice nada demasiado específico, pero sí menciono algo sobre deshacernos de los gobernantes de Lera. Y lleva mi sello real.

—Perfecto. Diré que intercepté a un mensajero.

Em empezó a correr pero lo pensó mejor y se volvió a Cas:

—¿Estás seguro? No puedes llegar ante Jovita y clavarle un cuchillo en el vientre, sin más. Su gente podría sublevarse y matarte.

—Lo sé. Dame tiempo, algunas semanas. Ganaré la lealtad de algunos consejeros. Con ayuda de Violet, podremos convencer a algunas personas. Puedo, como mínimo, asumir el control de la provincia del sur. Luego decidiré cuál es el mejor modo de deshacerme de ella.

—O puedes darnos acceso a la fortaleza y lo hacemos nosotros.

—Moriría demasiada gente. Si llevaras a Olivia… —y al decir esto sacudió la cabeza.

—Podría dejarse llevar —Em completó la frase.

—Sí.

Mientras tanto, puedo ser tus ojos y tus oídos en la fortaleza. Pronto volverán a atacarlos.

—Contamos con eso.

—Entonces déjame averiguar cuándo será, así ustedes estarán preparados y Jovita será humillada una segunda vez. Para mí será fácil convencer a todo mundo de que no merece el trono. Quizás yo pueda recuperarlo y luego ordenar que la ejecuten por traición.

—¿Podrías hacer eso? —preguntó Em en voz baja.

—Sí.

Ella frotó su collar con el dedo pulgar. Contar con alguien dentro de la fortaleza era más de lo que podría haber esperado.

—Si alguien llegara a descubrir que estuviste dando información a los ruinos…

—Me cortarían la cabeza —completó Cas.

—Tendrías que escabullirte de la fortaleza por lo menos un par de veces para traerme información. ¿Podrías?

—Estoy seguro de que encontraré el modo de hacerlo —dijo él—. ¿Comprendes que todo esto depende de nuestro acuerdo? ¿De que los ruinos no nos ataquen?

—Por supuesto. Cuando recuperes el trono, todos regresaremos a Ruina y tendremos paz.

—¿Y August?

—¿A qué te refieres? —Em se ruborizó.

—¿Podrás mantener esa promesa si te casas con August?

—Sobre los guerreros no tengo ningún control, pero prometo que nunca enviaré ruinos a Lera. Eso lo dejaré claro si… si me caso con él —las palabras se le agolparon en la garganta y tragó saliva—. Voy a traerte esa carta.

Se marchó hacia su casa. Al entrar y ver que estaba felizmente vacía suspiró con alivio. No quería tener que dar explicaciones a Olivia.

Tomó la carta del cajón del escritorio de su recámara y la volteó para asegurarse de que el verde sello real Flores seguía intacto. Así era. Dio media vuelta y salió de la casa corriendo.

Se acercó a Cas para entregarle la carta.

—No olvides romper el sello antes de llegar a la fortaleza; de otro modo te resultará difícil explicar cómo conoces su contenido.

Él asintió y extrajo de su bolsillo un trozo de papel doblado.

—Intentaré escapar en cinco días. En el mapa marqué dónde estaré.

Em desdobló el papel y miró el esbozo de la fortaleza y la tierra intermedia.

—¿Puede alguien reunirse conmigo en cinco días para transmitir la información? —dijo.

—Puedo ir yo.

—Si no estoy ahí, intenta el día siguiente. Si aún no aparezco, da por sentado que algo salió mal o he muerto.

Ella dobló el mapa y lo sujetó con fuerza.

—Por favor, ten cuidado, Cas. Jovita no es tonta: sospechará de ti.

—Claro que sospechará, pero estoy seguro de que le gustará que alguien le diga que tenía razón.

—No vayas a… —Em se interrumpió, dudando de si él querría conocer su opinión sobre eso.

—¿Que no vaya a qué?

—A ser amable con ella. Ni con nadie. Ve allá y amenaza con ejecutar a todo mundo por traición.

Cas levantó las cejas.

—No creo que eso me haga ganar muchos amigos.

—Necesitas su respeto, no su amistad. Al regresar, no te encojas. Tú eres su rey. Recuérdaselos.

Él sostuvo su mirada por unos momentos.

—Lo haré.

Empezó a caminar y cuando pasó a su lado ella lo tomó de la muñeca y lo detuvo.

—No quiero casarme con August —susurró Em. Los ojos de Cas se movieron rápidamente hacia los de ella—. Tengo que tomar decisiones sensatas, pero no es eso lo que deseo. Tú eres el único al que quiero.

Em lo soltó y por un momento pensó que Cas se alejaría, pero no: dio media vuelta, la tomó de la cintura y la jaló hacia él. Ella lo estrechó entre sus brazos.

Cas puso una mano en la nuca de Em y la sostuvo con firmeza mientras le plantaba un beso en la mejilla.

—Gracias por el empujón.

La soltó y rápidamente se marchó de ahí.

Cas estaba sentado con Violet en la parte trasera del carro, con las piernas colgando por la puerta abierta. Una camisa azul que Mateo había colgado como bandera improvisada se agitaba con la brisa, mientras los caballos caminaban pesadamente por el bosque.

Abrió la carta cuando estuvieron cerca de la fortaleza. No lo habría esperado, pero Em tenía mala letra: era medio ilegible, con unos signos encima de otros. Le provocó un dolor en el pecho. Guardó la carta en su bolsillo.

—No estoy segura de si esto es valiente o estúpido —dijo Violet.

—Supongo que lo descubriremos —el sol estaba descendiendo en el cielo y Cas levantó una mano para protegerse los ojos—. Gracias por no separarte de mí.

—No hagas que me arrepienta —sonrió y chocó su hombro contra el de él.

Cas tuvo que forzar una sonrisa.

—Trataré —respondió.

—¡La fortaleza! —gritó Galo desde la parte delantera del carro—. Creo que nos están observando. Nos van a dejar acercarnos. ¿Quieres ir adelante o atrás?

—Adelante —respondió Cas—. Detente a distancia prudente del portón, el resto del camino lo haremos a pie.

Galo obedeció y unos minutos después los caballos se detuvieron. Cas le ofreció la mano a Violet cuando bajaron de un brinco. Los portones de la fortaleza se veían allá adelante. Habían reparado la muralla casi en su totalidad durante su ausencia. Cinco guardias cuidaban el acceso al portón.

—Detrás de mí —dijo Cas a sus amigos. Galo, Mateo y Violet se formaron en fila tras él.

Uno de los guardias apuntaba una flecha hacia él. Cas caminó con las manos en alto en señal de rendición.

—¡No creo que quieras dispararle a tu rey!

El guardia bajó lentamente el arco.

—¿Su majestad?

—Me da gusto volverte a ver, Jared —dijo Galo por detrás.

—No sabíamos que iba a regresar, su majestad —dijo Jared. Les susurró algo a los otros guardias. El portón se abrió. Uno entró a toda prisa.

—¿Y por qué no regresaría? —preguntó Galo. Jared sólo tragó saliva.

—¿Espero aquí? —preguntó Cas, deteniéndose a unos pasos del guardia.

—Eh... —Jared miró detrás de él, evidentemente nervioso—. Tenemos órdenes de no dejar entrar a nadie sin la aprobación de Jovita.

—Es tu rey —bufó Galo.

—Está bien —dijo Cas—, mejor ser cautelosos. Aquí esperaré.

Jared. Leal a Jovita. Repitió el nombre mentalmente varias veces. Necesitaba memorizarlo.

Su prima atravesó como un estallido por el portón, con expresión de absoluta incredulidad, seguida de Danna y Julieta. Detrás de ellas, el patio se llenó de gente. Jovita gritó que volvieran a entrar, pero nadie se movió.

Jovita exhaló irritada y se acercó a Cas con fuertes pisadas.

—Cas —la cicatriz de su mejilla temblaba—, pensé que...

—¿Pensaste que quizá seguía encerrado en mi habitación? Hiciste que me resultara muy difícil salir de ahí.

Se hizo el silencio entre la multitud. Algunos rostros parecían muy impresionados.

Jovita lo miró con los ojos entrecerrados.

—Pensé que habías abandonado tu reino. Tomando en cuenta que saliste huyendo a medianoche como un criminal…

—Me envenenaron. Pensé que lo mejor era marcharme mientras me recuperaba.

Se oyeron gritos ahogados en la muchedumbre.

—¿Está usted bien, su majestad? —preguntó Julieta.

—Sí, gracias. Galo se encargó del guardia que lo hizo —dijo Cas y avanzó a grandes zancadas esquivando a Jovita—. Consejeros, síganme —y por encima del hombro vio a Jovita plantada en su lugar—. Ahora mismo.

Los guardias se apresuraron a abrirle la puerta principal. Cas entró y fue directo a la sala de reuniones. Tomó el asiento de la cabecera. Violet se sentó junto a él y los demás consejeros alrededor de ella. Cas les hizo un gesto a Galo y a Mateo para que permanecieran en la sala. Ambos se quedaron cerca de él.

Cas comenzó a hablar antes de que Jovita se hubiera acomodado en su asiento.

—El ataque a los ruinos… entiendo que no nos fue bien con eso. Perdimos a todos los soldados excepto a uno, ¿correcto?

—Es correcto —dijo Danna, y le lanzó una mirada furiosa a Jovita.

—Fue sólo el primero —intervino Jovita.

—Basta —interrumpió Cas—. Has tenido tiempo de sobra para hablar. Ahora es mi turno.

Jovita se sonrojó, pero mantuvo el silencio.

—He llegado a algunas conclusiones. En primer lugar, enviar a nuestros soldados a atacar a los ruinos sin una adecuada preparación fue estúpido, temerario e inmaduro, y nos hizo perder soldados cuando más los necesitábamos —emparejó su mirada con la de Jovita, pero ella rehusó verlo a los ojos—. En segundo lugar, encerrarme con el pretexto de que yo estaba demente sólo porque no estuve de acuerdo con todos ustedes es alta traición, un delito que en Lera se castiga con la muerte.

La sala quedó en silencio. La general Amaro pasó saliva con dificultad.

—En tercer lugar, tenían razón sobre los ruinos, y por esa razón les perdonaré la vida.

Julieta enarcó las cejas.

—¿A qué se refiere con que teníamos razón?

—Los ruinos están conspirando para volver a atacar la fortaleza. Emelina y Olivia han formado una diarquía y se han instalado en Roca Sagrada. Estuve allí.

—¿Fuiste a Roca Sagrada? —Jovita se enderezó en su asiento.

—Brevemente. Fui a hablar con Emelina sobre la posibilidad de un tratado de paz entre los ruinos y Lera. Ella no se mostró dispuesta a discutirlo.

—Vaya, qué extraño —dijo Jovita con desdén.

—Resulta, sin embargo, que sí conseguiste algo al atacar a los ruinos —dijo Cas mirando a Jovita—. Emelina tiene planeado matarte. Es su mayor prioridad.

La expresión petulante de su prima se desvaneció.

—Yo... supongo que era de esperarse —dijo ella.

Cas buscó la carta en el bolsillo y la deslizó sobre la mesa para acercarla a ella.

—Intercepté una carta de Emelina mientras salía del pueblo. Sospecho que eres la regente de la que habla. Envió a algunos ruinos tras nosotros para que me mataran: debió pensar que ya se habían encargado de mí.

Jovita abrió la carta a toda prisa y la leyó con el ceño fruncido.

—Está dirigida a un gobernante de Olso. Aún tienen una alianza.

—Y seguirán teniéndola. Emelina está considerando una propuesta de matrimonio de August, el príncipe más joven de Olso.

Julieta se llevó las manos a su frente.

—Pensamos que los ruinos rechazarían a los guerreros cuando estuvieran de vuelta en Ruina.

—Quizá lo habrían hecho. Pero entonces ustedes los atacaron y decidieron reforzar su alianza —Cas miró a cada uno de los consejeros—. En este momento termina todo ese disparate de que yo he perdido el juicio. Reconozco que me equivoqué sobre los ruinos. Ustedes reconozcan que fue un error atacarlos. A partir de ahora seremos cautelosos y sensatos. Elaboraremos un plan para derrotar a los ruinos y recuperar el castillo cuando sea más razonable.

—El castillo no es prioridad —dijo Jovita—. Todavía tenemos el sur, así que...

Cas dio un manotazo en la mesa que la sobresaltó.

—Es prioridad porque yo digo que lo es. Vuelve a contradecirme en algo y reconsideraré el perdón a su alta traición —se puso en pie y añadió—: lo digo por todos ustedes.

Cas dio la media vuelta y salió de la sala con Galo y Mateo a sus espaldas.

En cuanto estuvieron fuera, Cas miró a Galo.

—Busca a todos los guardias leales a mí. Pronto. Necesitaré de su protección.

VEINTICUATRO

Em cerró la puerta de la casa de Cas al salir. Ya no era la casa de Cas, pero probablemente siempre se referiría a ella de esa manera.

—Está limpia —dijo Em—. No dejaron nada.

Mariana e Ivanna esperaban al pie de los escalones.

Los ojos de Mariana se iluminaron.

—¿Entonces puedo ocuparla?

—Claro.

Mariana avanzó a toda prisa junto a Em, abrió la puerta y comenzó a dar saltos adentro de la casa.

—¿En verdad necesita toda una casa para ella sola? —preguntó Ivanna algo divertida.

—Está bien, que la disfrute ahora. Probablemente en poco tiempo estaremos de vuelta en las tiendas y las cabañas de los mineros —trató de no suspirar al decirlo. Aunque odiara reconocerlo, no quería volver a Ruina. Ya no la sentía como su hogar.

Regresó al centro del poblado, con Ivanna a su lado avanzando a su paso. Había ruinos circulando afuera de las tiendas. En ese pueblo habían encontrado el mejor alojamiento que la mayoría de ellos hubiera visto en más de un año, pero

Roca Sagrada tampoco se sentía como su hogar. Parecía que adondequiera que Em llevara a los ruinos, sólo los hacía correr más peligro.

—Anoche se reunieron algunos del consejo ruino —dijo Ivanna en voz baja.

—Eso no suena bien. ¿Quiénes son *algunos*?

—Davi, Mariana y yo.

Em se detuvo y miró a Ivanna.

—¿Y bien?

—Nos preocupa Olivia. Oí que el ejército de Vallos nos atacó porque ella los provocó.

Em no respondió. Su silencio era probablemente confirmación suficiente.

—No nos ha pasado inadvertido que eres la única que toma decisiones sensatas —dijo Ivanna.

Em la miró sorprendida. Tras la visita de Cas no imaginó que las palabras "decisiones sensatas" se asociarían con ella en algún tiempo.

—No voy a mentirte: yo no quería que fueras reina. Voté en contra de ti cuando Damian te relevó. Cuando Olivia anunció la diarquía pensé que lo hacía por consideración a ti.

—No lo endulces —dijo Em con sequedad.

—Estoy diciendo que me equivoqué, y quiero que sepas que puedes contar con nuestro apoyo. Incluso si eso significa ir en contra de Olivia, o removerla del trono.

Em se sintió incómoda. Sabía lo que era ser apartada y no quería hacerle eso a su hermana.

—No creo que lleguemos a tanto. Sigue molesta por haber sido apresada. Sólo necesita un poco de tiempo para adaptarse.

—Eso espero —dijo Ivanna, aunque parecía escéptica.

—Dijiste que te reuniste con Davi y Mariana. ¿Qué hay de Jacobo? —preguntó, aunque ya sospechaba cuál sería la repuesta. Lo había visto siguiendo a Olivia a todas partes y siempre presto a seguir sus órdenes.

—Yo no contaría con su apoyo. Y de Aren tampoco estoy segura.

—Aren siempre está de mi lado.

Ivanna no parecía convencida, pero Em sí: Aren siempre estaba de su lado.

—También hablamos de August —dijo Ivanna—. ¿Aren ya te lo mencionó?

—No. ¿Qué con él?

—Reconozco que al principio me entusiasmaba una alianza matrimonial con Olso, pero el resto del consejo y yo lo estamos reconsiderando.

A Em la invadió la esperanza.

—¿Y eso por qué?

—Olso está en deuda con nosotros tras habernos abandonado cuando Lera les declaró la guerra a los ruinos. No creo que se requiera un matrimonio para garantizar su ayuda.

—No estoy segura de que ellos lo vean así.

Ivanna se encogió de hombros.

—Entonces no es una alianza a largo plazo. Se irán cuando Jovita esté muerta. Pero no quiero que sientas que debes casarte con él sólo para tenernos contentos. Ya bastante has hecho por nosotros.

A Em se le hizo un nudo en la garganta. Parpadeó repetidas veces antes de que pudieran formarse las lágrimas.

—¿No crees que es importante tener el apoyo de Olso a largo plazo?

—No creo que a estas alturas podamos contar con nada a largo plazo. Lamento ser directa, Emelina, pero hay una posibilidad de que August ordene tu muerte después de que le hayas provisto algunos hijos.

Ella había pensado lo mismo. Pasaría todo su matrimonio cuidando sus espaldas, durmiendo con una daga a su alcance.

—Lo pensaré —dijo Em con una voz que delataba alivio.

Ivanna alargó la mano para darle un apretoncito en el brazo.

—Recuerda que puedes recurrir a mí si necesitas algo, aunque sólo sea para hablar las cosas abiertamente.

—Gracias —dijo Em.

Ivanna sonrió y se marchó.

Em continuó caminando lentamente por el sendero de tierra. Nunca le había dado la impresión de que el consejo estuviera del lado de Olivia, pero definitivamente tampoco había imaginado que la mayoría de ellos estarían firmemente de *su* lado.

Vio a Aren cerca del campamento de los guerreros, sentado con Iria. Estaban lavando ropa.

Aren la descubrió mirándolos, le dijo algo a Iria y se acercó a Em corriendo.

—Qué bueno que te veo —dijo él—. Quería preguntarte algo.

—¿Qué cosa?

—Crees que podría ofrecerme para ir al norte con los guerreros?

—¿Qué?

—¿Ya asignaste a los ruinos que irán?

—Eh... no —dijo.

¿Aren iba a pasar una o dos semanas con los guerreros por voluntad propia?

—Entonces, envíame. Escoge a dos ruinos débiles para que vayan conmigo. Puedo proteger a los guerreros.

—¿Por qué?

Sin verla a los ojos respondió:

—Quiero alejarme por un tiempo.

—¿Alejarte de qué?

Como él no respondía, ella buscó su mirada. Estaba viendo a Olivia, sentada en el cobertizo de su casa.

—¿Sabes que planea casarse conmigo? —comentó en voz baja.

—Lo escuché. ¿Cómo te sientes?

Nunca le había visto una expresión tan angustiada. Parecía a punto de llorar.

—No puedo, Em. No puedo. Ya sé que siempre se pensó en mí para casarme con alguna de ustedes dos y es una decisión política sensata, pero… —sacudió la cabeza—. Por favor, Em, por favor, no me obligues.

—¿Qué? Aren, yo nunca te obligaría —le dio un apretón en el brazo con dulzura—. ¿Creíste que no tendrías otra opción?

—Creo que Olivia dio por sentado… Y sé que algunos ruinos suponen que, como soy tan poderoso, regir es mi futuro y responsabilidad.

—Te prometo que eso lo decidirás tú. Si alguien trata de presionarte, envíalo conmigo.

Él rio, dejó escapar un suspiro tembloroso y le dio las gracias.

—Y creo que te equivocas en eso de que los ruinos quieren que te cases con ella —añadió Em—. Acabo de tener una conversación con Ivanna. Ella no apoya tanto que yo me una con August. No creo que esté dispuesta a presionar a alguien a un matrimonio.

—¿En verdad? Hablé con ella sobre eso hace un tiempo y pensaba que era buena idea.

—Cambió de opinión.

—Qué alivio. No quiero a ese tipo por aquí para siempre.

—Todavía no se decide —dijo ella—. Pero hubo algo más.

—¿Qué?

—La mayoría en el consejo no están contentos con Olivia.

—Lo sospechaba. Conmigo no hablan de eso porque creen que soy muy cercano.

—Yo pensaba que estaban enojados conmigo por lo de Cas, pero parece que en este momento están más preocupados por Olivia.

—Se entiende.

—Podrían no estar encantados si supieran que me mantengo en contacto con Cas.

—¿Qué? —exclamó él arqueando las cejas.

Em rápidamente le transmitió el plan de Cas para matar a Jovita y su petición de reunirse en cuatro días.

—¿En serio? —preguntó Aren—. ¿Va a matarla por nosotros?

—Y nos dará información sobre los planes de Lera. La hará ver como una estúpida.

—¡Qué bien!

—Entonces, de hecho es algo bueno que quieras ir con los guerreros, porque necesito que lo protejas si te cruzas con él. Llegarás a estar muy cerca de la fortaleza, y pronto Cas viajará hacia el sur.

—Puedo intentarlo. ¿Te reunirás con él en cuatro días?

—Sí.

—¿Y qué pidió a cambio?

—Nada. O nada que no haya ofrecido yo antes: la promesa de no enviar más ruinos a atacar Lera.

—Intentará recuperar el trono, ¿cierto? No creo que a August le agrade que ayudemos a Cas.

—Estoy segura de que no. No le he contado esto a nadie más que a ti —dijo—. Que sea un secreto entre nosotros, ¿de acuerdo?

—De acuerdo —asintió Aren.

VEINTICINCO

El personal de la cocina pensaba que Cas estaba loco. Había contemplado muchas opciones para evitar volver a ser envenenado y finalmente se decidió por la que pareció más razonable: él mismo prepararía su comida.

Galo lo vio como si le hubiera salido una segunda cabeza y volvió a sugerir probar su comida antes que él. Cas declinó el ridículo ofrecimiento. Galo señaló el hecho de que Cas no sabía cocinar.

Minucias.

—Está viscosa —dijo sosteniendo en alto la carne del cerdo que Mateo había matado. Se paró frente a la encimera de la pequeña cocina, cerca de la ventana abierta. Era una de las pocas habitaciones con ventana en la fortaleza y muy rápido se estaba convirtiendo en su lugar favorito de la construcción.

Blanca intentó quitársela.

—Su majestad, permítame…

Él la sostuvo fuera de su alcance.

—Estoy aprendiendo a cocinar cerdo. Es una habilidad fundamental, ¿no te parece?

Enfurruñada, puso las manos en las caderas. A sus espaldas, Leticia soltó una risita.

—Sazónelo, su majestad —dijo Blanca con un suspiro de derrota. Bruscamente, le puso una botella en la mano.

—¿Cuánto? —preguntó él agitándola sobre la carne.

—Así está bien. Ahora voltee la carne y haga lo mismo de ese lado.

Cas siguió sus instrucciones, calentó una sartén y arrojó encima la carne.

—¿Mañana me enseñas cómo deshuesar un pescado? Galo va a llevarme al río a pescar.

—¿También va a pescarlos usted mismo? —preguntó Leticia, incrédula.

—No puedo comer pescado si no lo pesco —y señalando la carne preguntó—: ¿Cuánto tiempo debe estar ahí?

—Unos minutos más —dijo Blanca—. Y sí, le enseñaré a deshuesar el pescado. Pronto irá a preguntar a Leticia cómo lavar la ropa.

Arrugó la frente, confundido.

—¿Se hace algo más que echarla en agua con jabón?

Leticia soltó otra risita.

—Probablemente deba preguntar, sí —dijo él.

Blanca elevó las manos al cielo y refunfuñó algo incomprensible.

—¿En verdad lo envenenaron, su majestad? —preguntó Leticia bajando la voz. Blanca le hizo señas con una toalla y cruzó un dedo sobre los labios.

—No, no importa —dijo Cas—. Sí, me envenenaron. Por suerte, Galo lo descubrió a tiempo.

—Sabe que nunca lo envenenaríamos —dijo Blanca—. Yo le llevaría la comida a usted personalmente de ahora en adelante.

—Lo sé —dijo Cas con dulzura—, pero de todas formas necesito aprender. No hace falta que se tome más molestias.

Ella volvió a mirarlo perpleja pero sus ojos brillaban divertidos.

—De vuelta a la carne, su majestad.

Hizo lo que la cocinera le dijo. Terminó de preparar la carne, la cortó y la puso en platos. Ya había picado algunas verduras y las distribuyó. Puso en un plato un pedacito de carne y se lo acercó a Blanca.

—Ése es para ti.

—No podría aceptarlo, su majestad.

—¡Tienes que decirme cómo está!

Ella hizo una pausa, tomó un cuchillo y cortó un trozo. Se lo llevó a los labios y, masticando, asintió con la cabeza.

—No está mal.

—Gracias.

—Leticia, lleva esos platos al comedor para su majestad —ordenó Blanca.

Leticia de inmediato obedeció y tomó dos platos. Él levantó los otros dos antes de que ella pudiera quejarse.

—Yo te sigo —le dijo Cas. La miró con atención mientras atravesaban las puertas de la cocina.

Violet, Mateo y Galo estaban sentados en la mesita cuadrada afuera de la cocina. Se usaba como el comedor del personal, pero Cas preguntó si podía cenar esa noche ahí con sus amigos.

—¿Está comible? —preguntó Violet. Sus mejillas estaban un poco rosadas, probablemente por el vaso de vino que cada uno tenía frente a sí.

—Eso espero —colocó un plato enfrente.

Leticia les sirvió a Galo y a Mateo y luego salió disparada antes de que Cas pudiera siquiera darle las gracias.

—¿Dónde encontraron vino? —preguntó mientras se sentaba junto a Violet.

—La general Amaro me lo dio. De repente todo mundo está muy interesado en ser mi amigo —dijo levantando la botella para ofrecerle un poco.

—No, gracias —él necesitaba la mente siempre despejada.

—¡Hey!, esto está buenísimo —dijo Galo señalando su plato.

—Pasaré por alto ese tono tan sorprendido —dijo Cas. Galo le sonrió.

Cas tomó un trozo de carne y vio a Mateo chocar el hombro contra el de Galo. Intercambiaron una sonrisa. Si Cas se hubiera quedado con Em, quizás estaría sentado junto a ella diciéndole cosas sin palabras. Quizás estaría cocinando para ella.

Apartó la idea de su cabeza. Su breve fantasía de estar con Em ya había pasado, y el recuerdo sólo lo hacía avergonzarse. Había estado listo para fallarle a su pueblo, a todos los que en esa fortaleza contaban con él, a los ruinos a los que había prometido proteger. Mucha gente necesitaba que fuera un rey fuerte. No volvería a defraudarlos.

Después de la cena, se retiró a su dormitorio y encontró a Jovita en pie frente a su puerta.

—Cas, ¿podemos hablar?

—Depende. ¿Otra vez intentarás envenenarme?

Pasó el brazo por detrás de ella y abrió la puerta. Jovita entró tras él.

—Yo no te envenené. Si fuera a matar a alguien, lo apuñalaría en el vientre. El veneno es de cobardes.

—Estoy de acuerdo —dijo él sosteniéndole la mirada mientras se sentaba en la orilla de la cama.

—¿No me crees?

—Discúlpame si no parezco confiado después de que intentaste convencer a todo mundo de que yo estaba demente.

—Discúlpame si sigo sin estar convencida de tu cordura.

—¿Debo hacer algo para demostrarlo?

—Estaba pensando… ¿la gente cuerda tiene que demostrarlo?

Cas soltó una risita.

—Supongo que no.

Ella parecía molesta de que él no se hubiera ofendido.

—¿Qué estás haciendo, Cas? No puedes pretender que crea que tu opinión sobre los ruinos cambió tan drásticamente.

—No. Sigo pensando que lo que mi padre hizo estuvo mal. Creo que mi madre y él seguirían vivos si él no hubiera declarado la guerra a los ruinos. Pero no podemos cambiar el pasado. Estamos en esta guerra y tenemos que terminarla.

—Antes hablabas como si quisieras rendirte a los ruinos o asociarte con ellos. Sé honesto: dejaste escapar a Emelina después de que atacó la fortaleza.

—Dejé escapar a Emelina —dijo. Jovita arqueó las cejas sorprendida con ese reconocimiento—. Yo quería.

—Tu madre me dijo que ni siquiera consumaron el matrimonio —dijo Jovita con sorna.

—No, no lo consumamos.

—Qué triste —no sonaba en absoluto triste.

—Fui a buscarla. Pensaba que… —endureció los labios y completó—: pensaba que me amaba.

—¿Y qué te hizo pensar eso? ¿Que haya matado a tu verdadera prometida? ¿O que se haya negado a acostarse contigo?

Cas ignoró el impulso de ira en su pecho.

—Ya sé que soy un idiota, Jovita, no hace falta que me lo restriegues.

—Lo siento —dijo ella, y casi sonó sincera.

—Iba a dejar que Olivia me matara. Se rio de mí. A duras penas salimos vivos de ahí.

—Podría haberte dicho que eso era lo que iba a pasar —observó Jovita—. Si me hubieras hablado de Emelina, podría haberte explicado que los ruinos no aman a los humanos. Ni siquiera los ruinos inútiles lo hacen.

Cas sabía mucho más sobre los ruinos que ella. Su ignorancia sobre ellos, su certeza absoluta de que eran la encarnación del mal, eran su mayor debilidad. Ni siquiera se le había ocurrido que él estuviera trabajando con Em. Para ella, ese pensamiento era completamente imposible.

—Creo que ya pasó el tiempo en que podíamos hablar de cosas —dijo Cas.

Jovita cruzó los brazos sobre el pecho.

—Sería mejor para ti si pudiéramos trabajar juntos.

—¿Mejor para mí? —rio Cas.

—Que ostentes el título de rey no significa que tengas poder, espero que lo sepas. La mayoría de los cazadores y soldados siguen bajo mis órdenes.

—¿En verdad? ¿Incluso después de que enviaste a un grupo de ellos directo a la muerte? ¿Qué tan segura estás de su lealtad?

—Lo suficiente.

—Muy bien. Después de que yo recupere el castillo, podrán quedarse todos aquí contigo. Allá no serás bienvenida.

—Morirás si tratas de recuperar el castillo.

—Eso saldrá tal como esperas.

Jovita se dirigió a la puerta pisando con determinación.

—Yo no te envenené, Cas.

—Entonces averigua quién lo hizo. Estoy seguro de que ustedes dos serán grandes amigos.

Ella le dirigió una mirada furiosa por encima del hombro y azotó la puerta a sus espaldas.

VEINTISÉIS

Aren encabezó el grupo de guerreros y ruinos que salieron de Roca Sagrada al amanecer. Iria iba detrás de él. Clara y Santino cerraban la marcha. Ningún otro ruino se había ofrecido para la misión, así que Aren tuvo que pasar un tiempo convenciéndolos. Ninguno de ellos tenía grandes poderes, pero Olivia había prohibido que otro ruino poderoso fuera con ellos.

Viajaron al este, hacia la costa de Vallos, para luego seguir hasta Lera. Pasaron varias granjas con largas filas de cultivos a las afueras de Roca Sagrada, pero desaparecieron conforme se acercaron a la costa. El aire se fue haciendo cada vez más frío. Aren se abotonó el abrigo y se puso los guantes.

Él ya había ido a esa zona una vez, meses antes, cuando escapó con Em. Era fácil esconderse entre esa hierba alta y descuidada. Pisó con cuidado y registró la zona para asegurarse de que no los estuvieran siguiendo soldados de Vallos que hubieran tenido la misma idea.

Se detuvieron al pie de una colina cuando el sol comenzó a ponerse. No querían arriesgarse a encender una fogata, así que comieron carne seca que llevaban con ellos. Parecía que Clara y Santino iban a comer solos, alejados de los guerreros, pero Aren sacudió la cabeza y les hizo una señal para que se sentaran con el resto del grupo. Comieron casi todo el tiempo en silencio.

—Vamos —dijo Iria cuando terminaron. Se puso en pie de un movimiento y extendió la mano a Aren.

Él dejó que ella lo levantara. Algunos guerreros estaban quitando ramitas y piedras del suelo para extender ahí sus cobijas.

—¿Qué están haciendo?

—Es para dormir en grupo —dijo ella—. Eso acostumbramos cuando hace frío. El calor corporal ayuda a que todos durmamos mejor.

—¿Estamos incluidos en este sueño grupal? —preguntó señalando a los demás ruinos.

—A menos que prefieran tiritar de frío toda la noche —y, mirando a Clara, añadió—: ¿o a menos que ella pueda provocar calor?

—No por un periodo muy prolongado. No es un uso sensato de su poder.

—Entonces vengan —caminó a la zona de dormir y se dejó caer. Él vaciló.

—¿Y se supone que vamos a dormir juntos? —preguntó Clara arrugando la nariz.

—Depende de ustedes —dijo Aren—. Por lo visto, somos bienvenidos.

—Yo estoy bien por acá —dijo Santino, y Clara movió la cabeza en señal de que ella también.

Aren miró otra vez a Iria. Algunos guerreros habían empezado a acomodarse, pero aún nadie estaba a su lado. Quería sentarse junto a ella más de lo que estaba dispuesto a reconocerlo.

—Ustedes deciden —dijo a los ruinos intentando sonar despreocupado—. Creo que de este lado va a estar más caliente.

Se alejó de ellos y caminó hacia donde estaba Iria. Quería estar tibio. Claro. Exactamente por eso estaba haciéndolo.

—¿Los demás no quieren? —preguntó ella cuando él se sentó a su lado.

—No.

Iria se inclinó y tomó la cobija que estaba a sus pies para sacudir el polvo. La abrió y dejó que cayera sobre los dos. Aren se recostó de espaldas a toda prisa sin decir palabra.

Los otros guerreros se fueron sumando hasta que hubo gente a cada lado de Iria y de él. Los ronquidos iniciaron casi de inmediato.

Aren no consiguió dormir. Cada vez que cerraba los ojos éstos volvían a abrirse de golpe. Podía percibir la presencia de todos los humanos a su alrededor, pero de uno en particular. Era como si Iria emitiera una señal que su cuerpo no podía pasar por alto. Prácticamente podía sentir su corazón latir en su propio pecho.

El hombre al otro lado de Aren giró de pronto y dejó caer su brazo sobre el pecho de Aren. Éste lo retiró. Se oyó una risita junto a él. Iria estaba volteada hacia él, sonriéndole. Rodó para quedar frente a ella.

—Qué extraño es esto —susurró.

—Pero con menos frío, ¿cierto?

—Supongo.

—¿Los ruinos no se acurrucan juntos para darse calor?

—No en un grupo tan grande —frente a él se formó la imagen de Damian y cuando volvió a hablar su voz sonó forzada—. Yo a veces lo hacía con Damian y Em.

—¿Cómo era…? —mordió su labio—. ¿Te molesta si pregunto cómo era esa época? ¿Después de que se incendió el castillo?

El tipo al otro lado de Aren se rodó y le dio un empujón. Él se acercó un poco más a Iria.

—Se trataba sobre todo de sobrevivir —respondió en voz baja—. En esos días Damian no sabía si sus padres estaban vivos o muertos, porque habían estado viajando, y Em y yo sabíamos que los nuestros habían fallecido. Durante el día tratábamos de sobrevivir, pero en la noche… La noche era peor, a veces. Durante la noche tienes tiempo de pensar.

—¿Alguna vez consideraste ir a Olso a buscarme, a mí o a otras familias que conocieran?

—De hecho lo sugerí, pero entonces llegaron muchísimos cazadores y nadie apareció para ayudarnos. Supusimos que los guerreros habían decidido que nos las arregláramos por nuestra cuenta —no intentó ocultar la amargura en su voz.

Los ojos oscuros de Iria se fijaron en los de él, llenos de tristeza y arrepentimiento.

—Lo lamento, Aren, lo lamento mucho. Debí haber luchado con más ahínco. Mis padres debieron luchar con más determinación. Debimos haber hecho todo lo posible por ayudar.

Él no sabía que deseaba una disculpa hasta que ella la ofreció, entonces algo en su interior descansó.

—Gracias, Iria —dijo suavemente. Su mano rozó los dedos de ella. Él no se movió—. ¿Lucharon? Eso no me lo habías dicho.

Ella asintió con la cabeza y explicó:

—Muchas veces intentamos hablar con el rey y sus consejeros. Conseguimos un grupo de guerreros que nos apoyaran, pero podríamos haber hecho más. Finalmente me convencí de que no era tan preocupante, que ustedes podían defenderse solos.

—Y están aquí ahora. La mayoría de nosotros lo apreciamos, en verdad —hizo una pausa—. Yo lo aprecio.

Iria esbozó una sonrisa. Tenía labios bellos y carnosos, quizá si se inclinaba un poco podría besarla. Había pasado mucho tiempo desde la última vez que besó a una chica.

Rápidamente cerró los ojos. Aun si iba a arojar la precaución por la borda y acariciarse y besarse con una guerrera, definitivamente no eran el momento ni el lugar. Sentía la respiración del hombre que estaba junto a él. Clara y Santino probablemente estaban vigilando a los guerreros en vez de dormir.

Los latidos del corazón de Iria se desaceleraron un poco tras rendirse al sueño. Eran más intensos que los del resto. Se rodó hasta quedar de espaldas, intentando que lo arrullaran.

Algo rozó su brazo y al voltear la vio hecha un ovillo junto a él, tan cerca que su frente le hacía cosquillas. Su aliento le entibiaba la piel a través de la ropa.

Se acercó un poco más a ella. Para calentarse, se dijo.

Cerró los ojos y el sueño llegó casi de inmediato.

VEINTISIETE

Em levantó la mano para saludar a los guerreros recién llegados. August había solicitado cien pero llegaron sólo cincuenta, con una nota del rey que prometía otro grupo más tarde. Por el momento, cincuenta eran suficientes. Quizás Aren regresaría del norte con más.

—Es un buen regimiento el que enviaron —dijo August mientras los guerreros se dispersaban para levantar más tiendas de campaña—. Creo que te complacerá.

Complacer no era el verbo que ella habría usado, pero de todas formas asintió con la cabeza.

—Será bueno tenerlos, ahora que Aren no está —dijo August. Evidentemente, quería que Em agradeciera y alabara a sus maravillosos guerreros.

—Lo será —dijo.

—No es que me importe que Aren proteja a mis guerreros durante el trayecto. ¿Cómo lo convenciste?

—No fue necesario: él se ofreció.

—Tendré que agradecérselo cuando vuelva.

—Claro.

Fueran cuales fueran las razones de Aren para ir, ella sabía que no iban a gustarle a August. De hecho, ella sospechaba que era más por alejarse de él que de Olivia.

—¿Tienes hambre? Creo que la cena está lista.

Ella asintió tratando de no soltar un fuerte suspiro. August había matado a un venado en la cacería matutina y muy emocionado se había autoinvitado a cenar. *Sólo nosotros dos,* dijo, y a ella no se le ocurrió una razón para decir que no.

Aún no estaba lista para hablar con August. Moría por usar la conversación con Ivanna como excusa para declinar la propuesta de matrimonio, pero temía que el príncipe tomara a todos sus guerreros y se marchara. No estaba segura de que los ruinos fueran ya capaces de arreglárselas solos.

Tampoco estaba segura de que fuera sensato declinar su proposición. Aun si en efecto tenía el plan para deshacerse de ella al cabo de algunos años, eran años que los ruinos podían usar para recuperarse. Además, le habría gustado verlo intentar hacerle daño. Lo había visto pelear. No estaban a la misma altura.

Em y August caminaron a su casa y la encontraron vacía salvo por un guerrero en la cocina. Olivia se había esfumado, tal como Em le había solicitado.

El guerrero puso sus platos en la mesa y August le dijo que podía retirarse. La carne y los frijoles eran lo mejor que Em había podido comer en semanas y trató de que el entusiasmo no fuera tan evidente mientras comía.

Se reclinó en la silla cuando dio buena cuenta del último bocado. August había recargado la cabeza en el puño con una sonrisita mientras la observaba. El cuchillo que Em había usado para cortar la carne estaba en la orilla de su plato. Posó un dedo en el mango. Nunca había sido muy buena lanzando cuchillos, pero August estaba lo bastante cerca para ser un blanco fácil.

—Dime qué quieres —pidió él.

Quiero que te vayas, ¿sí? Em dio un sorbo de agua.

—¿A qué te refieres? —preguntó Em.

—¿Qué quieres para los ruinos? ¿Qué quieres conseguir? ¿Qué habías planeado hacer originalmente después de irte de Lera y rescatar a Olivia?

—Planeaba volver a Ruina y reconstruir nuestra vida. Quería que los ruinos pudieran vivir en paz, sin que los cazaran a muerte.

—¿Y después de eso?

—No lo sé.

—¿Tenías planes de casarte? ¿Quieres tener hijos?

—Soy muy consciente de que se espera que tenga hijos —dijo con el pecho tenso. Desearía haber podido terminar lo que inició con Cas. Aún podía sentir sus manos en ella, aquel aliento en su piel.

—No es eso lo que pregunté. ¿Quieres hijos?

—Sí —dijo—. No inmediatamente, pero me gustaría mucho tener hijos.

Incluso unos niños guerreros estarían bien. Una familia.

Por supuesto, August sería parte de eso. Evitó hacer una mueca de dolor.

—¿Y tú? —preguntó Em respondiendo a la amabilidad.

Él se encogió de hombros.

—Siempre se esperó eso de mí, así que pensé que los querría —arrugó el gesto—. Son un poco burdos cuando son pequeños, eso sí. Creo que me gustan más cuando ya pueden hablar y blandir una espada.

Sonaba a que sería la clase de padre que había tenido Em. Había sido bastante bueno, pero siempre parecía confundido sobre lo que debía hacer con sus hijos. Em difícilmente podía recordar alguna conversación importante con él, porque a menudo evitaba quedarse a solas con ella y con Olivia.

—¿Con quién ibas a casarte si no aparecía yo? —preguntó de pronto August.

Ella lo miró confundida.

—¿Disculpa?

—Como la reina mayor, seguro se esperaba que contrajeras matrimonio. ¿Tenías a alguien en mente?

—No. El matrimonio no era prioridad. Estamos en medio de una guerra.

—Sólo me lo preguntaba… —se puso a darle vueltas al vaso de agua que tenía en las manos—. Aren y tú son como hermano y hermana. No hay muchos otros hombres ruinos que reúnan los requisitos. Quizás es bueno que yo haya aparecido —rio entre dientes como si hubiera estado bromeando, pero Em captó lo que quería decir. Esperaba que ella se mostrara agradecida de que él estuviera dispuesto a casarse con ella.

En este momento, estaba sintiendo una emoción fuerte, pero estaba bastante segura de que no se trataba de gratitud.

La puerta se abrió de golpe y Olivia entró de un brinco extendiendo los brazos.

—¡Aquí estoy! ¡Sálvese quien pueda!

Ver a su hermana hizo que el enojo de Em se disolviera.

—¿Qué estás haciendo?

—Practicando mis entradas. Quiero tener una buena. Esperen —volvió a extender los brazos—. ¡Ya llegué! ¡Témanme!

—Ésa fue terrible —dijo Em—. Me hace temerte todavía menos.

—Seguiré ensayando… —Olivia señaló a August— aunque él parece un poco asustado.

Em volteó a verlo. Sí parecía incómodo ahora que Olivia había entrado en la habitación.

—Gracias por la cena —dijo Em levantándose de la mesa—. ¿Te veo mañana?

August aceptó la indirecta y se puso en pie.

—Buenas noches, Em. Olivia —inclinó la cabeza y salió.

—¿Esperé mucho? —preguntó Olivia cuando la puerta estuvo cerrada.

—No, fuiste muy oportuna —dijo Em dejándose caer en el sofá—. Estaba empezando a hablar de hijos.

—Qué desagradable —Olivia se sentó a su lado—. No tienes que casarte con él, ¿sabes? No quiero que lo hagas.

—Sé que no quieres, pero necesitamos a los guerreros.

—No, no los necesitamos.

—Sí los necesitamos. Empezando porque no podemos luchar con ellos y con Lera al mismo tiempo.

—Pero él sólo te está usando.

—¿Y no estoy haciendo yo lo mismo con él? ¿Crees que quiero casarme con August porque me gusta? Me gusta su ejército.

—No necesitas a su ejército.

Em suspiró. Nunca convencería a Olivia de eso. Cada vez que discutían daban vueltas sobre el mismo punto.

Olivia le dio una palmadita a Em en el brazo.

—No tendrás que casarte con él. Te lo prometo.

—Pero eso no depende de ti.

—No te preocupes, hermana. Te prometo que no tendrás que casarte con él.

—¿A qué te refieres?

—Me refiero a que los ruinos serán tan fuertes que tú no tendrás que casarte con él. Supongo que podrías hacerlo si quisieras, pero sería una decisión extraña.

—Ahora mismo no somos lo bastante fuertes. Sé que quieres que lo seamos, pero...

—Estoy entrenando a algunos ruinos para que usen sus poderes sin agotarse. Sólo necesito un poco más de tiempo. Pronto podrás deshacerte de él.

—No quiero que te preocupes por esto, Liv. Casarme con él no sería la peor cosa posible. Estoy haciendo un drama. No es desagradable a la vista y ha sido amable conmigo, supongo…

—Aunque termines casándote con él, puedo ayudarte a salir de eso. Si resulta horrible, simplemente le arrancaré la cabeza.

—Gracias, hermana —dijo Em riendo.

—Cuando quieras —sus ojos se encendieron—. ¡Lo tengo! —y extendiendo los brazos dijo—: ¡Ya llegué! ¡Sujeten bien su cabeza!

—Ésa es la peor de todas.

VEINTIOCHO

Cas salió de su dormitorio hacia el pasillo. La fortaleza estaba oscura y silenciosa; una sola vela titilaba al final del corredor.

Galo se encontró con él en las escaleras. Bajaron en silencio. Se oyó una risa proveniente de la sala y se mantuvieron en la sombra. Jovita y algunos cazadores estaban allí, como todas las noches.

Cruzaron la cocina y entraron al pequeño comedor. Violet y Mateo los esperaban, junto con Blanca y un guardia cuyo nombre Cas había olvidado.

—Te presento a Ric —dijo Galo y el guardia se puso en pie de un movimiento.

—Su majestad.

—Gracias por venir —respondió Cas. Se sentó a la mesa y todos lo imitaron; Galo se deslizó en la silla junto a él.

—Estamos dividiendo la guardia en tres partes —explicó Galo e inclinó la cabeza hacia Mateo y Ric—. Vamos a evaluar a cada miembro y descubrir quién está firmemente de tu lado, quién con Jovita y quién no se ha definido. Podemos hacer listas si quieres.

—No, mejor no dejemos nada por escrito. Galo, ¿por qué no pasas un tiempo de cada día señalando guardias para que aprenda sus nombres? Yo memorizaré sus rostros.

—Claro —dijo Galo—. ¿Blanca?

—Casi todo el personal está con usted —dijo—. Hay algunos que asintieron cuando Jovita alegó que usted había perdido la razón. Necesito un poco de tiempo para averiguar qué tan leales son —las arrugas alrededor de sus ojos se movieron con su sonrisa—. Y la mayoría de los consejeros me tratan como si fuera invisible. Puedo decirle que a la general Amaro *no* le hace gracia que lo hayan envenenado. Ya casi no le habla a Jovita. Creo que podemos hacer que lo respalde.

—Magnífico —dijo Cas.

—Julieta es difícil de interpretar. Y con los otros consejeros todavía estoy averiguando.

—Ayer hablé con Pedro —dijo Violet refiriéndose al gobernador de la provincia del oeste—. Básicamente dijo que está conmigo y con la provincia del sur.

—Necesitamos asegurar que mantengas el control de la provincia del sur —dijo Cas—. Quiero que viajemos allá y conozcamos a la gente.

—¿Eso es seguro? —preguntó Violet.

—Cuando volvieron los soldados a los que envió Jovita a registrar la zona dijeron que no habían encontrado guerreros. Pensé que podríamos ir… —se interrumpió porque no estaba seguro de querer que todos supieran que iba a reunirse con Em— pasado mañana —completó. Violet asintió en complicidad.

—Eso no nos deja mucho tiempo para evaluar la guardia —dijo Galo.

Cas sacudió la cabeza.

—Mateo y tú quédense aquí. Sólo iremos Violet y yo.

—No —dijeron al unísono Galo y Mateo.

—Será un viaje corto —dijo Cas—. Ya estamos en la provincia del sur, y llamaremos menos la atención si sólo somos dos —y mirando a Violet agregó—: si te parece bien.

—No hay problema. ¿Podríamos pasar por mi casa? Me gustaría comprobar si sigue allí y ver cómo están mi abuela y el personal.

—Por supuesto —habría deseado poder pasar también él por su casa. Se preguntó si seguiría en pie alguna parte del castillo.

—Salir sin un solo guardia ahora mismo no ayudará a convencer a todo mundo de que no has perdido el juicio —dijo Galo.

—¡Galo! —exclamó Violet.

—¿Qué? Es verdad. ¿Qué rey que estuviera cuerdo andaría tan campante sin un guardia en tiempo de guerra?

—Uno que quisiera viajar sin llamar la atención —dijo Cas—. En la provincia del sur casi nadie sabe cómo soy. Y puedo defenderme solo, lo mismo que Violet: la he visto usar la espada.

—También soy buena con el arco y la flecha —comentó ella.

—Bien. Te conseguiremos uno antes de irnos —dijo Cas y echó un vistazo a la mesa—. ¿Algo más?

Todos negaron con la cabeza.

—Gracias por esto —les dijo—. No saben cuánto lo aprecio.

Blanca se puso en pie y le dio un apretón en la mano. El resto de la mesa hizo lo mismo.

—Galo, quédate un minuto —dijo Cas. Se esperó a que todos los demás hubieran salido antes de encarar a su amigo—. Jovita asegura que ella no me envenenó.

—Claro que va a negarlo.

—Estoy seguro de que está mintiendo, pero ¿podrías abrir los ojos, por si acaso?

Galo asintió.

—No sé me ocurre quién más podría haberlo planeado, a menos que uno de los consejeros estuviera tratando de conquistar el trono… —tensó el rostro, pensativo—. ¿Estás seguro de que quieres dejarla sola aquí? Acabas de regresar.

—Será sólo unos cuantos días. La provincia del sur es más importante que cualquier cosa que esté pasando aquí.

—¿Qué vas a hacer si no fue Jovita quien te envenenó?

—Fue ella —dijo, pero había pensado lo mismo que Galo. Había una pequeña posibilidad de que un consejero o gobernador hubiera visto una oportunidad y tratara de aprovecharla—. Pero si no fue ella… nada cambia.

Aren se agachó hacia el arroyo e inclinó su cantimplora para llenarla de agua. La llevó a sus labios y dio un sorbo. A su lado, Iria hizo lo mismo.

Habían cruzado a la provincia del sur de Lera y pronto el aire estaría más tibio y los árboles más verdes. Odiaba reconocerlo, pero no le molestaba estar de regreso en Lera. Los árboles a su alrededor ya eran más frondosos, y algunos tenían aún todas las hojas.

Hasta donde podía ver, los guerreros aún no se infiltraban en el sur de Lera. Iria dijo que, tras perder la batalla en la fortaleza, a la mayoría de los guerreros les habían ordenado ir al norte, a Ciudad Real o a Ciudad Gallego. Eran las dos zonas más pobladas y lo más razonable era protegerlas.

Aren caminó hacia su caballo. Ese día no había charla; en silencio enganchó su cantimplora en la bolsa.

Volteó. Iria iba regresando del arroyo. De pronto se detuvo. Su rostro se tensó.

Aren puso la mano en su espada. Sus miradas se cruzaron. Ella movió los ojos a su derecha.

Una flecha voló desde los arbustos. Directo a Iria.

—¡Nos atacan! —gritó extendiendo un brazo. Se concentró en Iria y la elevó por el aire. La flecha cortó el espacio vacío donde ella había estado poco antes.

—¡Clara! —gritó. Ella salió corriendo y el árbol de donde había salido la flecha se balanceó a la izquierda, luego a la derecha y empezó a caer. Se oyeron gritos. Tres hombres salieron disparados de ahí en dirección a Aren.

Enseguida arrojó a los tres de vuelta por donde venían. No se desprendió, no empleó nada del entrenamiento que le había dado Olivia. Sus piernas debían estar temblando ya en ese momento.

Pero no. En vez de eso, sentía su poder recorriéndole las venas. Cosquilleaba placenteramente, y en lugar de agotarlo lo llenaba de energía.

—¡Maten a los ruinos! —gritó alguien. Un cazador de Lera con varios prendedores azules lo señaló. Un guerrero corrió hacia él.

—Lo tengo —gritó Aren y, alargando el brazo hacia Iria, le dijo—: ¿puedo...?

Ella lo miró confundida pero le extendió el brazo. Él la tomó de la muñeca.

Luego volteó hacia el cazador, que ahora estaba alejándose de él corriendo a toda velocidad. Aren hizo que los pies del hombre se detuvieran súbitamente y provocó que cayera de bruces. Un guerrero rio.

Aren hizo que el cazador se elevara del suelo, algo que por lo general requería tanta energía que se mareaba. Ahora, sin embargo, se sentía firme, tranquilo, incluso tras quebrar el cuello del hombre.

El cuerpo cayó al suelo con un ruido sordo. Aren lo miró; sentía que el arrepentimiento invadía su pecho. Tenía que matar al cazador, que de otro modo habría corrido a la fortaleza para delatarlos. Pero de cualquier forma, sentía un poco de tristeza.

No importó. Le agradaba la tristeza. Con ese asesinato, por lo menos seguía sintiéndose él mismo. Al menos no se había quedado entumecido y atontado.

Los guerreros rodearon a los demás hombres. Aren seguía aferrado a Iria. Tenía un brazo rodeándole la cintura, entonces la soltó.

—Gracias —le dijo ella y se apartó mirando el suelo.

En cuanto ella se alejó, ya quería tocarla de nuevo. Era como si todo su cuerpo estuviera inclinándose hacia ella, suplicando tenerla cerca.

Aren miró su mano. Era casi como si pudiera sentir a Iria todavía en la piel. Como si por su cuerpo siguiera irradiando su calor, fortaleciéndolo. No se sentía débil en absoluto, ni siquiera tras haber usado su magia.

Iria, con la cabeza ladeada, lo miraba con una mezcla de interés y confusión.

—¿Qué…? —atinó a decir.

Él quería decirle. Quería volver a tomarla del brazo y pedirle que lo dejara experimentar, pero Clara, Santino y todos los guerreros estaban observando y escuchando.

Clara estaba recargada con la espalda contra un árbol, algo que había visto a los ruinos elementales hacer a menudo.

Damian solía recostarse en el suelo con los brazos y las piernas extendidos y decía que la tierra y la hierba lo llenaban de energía. Aseguraba que era más fuerte en Vallos que en Ruina, debido a las cosechas y el agua que allí había en abundancia. Ruina era demasiado seca y yerma para impulsar su magia ruina.

Aren pensaba que imaginaban cosas. Los ruinos elementales hablaban constantemente de estar conectados a la naturaleza, pero no creía que fuera en un sentido literal.

Se apartó de Iria. Prácticamente pudo sentir cómo lo seguía con la mirada.

—Clara —dijo suavemente al detenerse frente a ella.

—¿Qué?

—¿Recargarte en ese árbol te ayuda a recuperar tu fuerza más rápido?

—Parece que sí —asintió—. Algunos ruinos piensan que no. Creo que es porque no se concentran.

—¿No se concentran?

—Eso —echó los dos brazos hacia atrás y posó sus dedos en el tronco—. No puedes pensar que se trata de quitarle energía al árbol: estás conectándote con él, pidiéndole ayuda. Cuando pides, responde.

—El árbol responde.

—Eso. No te rías. Tú no lo has sentido. Un árbol es algo viviente. Algo viviente con quien hablar. ¿No crees que puedo comunicarme con él?

—Supongo que sí —murmuró.

—*Claro* que puedo.

—¿Es así como una sensación?

—Por supuesto —echó la cabeza atrás contra la corteza—. Es como si pudiera sentir su energía en mis venas.

Volteó en dirección a Iria. ¿Qué era lo que estaba pasando? ¿Podía un humano en efecto ayudarlo a impulsar su magia ruina?

—¿Por qué? —preguntó Clara siguiendo la dirección de su mirada—. ¿Pasó algo con esa guerrera?

—No lo sé.

—¡Aren! Es una locura.

—Shhh. Dije que no lo sé.

Ella se inclinó hacia adelante y le dijo en susurros:

—Averígualo. ¿Sabes lo que eso podría significar para nosotros? ¿Sabes para lo que ruinos como tú podrían usar a los humanos?

El cuerpo de Aren se tensó con la palabra *usar*. Clara había hablado de comunicarse con un árbol y hacerle peticiones, pero ¿con los humanos era diferente, se trataba de *usarlos*?

Retrocedió.

—Creo que estaba imaginando cosas. Olivia me ha estado entrenando. Simplemente me estoy haciendo más fuerte.

—De todas formas, ponlo a prueba y me cuentas.

—Lo haré —en cuanto estas palabras salieron de su boca supo que eran una mentira.

Volvió con Iria, que estaba parada junto a su caballo. Lo miró acercarse con expresión sincera, curiosa, y él se dio cuenta con un sobresalto de que ahí no había nadie en quien confiara más que en ella. Ni siquiera sus coterráneos.

—Te cuento después —le dijo entre dientes al pasar junto a ella.

Iria montó su caballo.

—Por cierto, gracias por salvarme la vida.

—Ya me lo habías dicho.

—Ah, ¿sí? —sus mejillas se sonrosaron y pegó su barbilla al pecho al agarrarse a la silla del caballo.

Él trató de ocultar que se estaba divirtiendo. ¿Estaba mal que le gustara ponerla nerviosa?

—La próxima vez agáchate —le dijo él con una sonrisa—. No puedo vivir salvándote.

Ella estaba haciendo esfuerzos evidentes por no sonreír.

—Lo habría hecho si tú no hubieras decidido moverme de aquí hacia allá con tu magia ruina.

—Seguro.

—¡Es cierto! Tengo muy buenos reflejos, ¿sabes?

Él se carcajeó y ella sonrió, con las mejillas todavía sonrosadas.

VEINTINUEVE

Em esperó a que Olivia estuviera dormida para escabullirse.

Ciñó la espada y la cantimplora en su cinturón y caminó por el silencioso camino desierto hacia el establo. Había ruinos y guerreros vigilando en los alrededores, pero más adelante se le ocurriría alguna explicación. Por el momento, necesitaba llegar con Cas y averiguar si Jovita había creído en su historia.

Ensilló un caballo y lo sacó a la oscuridad. Le pateó los costados hasta que comenzó a galopar. Desaceleraron cuando el pueblo desapareció tras ellos.

No estaba lejos del lugar de encuentro: quizás a medio camino entre la fortaleza y Roca Sagrada, pero su corazón latió aceleradamente durante todo el camino. ¿Y si él no estaba allí? ¿Y si Galo venía para informarle que Cas había muerto?

Todo el viaje fue al raso: no había árboles o colinas donde esconderse. Tenía que reconocer que encontrarse con Cas era absolutamente riesgoso. Entre Roca Sagrada y la fortaleza no había pueblo alguno, pero sí algunas granjas, y cualquiera podía verla pasar. Por suerte, los granjeros estaban dormidos o habían abandonado sus casas tiempo antes, cuando los ruinos se instalaron ahí.

Cuando finalmente se acercó al lugar de encuentro, divisó una figura oscura. El corazón se le subió a la garganta.

De hecho eran dos siluetas. Junto al hombre había una persona más, baja y delgada.

Se apeó del caballo y prácticamente corrió hacia ellos. Eran Cas y Violet.

—¡Estás aquí!

—Dije que lo haría —la voz de Cas tenía un tono como de reproche; se entendía, pero de todas formas la hirió un poco.

—¿Cómo va todo? —preguntó ella—. ¿Llegaron a la fortaleza?

—Llegamos —dijo Cas—. Jovita me aceptó. Asegura que ella no fue quien me envenenó.

—¿Qué?

—Es mentira, estoy seguro.

Estaba demasiado oscuro para interpretar los matices de su expresión, pero su tono sonaba seguro. El Cas al que conocía no tendría tal certeza. Él cuestionaría, cavilaría y vacilaría. Quizás ahora se estaba engañando, pero ¿y en un año más? ¿Diez años? Cuando lo recordara, ¿seguiría preguntándoselo?

—Deja que yo lo haga —dijo ella enseguida—. Yo mataré a Jovita. Busca el modo de hacer que salga y yo me encargaré de ella.

—¿Por qué? —preguntó Cas.

—Ya sabes por qué. Para ahorrarte asesinar a alguien de tu propia familia.

—No es mi familia —dijo encogiéndose de hombros—. Además, que sea tu espada o la mía no importa. Yo seré responsable de su muerte.

Deseó haberle dicho que no. Deseó haberle tomado la palabra cuando ofreció quedarse con ella sin importar las consecuencias. Esa versión de Cas, fría y hueca, era difícil de soportar.

—Todavía no tengo información para ti —dijo Cas—, pero Jovita definitivamente está a la espera de que algo ocurra, así que no tenemos que preocuparnos por un ataque —y señalando a Violet agregó—: De aquí nos vamos a visitar a unas personas que Violet conoce en la provincia del sur, de modo que tendremos que esperar un poco antes de volver a encontrarnos.

—¿Eso a Jovita no le pareció sospechoso?

—Le dije que quería ir a casa y ver cómo está mi abuela —dijo Violet—. No está lejos.

—Pero, sí, le pareció sospechoso —dijo Cas sonriéndole a Violet—. Conoce el poder que Violet tiene sobre la provincia del sur. Nuestra amistad le incomoda.

Violet soltó una risita y el nudo que Em tenía en la garganta aumentó tres veces de tamaño. No tenía derecho a estar celosa, ella misma estaba prácticamente comprometida con alguien más. Sin embargo, saber que Cas y Violet iban a viajar juntos, solos, hacía que sintiera deseos de tirarse al suelo y gritar.

—¿Hasta cuándo volverán a la fortaleza? —preguntó tratando de que no le temblara la voz.

—Calculamos que estaremos fuera tres o cuatro noches —respondió Cas—. Planeemos reunirnos de nuevo en diez días. Si yo no puedo salir, enviaré a Galo.

Em quería preguntar por qué pensaba que quizá no podría salir. Quería preguntar si al menos lo intentaría. Quería preguntar si ésa era la última vez que se verían.

Pero lo que dijo fue:

—Me parece bien —y su voz delató que nada estaba bien en esa situación.

—¿Tienes información para mí? —preguntó Cas.

Em sacudió la cabeza y explicó:

—También nosotros estamos en un compás de espera. Hay un grupo de guerreros y ruinos en dirección al norte para averiguar cuál es la situación de los guerreros en Ciudad Gallego y Ciudad Real. Aren está con ellos. Te haré saber lo que averigüen.

—¿Qué tan al norte van? —preguntó Cas.

—No más lejos que Ciudad Gallego.

—Ah.

—Si sé algo del castillo…

Cas carraspeó y terminó la frase:

—… me lo dirás. Lo sé —metió las manos en los bolsillos—. ¿Y August? ¿Están oficialmente comprometidos?

Para Violet eso debió ser la señal para retirarse, porque dio la media vuelta y caminó de regreso a su caballo.

—No —dijo Em en voz baja—. Todavía no estoy segura de que eso vaya a pasar. A Olivia no le encanta la idea. A mí tampoco.

Él la miró unos momentos sin decir palabra. Ella moría por preguntarle sobre Violet, pero no quería arriesgarse a delatar cuán celosa estaba.

—Te veo en diez días —dijo—. O Galo.

—Trata de venir tú —dijo ella—. Por favor.

—Lo haré —asintió. Se giró y caminó pesadamente hacia Violet. Ella se despidió de Em con un movimiento de mano. Al menos Violet lo apoyaba. Al menos parecía amable y fuerte, y era su amiga. Cas tarde o temprano tendría que casarse con alguien. Si era Violet, al menos Em sabría que supo escoger.

Eso no la hizo sentir mejor. Cuando se alejó, las lágrimas hicieron que le ardieran los ojos.

Montó su caballo y regresó a Roca Sagrada un poco más despacio de como se había marchado. El aire estaba frío pero apenas si lo sentía escociéndole el rostro.

El sol empezaba a salir cuando llegó al establo. Frente a las puertas había una figura alta y ancha con las manos en las caderas.

—¿Em? —la llamó. Era August.

—Hola —dijo ella tratando de sonar despreocupada. Bajó del caballo y tomó las riendas—. ¿Me harías el favor de abrir las puertas?

August obedeció y ella condujo al caballo adentro.

—¿Dónde estabas?

—No podía dormir.

—¿Entonces decidiste cabalgar a medianoche? Dicen que has estado fuera varias horas.

Llevó al caballo a su compartimento y se volteó para quedar frente a August.

—No fui lejos. Sólo estaba registrando la zona. Me detuve algún tiempo y me senté junto a un arroyo.

—De noche. Tú sola.

El corazón le latía con fuerza, pero su voz sonó tranquila:

—Olivia registra esta zona todos los días. Nadie en su sano juicio ronda las cercanías.

—¿Y esperas que crea que andabas deambulando tú sola? No soy estúpido, Emelina —su voz se tornó enojada tan rápido que Em puso una mano en su espada.

—Nunca dije que lo fueras, August.

A grandes zancadas salió del establo; él la siguió. Em cerró la puerta.

August la miró fijamente; la mandíbula le temblaba.

—¿En verdad no vas a decirme lo que estabas haciendo?

—Ya lo hice: estaba registrando la zona. Todos los días un ruino lo hace; estoy segura de que lo sabes.

—Honestamente, no sé qué más quieres de mí —dijo soltando una risa forzada—. Te traigo alimentos, suministros, guerreros y *una proposición matrimonial*, pero te pesa mirarme siquiera.

—Te dije que estaba considerando tu proposición.

—¿Y qué hay que considerar? —dijo bruscamente—. La alianza es beneficiosa para ambas partes. Voy a enviar a un guerrero a Olso para decir que aceptaste.

—Qué extraño: yo no recuerdo haber aceptado.

Él se acercó un paso más y espetó:

—Me necesitas. Y deberías estar agradecida de que yo haya consentido a esto. En Olso hay muchísimas mujeres que se desvivirían por casarse conmigo.

—¿Entonces por qué accediste? —respondió ella cruzando los brazos y sosteniendo su mirada furiosa—. ¿No será porque también tú me necesitas, quizá más de lo que te necesito yo a ti? Si me caso contigo, serías rey de los ruinos. En Olso nunca serás rey.

El rostro de August se tornó rojo. No parecía tener respuesta.

Con una sonrisita, Em agregó:

—No puedo prometerte una respuesta antes de eliminar a Jovita. Si no puedes esperar, eres libre de marcharte.

—¿Y qué pensarán de eso tus consejeros?

Lo miró por encima del hombro y remató:

—Creo que sobreestimas su afecto hacia ti, August. Ellos confiarán en mi criterio.

Él la miró con expresión avinagrada y ella sonrió en respuesta.

Jamás se casaría con él.

TREINTA

Llegaron a la provincia del sur con Violet al frente. Tras ella venía Cas en su caballo. No hablaron mucho. Montaron toda la noche después de reunirse con Em. Violet dijo que llegarían a su primera parada por la tarde, así que siguieron adelante hasta la mañana.

Su primera parada era una granja, donde vivía uno de los capitanes de la provincia del sur. Violet dijo que era probable que él fuera el más informado sobre la situación de la gente y la tierra en la zona.

La casa era grande, de dos plantas, y no parecía haber sido atacada todavía. Detrás, se extendían las tierras de labranza. Un camino largo y estrecho llevaba a un alto portón de hierro frente a la casa.

—Vamos a tener que conducir a los caballos a pie —dijo Violet desmontando—. Y levantar una mano.

—¿Por qué?

—Para que sepan que no deben atacarnos.

Cas obedeció; llevaba una mano levantada y con la otra guiaba al caballo. A través de los barrotes del portón principal Cas vio a alguien salir de la casa. Cuando los vio acercarse, el hombre avanzó por la tierra a grandes zancadas y con los brazos cruzados.

—¡Soy yo, Franco! —saludó Violet.

Franco corrió hacia ellos y abrió la puerta con un rechinido. Era aproximadamente de la edad del padre de Cas, con el cabello negro y algunos mechones grises. Era alto y ancho, y cuando abrazó a Violet la levantó del suelo.

—Qué alegría me da verte, corazón —dijo. Violet rio mientras él la balanceaba unos momentos antes de colocarla otra vez en el suelo. Arrugando la frente, confundido, miró a Cas y luego de nuevo a Violet.

—¿Dónde está tu padre?

Violet sacudió la cabeza y parpadeó repetidamente.

—Murió en el ataque al castillo.

—Oh, no. Lo siento, corazón.

—Te presento al rey legítimo de Lera, Casimir Gallegos.

Franco abrió mucho los ojos y enseguida hizo una reverencia.

—Su majestad.

—Gusto en conocerlo —dijo Cas.

Franco miró detrás de ellos, confundido.

—¿Ya vienen sus guardias, su majestad?

—Sólo somos Violet y yo.

—Por favor, entren —dijo, intentando disimular su sorpresa. Llamó a un mozo de cuadra para que se llevara sus caballos y a ellos los condujo a la casa.

Era un lugar con grandes ventanales, muy iluminado y amplio. Cas oyó pasos de alguien corriendo por algún lugar, cuando dos niños pequeños aparecieron en las escaleras riéndose.

—Carlos, ve por tu hermana —dijo Franco—. Quiero que bajen los tres a conocer a nuestro huésped.

El niño más alto desapareció con su hermano pequeño detrás de él.

—Siéntense —dijo Franco llevándolos a una sala con una hermosa vista de las montañas detrás de la casa—. ¿Tienen hambre? Puedo pedir al cocinero que nos prepare algo sencillo.

—Sí, por favor —dijo Violet. La noche anterior no habían comido más que un poco de carne seca.

Reaparecieron los dos niños acompañados de una chica un par de años más joven que Cas.

—¡Violet! —gritó la muchacha, corriendo hacia ella. La abrazó tan efusivamente que la derribó sobre el sofá.

—También a mí me da gusto verte, Paula —dijo Violet sonriendo.

—Paula, Carlos, Bruno, quiero presentarles al rey de Lera —dijo Franco.

Paula dio un grito ahogado, se apartó de Violet y se quedó mirando a Cas con la boca abierta.

—Su-su majestad —tartamudeó haciendo una reverencia poco elegante. También los niños se inclinaron. Cuando Bruno se enderezó tenía la boca abierta.

—¿Es usted el rey? —preguntó.

—Bueno… —rio Cas—, algo así.

—No *algo así* —dijo Franco con vehemencia—. Usted *es* el rey —y mirando a Paula pidió—: ¿Llevas a los niños arriba? Los llamo cuando estemos listos para cenar.

Las mejillas de Paula estaban sonrosadas. Agachó la cabeza y se alejó con los niños.

—Mi esposa salió a visitar a nuestros vecinos —dijo Franco—. Regresará en unas horas —se sentó junto a Violet en el sofá y le dio un apretoncito en la mano—. Le dará tanto gusto verte.

—¿Cómo ha ido todo por aquí? —preguntó Violet—. ¿Han recibido algún ataque?

El hombre negó con la cabeza.

—Algunos guerreros se quedaron por aquí tras su derrota en el Fuerte Victorra, pero rápidamente nos deshicimos de ellos. Y no he visto a ningún ruino.

Cas se inclinó hacia adelante y recargó los antebrazos en los muslos.

—Quiero ser honesto con usted. ¿Sabe que contraje nupcias con Emelina Flores?

Franco asintió solemnemente con la cabeza.

—Mi relación con los ruinos permanece.

—¿A qué se refiere?

—Hice un trato con Emelina. Si los ruinos y ella se marchaban a casa, yo los dejaría en paz. Jovita rompió esa promesa, por supuesto, y ellos tomaron represalias. No están muy lejos de aquí.

—¿No? —preguntó Franco nervioso.

—No. Estuve allí —dijo Violet.

—Los ruinos no quieren a Jovita en el poder, igual que usted o yo —dijo Cas—. Quiero el apoyo de la provincia del sur, pero no voy a engañarlo sobre mi relación con los ruinos.

—¿Cree que puede confiar en ellos? —preguntó Franco.

—Puedo confiar en Emelina. Tengo que dejarle a usted claro que si me quiere como rey, eso significa que desea en el trono a alguien que detendrá el exterminio de los ruinos. Me opongo firmemente a las políticas de mi padre con respecto a ellos. Creo que estamos en este desastre a causa de ellas.

—Estoy de acuerdo —dijo Franco—. Yo estuve en contra de esa política desde un principio. Yo puse en marcha la petición que le enviamos a su padre.

—¿Qué petición? —preguntó Cas mirando a Violet. Ella le había dicho que fuera honesto con Franco, pero sin decirle por qué.

—Escribimos una carta a su padre para exponer en detalle por qué estábamos en contra de la caza de ruinos. La mayoría de los capitanes y jueces de la provincia del sur la firmaron, tal como hizo el padre de Violet.

—¿Cuál fue la respuesta? —preguntó Cas.

—Nada. Por varios meses, ninguna. Luego cada uno de nosotros recibió una carta, decía que si manteníamos esa postura, seríamos destruídos. Juzgados por traición.

Cas pasó una mano por su rostro, abrumado de vergüenza por su padre. ¿Habría siquiera mostrado esa carta a algún consejero? ¿Sabían ellos que no tenían el apoyo de la provincia del sur? ¿Tenían acaso el apoyo de *alguna* provincia?

—No me malinterprete —dijo Franco—. Los ruinos me asustan. Mi tátara-tatarabuela fue esclavizada por los ruinos. Llevaba un diario, todavía lo tengo. Las cosas de las que son capaces…

—Pero esa gente ya no está —dijo Cas—. Los ruinos de hoy… la mayoría no quieren tener nada que ver con nosotros. Ahora los monstruos somos nosotros, no ellos.

—En efecto, lo somos —dijo Franco.

—Entonces ¿puedo contar con su apoyo?

—Desde luego.

Franco acompañó a Violet a su casa a caballo y volvieron con una docena de personas ansiosas por conocer a Cas. Todo el día estuvieron llegando vecinos, hasta que la casa de Franco quedó atiborrada de gente y a Cas le dolió la garganta de tanto hablar.

—Tiene nuestro apoyo, su majestad —le dijo una mujer llamada Antonia. Ella había peleado en el ejército de su padre y estuvo allí el día que mataron a Wenda Flores y se llevaron a Olivia. Habló de todo eso con voz temblorosa.

—¿Puedo contar con usted para encargarse de reunir aquí un ejército —preguntó—. Necesito a toda la gente de la que puedan prescindir. Pueden dejar a algunos para proteger el sur, pero al resto voy a necesitarlos.

—Por supuesto. Si van a marchar al norte para recuperar el castillo, sé que la mayoría de los sureños querrán ayudar —las líneas alrededor de sus ojos se arrugaron cuando sonrió.

Cas le devolvió la sonrisa y se puso en pie. Caminó entre la muchedumbre y abrió la puerta principal. Cuando el parloteo se desvaneció a sus espaldas, suspiró aliviado.

Violet estaba sentada en una de las mecedoras del cobertizo. Cas cerró la puerta y se sentó en la otra silla. Las cortinas de atrás se abrieron un poco; Paula estaba mirando. Cuando Cas la saludó con la mano, rápidamente desapareció.

—Creo que le gustas —susurró Violet con una risita.

Cas se reclinó en la mecedora y apoyó los pies en la reja frente a él.

—Tiene mal gusto.

—Ay, por favor.

—Soy un rey desacreditado que recientemente se casó con una mujer que fingía ser alguien más —sonrió—. Sin embargo, soy bastante atractivo, ¿cierto?

—También modesto.

—Al menos tengo un punto a mi favor.

—Eres ridículo —se mecía atrás y adelante, pensativa, con la frente arrugada—. ¿Quieres que te diga cuál es tu verdadero problema?

—Por favor.

—Estás enamorado de alguien más.

—Pues sí, evidentemente —se le cerró la garganta cuando pensó en Em.

—No he terminado. Estás enamorado de alguien más y simplemente la estás dejando ir.

—Ofrecí quedarme con ella: no creo que eso equivalga a simplemente dejarla ir.

—Yo creo que sí. Le planteaste una opción. Una mala opción, cabe añadir. Yo sigo enojada por eso. Ella dijo que no, y ahora estás haciendo un berrinche.

—Dime cómo te sientes en realidad, Violet.

—Lo haré, gracias. Sigues rindiéndote cuando las cosas se ponen difíciles.

Sintió que un impulso de ira le recorría la columna. El comentario de Violet lo cimbró.

—Estoy aquí, ¿cierto? No me he rendido.

—Lo intentaste. Ibas a renunciar a ser rey. Y ahora vas a renunciar a Em porque hay demasiados obstáculos entre ustedes. Nunca conseguirás lo que quieres si no luchas por ello.

—¿Crees que podría tener a Em si luchara por ella? —preguntó escéptico.

—Eso creo, sí. August planea casarse con Em para alinear Olso con los ruinos. ¿Por qué no contigo? ¿Por qué no acercar a Lera con los ruinos?

—No creo que haga falta repasar toda la lista de razones por las que eso nunca funcionaría. ¿Y si te digo sólo la principal? Porque los asesinamos a casi todos.

—Y debemos pasar el resto de nuestras vidas tratando de expiarlo. Pero eso no significa que no podamos tratar de encontrar una manera de hacer las paces. A mí ni siquiera me agrada Em y aún así lo apoyo.

—¿Em no te agrada?

—Ella provocó el asalto al castillo que mató a mi padre —dijo arqueando una ceja—. Pero tú estás en las mismas, ¿no es así? Y te las arreglaste para perdonarla.

—Sí —dijo él en voz baja.

—No puedo ser su amiga, pero entiendo por qué hizo lo que hizo. Creo que otros también pueden.

Cas sacudió la cabeza, negándose a dejar entrar siquiera una chispa de esperanza.

—Es una locura, Violet. Me gustaría que fuera posible, pero no veo cómo.

—Está bien —dijo ella con un largo suspiro—, pero yo no me casaré contigo.

—¿Cómo?

—Sé que quisiste que te acompañara a ver a Em para ponerla celosa.

—Ésa no es...

—Cas, por favor.

—Simplemente resultó que estabas conmigo —hizo una pausa—. Pero no voy a mentirte, sí me cruzó por la cabeza que se pondría celosa.

—Y así fue. ¿Te divirtió torturarla?

—No voy a casarme contigo —repitió Violet—. No seré la segunda opción de nadie.

—¡Ni siquiera te lo he pedido!

—Yo sé que antes me contemplaban entre las opciones para tu matrimonio. Tuvo que haberte pasado por la cabeza —sacudió el pulgar señalando la casa detrás de ellos y agregó—: hoy me preguntaron más o menos diez veces si nuestra relación era algo más que una amistad.

—Lo he contemplado —reconoció—. Eres una opción favorable, por supuesto.

—Qué romántico —dijo secamente.

—Pero ahora mismo no estoy en condiciones de siquiera pensar en casarme. Estoy demasiado… no sé. Hecho polvo.

—Entiendo.

—Pero, más adelante, si… —presionó el pulgar con el índice hasta que tronó el nudillo—. Suponiendo que deje atrás algunas cosas, ¿alguna vez querrías ser contemplada de nuevo?

—Segunda opción de nadie, Cas.

—De acuerdo.

TREINTA Y UNO

Aren se acercó a Iria y suavemente le envolvió la muñeca con los dedos. Sus labios esbozaron una sonrisa. Había hecho ese mismo gesto por lo menos veinte veces en los últimos días. Ella parecía haberse acostumbrado.

Habían llegado a Ciudad Gallego el día anterior y pusieron a los guerreros al corriente sobre la situación en Vallos. Él nunca antes había ido a la ciudad, pero imaginó que había sido más emocionante antes de que los guerreros capturaran a los habitantes del lugar o los sacaran de ahí. Los caminos estaban vacíos, la comida se descomponía en carretas abandonadas, la basura se apilaba afuera de las casas porque los guerreros ni siquiera pensaban en ocuparse de ella.

Acomodaron a Aren en una habitación en una casa de huéspedes con Santino y Clara, y esa mañana se sintió extraño y desequilibrado. Había dormido junto a Iria casi todas las noches desde que salieron de Vallos. De alguna manera, dormir junto a ella lo hacía sentir seguro, aunque sabía que no lo estaba. Con todo, no había dormido tan bien desde antes del ataque de Lera.

Cuando Iria se le acercó esa mañana y le preguntó si quería cazar, él aceptó con gusto. Había una buena distancia de la ciudad al bosque, y allí podría pasar más tiempo rozando la piel de ella con los dedos que buscando animales.

Le explicó lo que pasaba cuando usaba su magia mientras la tocaba. Ella escuchó en silencio y le dijo que experimentara con confianza. Había imaginado que se mostraría escéptica o asustada, pero sólo parecía intrigada.

Tal vez, el escéptico y asustado era él. Cada vez que tocaba su piel sentía que era la decisión correcta. Como si debiera sujetarla un poco más. De cualquier forma, la soltaba.

Trató con algunos otros guerreros, pero con ellos no parecía funcionar. Ahora todos creían que era un poco extravagante y parecían estar guardando las distancias.

Aren e Iria no se habían dicho nada desde que salieron de la ciudad. Él no estaba seguro de que ese silencio no fuera incómodo. Se la pasaba abriendo la boca para decir algo para enseguida cambiar de opinión. —¿Cómo están tus padres? —espetó de pronto. Lo dijo demasiado fuerte, y si algún animal había estado en las zonas circundantes, con toda seguridad salió huyendo.

Iria lo vio sorprendida.

—Están bien.

—Me di cuenta de que no lo sabía —dijo él en voz baja.

—Están bien. Pude verlos brevemente cuando volví a Olso —dijo mirándolo—. No quería hablar de ellos contigo porque… ya sabes.

—Porque mis padres están muertos —completó la frase.

—Sí —acomodó el arco en la espalda evitando sus ojos.

—Pensé que podías casarte con uno de los hermanos del rey —dijo él—. Tus padres son muy poderosos en Olso, ¿cierto? Tienes que haber sido considerada.

—Lo estuve. Al rey Lucio lo comprometieron con alguien desde muy joven, así que él no habría podido ser. George prefiere a los hombres. Dante es... —apretó los labios en un intento evidente de no reír.

—¿Dante es qué?

—Muy irritante.

Aren rio.

—¿Y August?

—August es al que menos conozco de todos, pero me hace sentir incómoda.

—¿A qué te refieres?

Iria se detuvo y lo miró.

—Es un doble cara. Actúa como si fuera el mejor amigo de todo mundo, pero en el instante en que te des la vuelta ya estará haciendo un gesto de fastidio. Y le amarga mucho ser el hermano menor. No permitas que ella se case con él, ¿de acuerdo? Sé que la alianza podría ser importante, pero no vale la pena.

—No lo permitiré. Honestamente, no me sorprende. El tipo nunca me agradó.

—Puedes decirle a Em todo lo que te conté. Debí hacerlo yo misma.

—¿Y por qué no lo hiciste?

—Si August descubriera que dije algo...

—... sería muy malo —completó Aren.

—Eso. Pero creo que es más importante que Em lo sepa.

—Gracias —replicó Aren en voz baja. Ella le sonrió.

—¿Crees que en verdad esté considerando casarse con él? —preguntó mientras daba la vuelta e intentaba no pisar unas enredaderas.

—Sí. Creo que siente la obligación de hacer lo mejor para su pueblo. Pero, entre tú y yo, dudo que Olivia fuera a permitirle hacerlo. Ella no quiere estar permanentemente rodeada de guerreros.

Iria se mordió el labio y Aren por primera vez se dio cuenta de cuánto discrepaba él de Olivia. Cuando todo hubiera pasado, ¿volvería a ver a Iria? ¿Se aislarían los ruinos del resto del mundo? Pensar en eso lo acongojó.

—Yo no estoy de acuerdo con Olivia —dijo—, para que lo sepas —los últimos días se las había arreglado para sacar a Olivia de su cabeza, pero hablar de matrimonio le provocó una nueva sensación de pánico—. ¿Supiste que quiere casarse conmigo? —pretendía parecer desenfadado pero su voz sonó forzada.

Iria apartó la mirada.

—Sí, eso escuché.

—No voy a hacerlo. Hablé con Em antes de salir. Eso no pasará.

—Qué bueno. Es decir, Olivia no es... —carraspeó—. Quiero decir que está bien si eso es lo que tú deseas.

—Lo es —dijo él tratando de no sonreír.

—¡EMELINA FLORES! —Olivia irrumpió en su casa y señaló a su hermana con dedo acusador.

Em sostenía el tenedor a mitad de camino entre el plato y su boca.

—¿Qué?

—¿Aceptaste la proposición de August? ¿Sin decírmelo?

Em soltó el tenedor.

—No la acepté. ¿Quién te dijo eso?

—Mariana. Me dijo que August envió a un guerrero a Olso con la noticia.

Em, irritada, suspiró largamente.

—Le dije a ese idiota que no le daría una respuesta hasta que nos hubiéramos encargado de Jovita.

A Olivia los ojos se le iluminaron.

—¿Idiota? ¿Significa que finalmente podemos mandar a los guerreros a que empaquen sus cosas?

—No lo sé. Los necesitamos.

Olivia se deslizó en el asiento frente a Em.

—No, no los necesitamos. Cuando Vallos atacó, los guerreros casi no necesitaron pelear. Aren y yo podemos eliminar a casi todo un ejército solos. Los demás ruinos perfectamente pueden tomar el relevo.

—Aren no está aquí.

—Pero volverá —Olivia se inclinó hacia adelante y miró a Em muy seriamente—. Di la verdad: no vas a casarte con August. Sé que quieres a los ruinos, pero no nos quieres *tanto*.

—No —reconoció Em en voz baja—. No voy a casarme con él.

—Gracias a los ancestros —Olivia elevó la mirada al techo, juntó las manos y movió los labios para agradecer en silencio.

A Em se le escapó una sonrisa.

—Nadie puede saberlo. Necesitamos que August conserve la esperanza todo el tiempo posible. Por lo menos hasta que Aren y los demás ruinos vuelvan.

Olivia asintió con la cabeza.

—Bien, pero… —se detuvo súbitamente moviendo la cabeza a la derecha. Miró por la ventana.

Em elevó las cejas con expresión interrogante. Olivia se levantó lentamente y caminó a la puerta. La abrió y salió.

Em se incorporó de un brinco y tomó su espada al salir. La mirada de Olivia estaba fija en la ventana de la cocina.

—Percibí a un humano —dijo.

—¿Escuchando? —preguntó Em.

—Quizá —sus ojos recorrieron la zona como flechas y levantó la barbilla antes de volver a hablar con voz más alta—. Espero que los guerreros sepan que si encuentro a alguien espiando le arrancaré la cabeza de inmediato.

—¡Vamos! —dijo Em—. Es muy tarde para estar amenazando de muerte.

—Para eso nunca es tarde —sonrió Olivia entrando de nuevo detrás de Em—. Pero, en serio, si encuentro a alguien allá afuera, voy a matarlo sin mediar pregunta.

—Agradecería si por lo menos me dejaras a mí hacer un par de preguntas antes de destruir por completo nuestra alianza con Olso.

Olivia sonrió, pero a Em le dio la impresión de que su hermana haría caso omiso de esa solicitud. Su alianza con Olso quizá tendría un final más dramático de lo que ella deseaba.

Entró a la cocina, tomó su plato y lo depositó junto al balde de agua sobre la encimera. Esa noche no tenía tiempo para preocuparse por Olivia o por guerreros espías. Iba a reunirse con Cas y pronto tendría que salir.

—Voy a la cama —mintió Em—. Buenas noches.

—Igualmente.

Fue a su habitación y se sentó en la cama a escuchar las pisadas de Olivia. Después de unos minutos se cerró la puerta al otro lado del pasillo.

Esperó media hora antes de escabullirse de su habitación. Cruzó el pasillo oscuro, tomó su espada y su abrigo, salió y cerró la puerta silenciosamente.

La zona alrededor de la casa y el tribunal parecía desierta, pero sí dio una vuelta por el camino para asegurarse. Nada.

También éste estaba vacío, pero mantuvo la cabeza gacha rumbo al establo.

Todos los caballos estaban ahí, así que ensilló al más veloz y salió cabalgando a la noche. El viaje pareció más rápido esa segunda vez, aunque su corazón volvió a latir salvajemente. Esa vez no esperaba que Cas apareciera.

Pero lo descubrió enseguida. Esa noche había una brillante luna llena y pudo verlo con claridad tronándose los nudillos un poco más adelante. Violet estaba también.

—Hola, Em —le dijo mientras bajaba de su caballo y caminaba hacia él. Su rostro y su voz eran más suaves que la vez anterior. Una parte de su enojo se había desvanecido.

—Hola —dijo ella—. ¿Qué tal su viaje?

—Muy bueno. Tenemos un gran apoyo en la provincia del sur.

—¿Ya regresaron para ver a Jovita? —preguntó.

—No, vamos hacia allá. Y la provincia del sur no me apoya sólo a mí: allí la gente está de acuerdo con mis políticas hacia los ruinos.

—¿En verdad?

—Me enteré de que mi padre ignoró sus protestas cuando entró en guerra con los ruinos.

—¿Qué significa eso?

—Significa que cuando haya matado a Jovita, puedo garantizar su seguridad. Quizás algo más. Quizás incluso podríamos trabajar juntos, llegar a un acuerdo.

Eso parecía demasiado.

—Estaría muy bien, pero todavía no estamos allí. Hablaremos de eso después de que nos hayamos encargado de Jovita.

—Claro —dijo Cas en voz baja.

—Pronto Aren y los guerreros vendrán en esta dirección. Cuando lleguen aquí, nosotros iremos al norte. Puedo decirte un día exacto cuando hayan regresado. Volvamos a reunirnos en tres días.

—¿Es difícil para ti escapar? —preguntó Cas.

—No, para nada —mintió.

Violet le dio un codazo a Cas en el costado y comenzó a caminar. Em la observó alejarse. ¿Qué significaba eso? No se le hacía justo que ya se comunicaran sin palabras.

—¿Cómo estás? —preguntó Cas.

—¿Qué? —preguntó Em, confundida.

—¿Cómo estás? —repitió él con una risita—. Simplemente me pregunto cómo te ha ido.

—Ah. Bien, supongo —su principal preocupación en ese momento era August, pero no parecía buena idea hablar del asunto.

—¿Cómo está Olivia?

—Mejor, de hecho. Está empezando a tranquilizarse.

—¿Alguna vez te dijo que fue a verme?

—No. ¿Cuándo?

—Unos días después de que llegamos. Dijo que quería saber por qué te gusto tanto —rio—. No creo que lo haya entendido.

—No, sí lo entendió. Si no, me hubiera dicho lo horrible que eres. Me preguntaba por qué de repente había dejado de hablar de ti.

Los ojos de Cas se fijaron varios segundos en los de ella.

—Debo irme —dijo Em rompiendo el silencio—. ¿Tres días? ¿Vendrás tú o enviarás a Galo?

—Vendré yo.

Em dio un paso atrás y su rostro desapareció entre las sombras.

—Adiós, Cas.

—Adiós, Em.

Ella rápidamente dio la media vuelta; sentía los latidos de su corazón en los oídos. Cuando él era amable, resultaba casi peor. ¿Qué significaba que estuviera siendo amable? ¿Que ya no la quería? ¿Que estaba siguiendo adelante? Era demasiado pronto para continuar. No tenía derecho.

Puso una mano en el costado de su caballo exhalando lentamente. Podía dar la vuelta y quizá gritarle algo sobre eso, pero sus pisadas se oían cada vez más lejos y simplemente se quedó escuchándolas hasta que desaparecieron.

Una mano le cubrió la boca.

Em dio un grito ahogado; el ruido se amortiguó con el fuerte apretón sobre su boca. Trató de tomar su espada pero alguien lo hizo antes que ella: la empuñadura se le resbaló entre los dedos.

—¿Crees que soy estúpido? —le gruñó una voz en el oído.

August.

Ella se retorció tratando de librarse, con el pánico recorriéndole las venas. La había visto hablando con Cas. Ella acababa de destruir cualquier posible alianza con Olso.

Lanzó el codo hacia atrás y dio con carne suave. August resolló y aflojó la mano con que cubría su boca.

—Ca... —Em iba a decir algo pero otro hombre llegó disparado frente a ella y le golpeó la boca.

—¡Dámela! —dijo August susurrando sonoramente.

Una cuerda le rodeó las muñecas. El hombre frente a ella retiró la mano y le cubrió la boca amarrándole un trozo de tela.

August se inclinó para nivelar su mirada con la de ella. Aun en la oscuridad, ella podía percibir la furia en su rostro.

—Vas a lamentar el día que te cruzaste conmigo, Emelina.

Cas montó su caballo mirando a sus espaldas. Em había desaparecido entre los árboles.

—Parece que salió bien —dijo Violet—. Con Em.

—Sí. No estará lista para hablar de una alianza entre Lera y Ruina hasta que Jovita se haya ido.

—Esa parte la oí. Sabes a qué me refiero.

—No sé. Yo...

Un ruido resonó en el bosque a sus espaldas, cortando sus palabras. Miró hacia atrás.

—¿Oíste eso?

—Sí. ¿Fue un pájaro?

Cas se bajó del caballo de un salto.

—Sonó como Em.

Violet también brincó del caballo y lo siguió adonde se habían encontrado con Em. Él entrecerró los ojos. No oía el sonido de su caballo alejarse.

Un susurro resonó entre la oscuridad. Luego otro.

Cas empuñó la espada y la desenfundó en silencio. Dio otro paso, oculto tras la densa maleza.

Primero vislumbró el cabello claro de August iluminado por la luna. Estaba justo frente a Em, rodeado de guerreros. Uno estaba atándole las manos.

Cas embistió, pero Violet lo sujetó de la mano y lo detuvo con un tirón.

—Cas, mira —musitó.

Él siguió con la mirada el dedo con que Violet apuntaba. Había un grupo de al menos veinte guerreros a pie que emergía desde los árboles. Em estaba quieta, con los ojos entrecerrados y despejados, pero se le adivinaba el miedo en los hombros rígidos. Se le cerró la garganta.

—No puedo dejarla —susurró.

—Sólo somos dos —dijo Violet apretando con fuerza su brazo—. Muerto no podrás ayudarla.

Empezó a temblarle todo el cuerpo. No podía permitir que se llevaran a Em. No había manera de saber qué planeaba hacer August con ella.

Retiró bruscamente el brazo de Violet y levantó la espada.

—Cas —dijo Violet entre dientes—. ¿Qué debo decirle a tu gente si no regresas?

Se quedó paralizado de terror. Había hecho promesas a la gente de la provincia del sur. Galo y Mateo probablemente ya tenían de su lado a la mayor parte de la guardia. ¿Qué harían todos ellos si él moría esa noche?

Vio a un guerrero amordazar a Em. Si hubieran querido matarla ya lo habrían hecho, no la hubieran amarrado. Repitió eso para sus adentros mientras guardaba la espada en la funda.

Retrocedió cuidando no hacer ningún ruido. Cuando estuvo a buena distancia de los guerreros corrió a toda prisa.

—Regresa a la fortaleza —le pidió a Violet. Subió a su caballo prácticamente en un movimiento—. No digas a nadie lo que pasó, salvo a Galo y Mateo.

—¿Adónde irás?

—Por Olivia.

TREINTA Y DOS

En casa de Olivia había un humano.

Sus ojos se abrieron de golpe y ella se incorporó en la cama inmediatamente. La luz de la luna se filtraba por la ventana. Si August estaba en su casa, ella iba a disfrutar cortarle la cabeza. Em podría lidiar con eso.

Puso un pie descalzo en el suelo y luego el otro.

—¿Olivia? —una voz suave la llamó del otro lado de su puerta. No era August, pero no ubicaba esa voz.

—¿Quieres morir? —gritó ella. Las tablas del suelo crujieron cuando atravesó el dormitorio.

—Por favor. Es sobre Em.

Abrió la puerta y se encontró a Cas parado frente a ella con la vela de la sala en las manos y la flama iluminándole el despavorido rostro.

—¿Qué pasa con Em?

—August se la llevó. Tenía a un montón de guerreros con él, la ató y se la llevó. No sé adónde o... o... —la vela temblaba en la mano de Cas y hacía titilar la luz que se reflejaba en las paredes del pasillo.

Olivia se la quitó y entró como flecha en la habitación de Em. Estaba vacía.

Se giró para enfrentar a Cas. Él retrocedió.

—¿Por qué estás aquí? ¿Cómo sabes que August...?

—Nos habíamos reunido en secreto —dijo Cas hablando rápido—. Estábamos a mitad de camino entre aquí y la fortaleza. August debió haberla seguido. Te enseñaré dónde. Si nos apresuramos quizá podamos seguirles la pista.

Olivia entró en su habitación, puso la vela en el tocador y se arrancó el camisón sin tomarse la molestia de cerrar la puerta. Tomó las primeras prendas de ropa que encontró y metió los pies en sus botas.

Cas se había ido a la sala. Ella lo agarró de la manga al correr hacia la puerta.

—¿Cómo pudiste entrar con guerreros y ruinos vigilando? —preguntó.

—No había nadie. Avancé directo hasta aquí.

Ella volteó a la izquierda, luego a la derecha. Estaba silencioso y gris; los primeros toques de luz matutina empezaban a mostrarse en el cielo. No había nadie. Tendría que haber podido ubicar a un guerrero al final de cada camino.

—¿Viniste solo?

—Sí.

Él sabía que eso era increíblemente riesgoso. Em no estaba ahí para protegerlo. Un ruino podría haberlo matado en cuanto pusiera un pie en Roca Sagrada.

Se volteó y levantó la barbilla para gritar a los ruinos que se levantaran.

—Grita —ordenó a Cas. Él obedeció.

Llegaron corriendo. Mariana se detuvo frente a ellos y al ver a Cas quedó boquiabierta.

—Ve con Mariana y ensilla todos los caballos —dijo Olivia empujando a Cas del hombro—. Mariana, no dejes que nadie lo mate. Lo necesito.

Mariana asintió con la cabeza y tomó a Cas de la muñeca.

—Pero mata a todos los guerreros que veas —añadió Olivia.

Mariana emitió un grito ahogado pero volvió a asentir antes de marcharse con Cas.

—¿Qué pasa? —preguntó Jacobo sin aliento corriendo hacia ella.

—Asegúrate de que todo mundo esté listo —dijo ignorando la pregunta—. Yo iré hacia el este, tú ve hacia allá.

Corrió por el camino golpeando las puertas y gritando para que todos despertaran. No vio guerreros por ningún lado. La puerta principal de una de sus casas oscilaba en el viento.

Volvió al centro del pueblo y se encontró a Mariana y Cas corriendo desde los establos.

—No están —dijo Mariana jadeando—. Los caballos. Casi ninguno.

—Yo tengo uno —dijo Cas—. Lo amarré por allá.

—Yo voy con él —le dijo Olivia a Mariana. Rápidamente le transmitió la situación; los ojos de la ruina iban abriéndose más en cada momento.

—Manda a algunas personas al sur —dijo Olivia al terminar—. Consigue todos los caballos que puedas, no me importa de dónde los saques ni cómo. Para esta tarde, todo mundo necesita haber empacado y estar listo para marcharse, ¿entendido?

—Entendido —dijo Mariana. Dio media vuelta y salió corriendo.

Cas llevó a Olivia al árbol donde había amarrado su caballo. Desenrolló la cuerda del tronco, trepó y le ofreció la mano a Olivia. Ella la tomó y pasó la pierna por encima del caballo. Cuando empezaron a moverse se sujetó del abrigo a la altura del cinto de Cas.

El sol estaba más brillante cuando Cas detuvo al caballo. Señaló un claro.

—Allí —dijo—. Allí es donde estaban.

Todas las huellas frente a ellos se dirigían al oeste.

—Van a Olso.

—La frontera no está lejos. Son menos de dos días a caballo —Cas bajó de un brinco—. Toma el caballo. Avanzarás más rápido si vas sola.

Olivia lo miró un momento tratando de averiguar si la estaba conduciendo a alguna especie de trampa, pero su expresión era franca y preocupada, y tendría que haber sido muy estúpido para creer que ella caería en una trampa tendida por él.

—¿Adónde irás? —le preguntó.

—Regresaré caminando a la fortaleza. No está muy lejos.

En realidad era una caminata bastante larga, pero eso él debía saberlo.

—Bien —ella se recorrió adelante en la montura y tomó las riendas.

—Si la encuentras… —dijo Cas pasándose las manos por el cabello—. No sé cómo, pero, por favor, encuentra una manera de hacérmelo saber, ¿sí? Necesito saber si está viva.

Olivia asintió con la cabeza, simplemente porque empezaba a darse cuenta de que no había modo de mantener a Em alejada de Cas. Podía decirle a su hermana que era mala idea hasta el cansancio, pero nunca lograría convencerla.

—Buena suerte —dijo Cas.

Olivia pateó los costados del caballo y empezaron a avanzar. Volteó hacia atrás. Cas, con el ceño fruncido, la miró alejarse.

Ella regresó su mirada al frente, intentando borrar de su mente ese gesto de preocupación. No tenía espacio para pensar en que quizás Em tenía razón sobre Cas. Necesitaba su furia en ese momento. Era lo único que salvaría a su hermana.

TREINTA Y TRES

August retiró la mordaza cuando salió el sol. Lo hizo con una sonrisita, como si estuviera retándola para que gritara. Ambos sabían que no había nadie a su alrededor que pudiera ayudarle.

Nunca antes había estado en esa parte de Lera. Se dirigían a Olso, hacia el oeste; los árboles estaban frondosos y el camino de tierra apenas si alcanzaba a verse debajo de la maleza. No era una zona por la que se viajara a menudo.

Había muchos guerreros alrededor. August se había llevado todos los que estaban en Roca Sagrada, con todo y caballos y suministros, y había demasiados para siquiera pensar en eludirlos.

A esas alturas, sin embargo, Olivia ya tenía que saber que algo andaba mal. Tuvo que haberlo supuesto cuando Em desapareció junto con August y todos los guerreros. Em conocía a su hermana. Olivia estaba en camino. Y cuando llegara, iba a ponerse feo.

—Vamos —dijo August. Su caballo estaba bebiendo agua de un arroyo y le hizo una señal a un guerrero para que se lo llevara.

—¿Te das cuenta de lo que has hecho? —preguntó Em.

Él se acomodó en el caballo y le pidió a un guerrero que ayudara a Em a subirse. Ella aborrecía cabalgar con él, estar tan cerca. Se apartó del guerrero.

—Olivia va a matarlos —dijo—. A todos y cada uno de ustedes.

—Esa amenaza suena un poco hueca, tomando en cuenta que tú eres una y nosotros cien —dijo August.

—Tú sabes lo que ella puede hacer, August. Los va a matar a todos. Sabrá que me llevaron cuando vea que no regreso y que ustedes han desaparecido.

—Sí, lo sabrá. Y la recibiremos con los brazos abiertos en el castillo de Olso. Cuento con que mi hermano logrará hacerlas entrar en razón a las dos.

Em dejó escapar una breve risa. Quizás había protegido a August demasiado bien de Olivia. Su hermana nunca le permitiría que la hiciera entrar en razón. Em no podía culparla.

—¿Exactamente de qué esperas que tu hermano me convenza? —preguntó Em.

—De que te cases conmigo o simplemente tomaremos Ruina y yo la gobernaré.

—¿En verdad crees que voy a casarme contigo después de esto? —levantó las manos atadas.

—¿Entonces no te gusta así? —rio ruidosamente y ella puso los ojos en blanco—. Tampoco yo estoy emocionado con la idea de casarme contigo, Emelina. Preferiría tomar Ruina y ya. Esperemos que mi hermano elija esa opción, ¿te parece?

—No importa qué opción elija: Olivia los matará a todos.

—Subestimas la fuerza de Olso —dijo August—. Ya verás.

El guerrero que estaba esperando para ayudarla a subir al caballo le hizo gestos con la mano, impaciente. Ella suspiró cuando él la tomó de la cintura y la levantó.

El pecho le ardía de arrepentimiento. Quizá reunirse con Cas había sido mala idea. Había destruido la alianza de los ruinos con Olso. Aun si decidía no casarse con August, definitivamente no los quería como enemigos. Si invadían Ruina, no estaba segura de que los ruinos pudieran rechazarlos. Una vez más había puesto a los ruinos en un mayor peligro, en lugar de protegerlos.

Ese día, montando a caballo, la inquietud se fue instalando en su pecho. Se pararon a descansar después de la puesta de sol y Em casi no durmió esperando que Olivia llegara. Si su hermana los alcanzaba antes de llegar a Olso, posiblemente mataría sólo a esos guerreros en lugar de incendiar todo el reino.

Sin embargo, muy en el fondo, Em sabía que no había modo de que Olivia llegara tan rápido. Aunque hubiera salido de Roca Sagrada en el momento en que descubrió que Em ya no estaba, los guerreros llevaban por lo menos medio día de ventaja.

A la mañana siguiente, a caballo con August otra vez, se resignó a su destino. Iba al castillo de Olso. Olivia estaría cerca, eso era casi seguro. Em tal vez debía echar un ojo al castillo rápidamente, porque no pasaría mucho tiempo antes de que su hermana lo destruyera.

La frontera entre Olso y Lera apareció ante su vista avanzada la tarde. En circunstancias normales, el lado de Lera habría estado fuertemente resguardado por sus soldados, pero ahora no había más que guerreros.

Se inclinó a un lado y más allá de August vio un mar de abrigos rojo con blanco custodiando la frontera. Eran demasiados. ¿Estaría toda la línea divisoria tan bien vigilada?

En el suelo, no muy lejos de la delimitación, había algo que parecía un gran tubo de metal. Lo vio entrecerrando los ojos y preguntó:

—¿Y eso qué es?

—Ya verás —respondió August riendo.

Em hizo un gesto de fastidio. Pasaron junto a los guerreros y llegaron adonde había varios carruajes encima de dos barras de metal. Las barras se extendían hasta donde alcanzaba la vista.

August bajó del caballo y le extendió la mano. Em no hizo caso. Al bajar de un brinco, las manos atadas estuvieron a punto de hacer que perdiera el equilibrio.

Los carruajes eran rectangulares y estaban descubiertos. Hasta adelante había uno extraño. De un largo tubo arriba de él salía humo que subía al cielo a bocanadas.

—Esto va a gustarte —dijo August emocionado y avanzando alegremente—. ¡Ven!

Como si tuviera opción. Caminó penosamente detrás de él, intentando que la curiosidad no se reflejara en su rostro.

Los carruajes tenían bancas de madera y los guerreros empezaron a subir en fila y a sentarse. August se dejó caer en el primer carruaje detrás del extraño y dio un golpecito al asiento junto a él.

Em se sentó y se retiró el cabello del rostro con un soplido. El resto de los guerreros entraron y ella esperó, sin saber muy bien qué hacían todos sentados en un carruaje sin caballos.

Entonces empezaron a moverse. Mientras tanto, August daba tumbos arriba y abajo. Perpleja, Em miró alrededor; empezaba a aumentar la velocidad.

—Es un ferrocarril —dijo él señalando el humo que se elevaba al cielo—. Funciona con vapor. Por años tuvimos algunos pequeños cerca del castillo, pero ésta es la primera línea férrea que entra en la ciudad —a todas luces pensaba que la dejaría impactada.

Y lo estaba, pero simplemente se volteó. Los ruinos habían mencionado algo de unos motores a vapor y barcos veloces. Con razón los guerreros siempre parecían moverse rápido. Le había sorprendido que Iria pudiera llegar al castillo de Olso y de vuelta a Ruina en tan poco tiempo.

—El error de Lera —empezó August inflando el pecho— fue pensar que eliminar a los ruinos era la única manera de combatirlos. Nosotros dedicamos nuestro tiempo a encontrar maneras de superar su magia.

Em no entendía cómo avanzar sobre unos rieles podía hacerlo a él más fuerte que Olivia, pero se limitó a mirar las montañas a lo lejos. Tenía la sensación de que ignoraba muchas cosas sobre Olso.

Por primera vez desde que la hubo rescatado, sintió miedo por Olivia.

TREINTA Y CUATRO

—¡Los ruinos se están *movilizando! ¡Los ruinos se están movilizando!*

La cabeza de Cas saltó al oír el grito que resonaba por toda la fortaleza. Soltó la papa que tenía en la mano y ésta rodó por la encimera. Blanca la atrapó.

—Vaya —le dijo ella. Cas salió corriendo de la cocina.

En el vestíbulo, un soldado jadeante estaba frente a Jovita.

—Los ruinos. Los vimos avanzar hacia el norte.

—¿Vienen en esta dirección? —preguntó ella.

—No parece como si estuvieran pasándonos de largo.

Cas respiró entrecortado. ¿Qué significaba eso? ¿Estaba Olivia reuniendo un ejército para rescatar a Em?

Parecía más probable que Olivia no hubiera encontrado a su hermana, que hubiera vuelto por refuerzos y ahora todos se estuvieran dirigiendo a Olso.

—Pero hasta donde podemos ver, no hay guerreros entre ellos —dijo el soldado.

—Interesante —susurró Jovita mirando fijamente a Cas.

Cas volteó y se encontró a la general Amaro a unos pasos de ellos, observándolos. Según Violet, la general no estaba del lado de Jovita, pero en realidad tampoco estaba con él. Con un movimiento de cabeza ella le indicó que la siguiera; volteó y comenzó a caminar.

Él avanzó detrás de ella a través de la fortaleza hasta llegar al salón vacío. Cerró la puerta.

—¿Adónde se dirigen los ruinos? —preguntó ella con una voz apenas más sonora que un susurro.

—¿Qué te hace creer que yo lo sé?

—Fue a Roca Sagrada y salió vivo de ahí.

Cas la miró sin saber cuánto podía confiarle antes de terminar encerrado otra vez en su habitación.

—He escuchado rumores de que hizo tratos con los capitanes y jueces de la provincia del sur. Dicen que habló abiertamente sobre las relaciones que aún mantiene usted con los ruinos.

—La provincia del sur nunca estuvo a favor de las políticas ruinas.

—¿Puede responder mi pregunta? —dijo la general Amaro bruscamente—. ¿Cómo pretende que lo apoye si no es honesto conmigo?

—Sí, hice tratos con la provincia del sur. Aún tengo relaciones con los ruinos. Salí vivo de Roca Sagrada porque les prometí paz. A cambio de eso, su reina ha prometido respetarla.

—Su reina —repitió la general Amaro—. ¿Olivia?

—Emelina.

Llevó una mano a su pecho y dijo:

—La noticia de esa diarquía me sigue horrorizando. Dos mujeres Flores al frente, en vez de una.

—Agradece que también Emelina esté al frente. De otro modo, todos estaríamos muertos.

Lo miró incrédula.

—Entonces, ¿adónde se dirigen los ruinos?

—Probablemente a Olso.

—¿Por qué?

—No estoy seguro, pero creo que la alianza entre ruinos y guerreros está a punto de terminar.

Los ojos de la general se abrieron como platos.

—Si tengo razón, será un momento magnífico para ir al norte y tratar de recuperar el castillo.

—Jovita ya renunció al castillo. Dice que nos quedaremos aquí hasta que los ruinos sean eliminados.

—No me importa lo que esté haciendo Jovita. El sur ya aceptó seguirme al norte, al igual que la mayoría de la guardia y algunos soldados.

—Los soldados sólo reciben mis órdenes.

—Y tú obedeces órdenes del rey.

—Necesitamos tiempo para elaborar un plan para recuperar el norte. Una estrategia, más entrenamiento…

—Entonces más vale que empieces pronto porque partiremos en unos días, vengas o no.

Ella lo miró unos momentos.

—¿Está seguro de que puede hacer esto?

Él estuvo a punto de reír. La mayor parte de los días no estaba seguro de nada, mucho menos de su capacidad de dirigir un ejército para recuperar su castillo. Pero quizá si lo fingía con suficiente fuerza, la confianza terminaría por ser real.

—Sí —dijo él con un poco más de la convicción necesaria. La general Amaro no pareció notar sus verdaderos sentimientos.

—Entonces empezaré a preparar a los soldados.

Aren no quería regresar a Roca Sagrada. Aún no, en todo caso.

Miró a Iria. Ella avanzaba junto a él y los otros guerreros y ruinos iban detrás camino a Roca Sagrada. La cabalgata desde Ciudad Gallego había transcurrido sin incidentes hasta ese momento. Aren casi deseó que se metieran en problemas para poder pasar algunos días más viajando. Sabía que tenía que rendir informes a Em y a Olivia, pero le gustaba ese viaje silencioso con Iria a su lado. A ella no parecían importarle los guerreros. Em tal vez se sentiría orgullosa cuando le contara lo bien que se había llevado con ellos.

En ese momento, Iria levantó la mano para indicar que todo mundo se detuviera.

Aren jaló las riendas de su caballo y se puso en alerta. Se deslizó al suelo; las botas tocaron la tierra. Adelante de él vislumbró movimientos fugaces en los árboles.

—¡Somos guerreros de Olso! —gritó una voz. Un hombre surgió de los árboles con las manos en alto y sonriéndole a Aren.

—Hola, Aren.

—Holden —dijo Iria con un suspiro—. Nos asustaste. ¿Qué están haciendo aquí?

Varios guerreros surgieron detrás de él hasta que sumaron ocho en total. Desmontaron de sus caballos.

—Seguimos la ruta que les dio Emelina. Dejamos Roca Sagrada —dijo Holden—. El rey August y la reina Emelina enviaron a un grupo a buscarlos. No querían que se perdieran.

—¿Por qué? —preguntó Aren. El pueblo estaba razonablemente a salvo y en una buena ubicación. ¿Por qué se iría Em de ahí?

—Ataque de los soldados de Lera —dijo Holden—. Todo mundo está trasladándose al norte para que podamos organizar una respuesta.

—¿Están todos bien? —preguntó Aren rápidamente—. ¿Hubo heridos?

—Olivia rechazó el ataque con suficiente éxito —dijo Holden—. Rodrigo tiene una nota de Olivia para los tres ruinos —volteó y, oteando a los otros guerreros, preguntó—: ¿Rodrigo?

Un guerrero de baja estatura dio unas palmaditas a sus bolsillos y se volvió a su caballo diciendo:

—Sí, tiene que estar por aquí.

Aren sacudió la cabeza para indicarles a Clara y Santino que lo siguieran. Los guerreros se hicieron a un lado para dejarlos pasar, como si temieran acercarse demasiado. Varios de ellos se movieron hacia Iria y los otros guerreros que la acompañaban.

Rodrigo buscó en la mochila sujeta a la montura.

—Esperen. Estoy seguro de que está aquí.

Aren observó a Rodrigo mientras buscaba la carta. ¿Le habría advertido Cas a Em del ataque? Sonaba extraño que los soldados de Lera hubieran podido hacer tantos destrozos en Roca Sagrada. Quizá Cas no sabía. Quizá…

—¡Aren, corre! —la voz aterrada de Iria cortó el aire. Aren giró justo a tiempo para esquivar el acero que embestía directo hacia su corazón. Holden lo atacó y Aren le quebró el cuello. La espada cayó de la mano del guerrero.

No se había concentrado para usar su magia y de pronto se sintió mareado. Se tropezó hacia atrás y golpeó algo con el pie.

Un grito ahogado se escapó de su boca. Clara y Santino estaban muertos en el suelo; la sangre escurría desde las heridas abiertas en sus cuellos.

Aren levantó la mirada. Tres guerreros sostenían a Iria; uno de ellos le cubría la boca. El guerrero de pronto se estremeció y retiró la mano, como si lo hubieran mordido.

—¡Detrás de ti! —gritó Iria.

Aren se giró para encontrarse con dos guerreros. Los lanzó hacia atrás con tal fuerza que el árbol contra el que se estrellaron se sacudió.

Podía correr. *Necesitaba* correr. Todos los guerreros que quedaban estaban amontonados en torno a Iria; ninguno era tan estúpido para seguirlo a él.

Iria. Acababa de traicionar a sus compatriotas. No había modo de que le perdonaran la vida.

Avanzó a grandes zancadas, tratando de superar el mareo. El guerrero volvió a cubrir la boca de Iria, y unos gritos amortiguados que no entendía lograron escapar. Sus ojos estaban muy abiertos y sacudía la cabeza; era claro que le estaba pidiendo que huyera.

Los dos guerreros que le sostenían los brazos salieron disparados por los aires. Aren no se molestó siquiera en ver dónde aterrizaban. El que tenía una mano sobre la boca de Iria se movió frente a ella, como si fuera a ponerse de escudo para ocultarla.

Aren pasó por debajo del brazo del hombre y con ayuda de su magia lo lanzó a unos metros de ahí. Salieron guerreros que empezaron a rodearlo por los cuatro costados. Uno avanzaba directo hacia la espalda de Iria con la espada desenvainada.

Aren tomó la mano de Iria. Un alivio recorrió sus venas y el mareo desapareció.

Acercó a la guerrera a su pecho justo a tiempo para librarla del acero dirigido a su espalda.

Los pies de todos los guerreros se separaron del piso. Aren azotó a todos a la vez y los golpes sordos de las caídas resonaron por el bosque.

Iria, presa del pánico, respiraba agitadamente contra su pecho. Él la tomó firmemente de la mano y comenzó a correr. Ella no vaciló. Sostuvo su mano e igualó sus pasos.

Corrieron durante varios minutos, hasta que el bosque quedó nuevamente en silencio y estuvieron seguros de que ningún guerrero había sido tan estúpido para seguirlos. Iria soltó su mano y, con la respiración entrecortada, se recargó en un árbol.

—¿Por qué hiciste eso? —preguntó Aren, esforzándose también por recobrar el aliento.

—Tenían… una… espada —dijo Iria jadeando.

—¡Podrías haber tratado de advertírmelo con discreción!

—No estabas viendo.

—Los traicionaste. Van a ejecutarte por esto.

Ella se inclinó hacia adelante y apoyó las manos en los muslos.

—En Olso no ejecutamos a la gente. Cumpliría cadena perpetua.

—¿Y con eso debo sentirme mejor?

Iria soltó una risa ahogada.

—¿Y yo qué…? —se irguió; tenía los ojos muy abiertos y llenos de lágrimas—. Yo sólo… —su respiración volvió a convertirse en una serie de resoplidos atemorizados.

Aren se acercó y la tomó de los brazos.

—Regresa. Diles que Santino estaba metiéndose en tu cabeza. Diles que en cuanto te alejaste de él te diste cuenta de que había estado confundiéndote.

Ella sacudió la cabeza.

—Te creerán si no te ausentas mucho tiempo. ¿Quieres que te golpee? Puedo hacer que parezca que estuvimos peleando.

Volvió a sacudir la cabeza; las lágrimas le escurrían por las mejillas.

—No quiero retractarme. Te traicionaron y… y… —aspiró con un escalofrío— y no quiero retractarme. Hice lo correcto.

Agachó la cabeza. Sus hombros se agitaban entre sollozos. Aren la acercó a él; con un brazo le envolvió la cintura y puso la otra mano en su cabello. Ella se acurrucó contra su pecho.

—Gracias —dijo él en voz baja.

La abrazó mucho tiempo, hasta que sus hombros dejaron de temblar y su respiración se regularizó. Cuando se apartó, parecía avergonzada. Se secó las mejillas esquivando su mirada.

Él quería decirle que no se avergonzara. Quería envolverla de nuevo en sus brazos y tenerla ahí hasta que dejara de estar triste.

—Lo lamento —dijo Iria con una larga exhalación—. Me dijeron que tienen a Em.

Él se puso rígido y en estado de alerta; todo el calor del cuerpo de Iria contra el suyo empezó a desvanecerse.

—¿Qué?

—Un guerrero me llevó aparte cuando Rodrigo estaba fingiendo que te daría la carta y me dijo que August tiene a Emelina y todos los guerreros debemos volver a Olso.

—¿Y por qué August se llevaría a Em? ¿Qué va a hacer con ella?

—No tengo idea —dijo Iria encogiéndose de hombros.

—Olivia no se quedaría en Roca Sagrada si supiera que los guerreros se llevaron a Em. Y si todos los guerreros desaparecieron junto con ella, sabrá lo que ha ocurrido.

—Fue muy estúpido de parte de August.

—Sí, lo fue. ¿Debemos ir a Olso? ¿Podremos cruzar la frontera?

—No, nosotros solos no, no hay manera.

Él le acarició la nuca.

—Quizá debamos regresar a Roca Sagrada. Quizá algunos ruinos sigan ahí. O... —su voz se fue apagando y volteó hacia el sol. Habían corrido hacia el sur. Estaban cerca de la fortaleza. Peligrosamente cerca.

—Cas —dijo en voz baja.

—¿Qué? —Iria miró hacia atrás, como si Cas pudiera estar ahí parado.

—No estamos lejos de la fortaleza. Em y él estaban reuniéndose en secreto, compartiendo información. Tal vez él sepa lo que pasó. E incluso si lo ignora... —"Tú sólo observa. Si volvemos a separarnos, apuesto a que nos encontraremos". Cas le había dicho eso a Aren con gran seguridad— Em va a encontrarlo, o él va a encontrarla a ella.

Si Olivia antes no encontraba a Em, Em iría directamente con Cas. No tendría otro lugar adonde ir si todo mundo había salido de Roca Sagrada. Era el único lugar de encuentro que se le ocurría.

—¿Cómo vamos a llegar a él? —preguntó Iria.

—No tengo idea.

TREINTA Y CINCO

Cuando el *carruaje sin caballos* se detuvo, alcanzaba a verse el castillo de Olso. Em estaba boquiabierta mientras August la arrastraba hacia él.

Era enorme; el punto más alto se elevaba tanto en el cielo que era necesario levantar la mirada para verlo. Hasta los picos más bajos eran más altos que cualquier edificio que ella hubiera visto jamás. Era sobre todo de piedra blanca con puntas rojas en los lugares más elevados.

Un foso lo rodeaba. Em vio cómo descendía un puente y les permitía el acceso. August le dio un empujón en la espalda y ella empezó a avanzar.

Mientras cruzaban el puente, los guardias cerca de la entrada principal no se movieron ni reconocieron su presencia. Sus uniformes eran distintos de los de los guerreros. Seguían siendo rojos con blanco, pero más rígidos y gruesos, con grandes hombreras y borlas que colgaban de las pecheras.

Los guardias estaban frente a unas enormes puertas de madera; el de en medio volteó y agarró el picaporte. Las puertas rechinaron y el guardia retrocedió, mirando al frente mientras August y Em atravesaban.

Pasando la entrada, había un patio y adelante de ellos una puerta al castillo. Estaba abierta. Un hombre corpulento con cabello corto y rubio estaba recargado en el marco con un pie cruzado sobre el otro.

—Volviste —dijo el hombre. Escudriñó a Em—. Y trajiste a una prisionera.

—Es Emelina Flores. Emelina, te presento a mi hermano George.

George miró a Em y luego a August.

—Típico de ti.

—Yo…

—Te enviamos a casarte con una de las hermanas Flores y lo que haces es traernos a una de ellas como tu prisionera —interrumpió George—. ¿Qué hizo? ¿Hablar mal de tu peinado?

Em rio. August la fulminó con la mirada.

—Tengo una buena razón —dijo August apretando los dientes—. ¿Dónde está Lucio?

—Bajando. Entra.

George llamó a Em con el dedo. Ella se inclinó; él agarró sus cuerdas y jaló del nudo.

—No lo hagas —dijo August.

—Oh, por favor —George soltó las cuerdas y las arrojó a un guerrero que estaba detrás de Em—. Ya no necesitas atarla de manos. Sólo estás siendo mezquino.

August entró dando grandes zancadas y George le guiñó un ojo a Em.

—Todos van a morir —dijo ella.

George soltó una risotada echando la cabeza hacia atrás.

—Eres exactamente como te describieron.

—Si no me sueltan, mi hermana los matará a todos.

—No te desgastes, querida. Estás en Olso. El rey Lucio es el único al que tienes que plantear tu caso.

George entró caminando con largos pasos; ella lo siguió. Sus ojos fueron ajustándose a la tenue iluminación del castillo. Era exactamente opuesto al de Lera. Si el de Lera era brillante y colorido, el de Olso era oscuro y lúgubre. No había muchas ventanas, así que los muros estaban flanqueados por faroles que proyectaban su luz sobre la piedra blanca.

August la condujo por un pasillo a su derecha. De pronto se encontró en un recibidor circular y brillante con un par de escaleras extravagantes que formaban un arco y casi se unían abajo.

Un hombre descendía las escaleras de la izquierda. Llevaba una casaca rojo oscuro y pantalones negros; el cabello rubio rozaba sus hombros. Se parecía mucho a August, aunque era un poco más bajo. Debía ser Lucio.

—August trajo a una invitada —dijo George—, contra su voluntad.

Lucio bajó el último escalón y caminó directo a Em sin conceder una mirada a sus hermanos. Era casi diez años mayor que ella pero aparentaba una diferencia de más de veinte. Mientras la evaluaba con la mirada, aparecieron unas finas arrugas en las comisuras de sus párpados.

—Emelina Flores —dijo ella, ya que nadie se había tomado la molestia de presentarlos—. Una de las reinas de los ruinos. Y sí, me trajeron aquí contra mi voluntad.

Lucio apretó la mandíbula.

—Soy el rey Lucio. Me da gusto al fin conocerte, Emelina —dijo como si estuviera furioso.

Luego dio media vuelta y le dio un puñetazo a August en el rostro.

August cayó al suelo.

—¡Puedo explicarlo! Yo…

—Te mandé como representante de Olso *¿y esto es lo que haces?* —Lucio señaló a Em con tal fuerza que ella dio un paso atrás.

August se incorporó apoyándose en el suelo con las manos.

—¡Nos traicionó! ¡Estaba comunicándose con Casimir a mis espaldas!

—¿Es cierto eso? —la mirada de Lucio se fijó en Em.

—Sí.

A estas alturas, para qué negarlo.

—Entonces la secuestraste y la trajiste aquí a la fuerza —dijo Lucio a su hermano—. Ésa fue la mejor solución que pensaste.

August dirigió a Lucio una mirada fulminante, guardó silencio.

—Ven conmigo —dijo Lucio a Em. Él dio media vuelta y se alejó caminando. Ella lo siguió. Los zapatos crujían contra el piso. Em miró hacia atrás; August estaba poniéndose en pie dificultosamente para correr hacia ellos.

—¡Tú no! —exclamó Lucio sin voltear. August se detuvo. Tenía la furia marcada en el rostro.

Lucio condujo a Em por un pasillo serpenteante y abrió una puerta del lado izquierdo. Cruzó la sala y abrió las cortinas. El polvo comenzó a bailar con la luz.

El lugar tenía un sencillo piso de madera y del lado izquierdo varios sofás y sillones carmesí. Del lado derecho había un mueble empotrado en la pared. Había una fila de vasos y vino y botellas de un líquido turbio.

—¿Quieres algo de beber? —ofreció Lucio caminando hacia las botellas. Sacó una de la repisa.

—No, gracias.

Igual sacó dos vasos y sirvió en cada uno un poco del líquido. Tendió a ella el suyo y se sentó en el sillón más grande.

—Siéntate, por favor.

Em posó su vaso en la mesa y se sentó en el sofá. Era increíblemente suave, y se hundió tanto que iba a resultarle difícil salir de ahí.

Lucio dio un sorbo a su bebida.

—¿Cómo te alejó mi hermano de los ruinos?

—Me siguió al punto de reunión con Casimir —Em frotó los rojos verdugones de las muñecas, donde habían estado las cuerdas. Lucio observó.

—¿Entonces es cierto lo que he oído decir a mis guerreros? ¿Te enamoraste de ese príncipe de Lera?

Em no respondió.

Lucio echó la cabeza hacia atrás con un lamento.

—Qué desafortunado.

—Tienes que soltarme. Si Olivia…

—Tenía muchas esperanzas puestas en ti —interrumpió Lucio—. Cuando avisaste de este absolutamente insensato plan de casarte con Casimir, no me importa reconocerlo, pensé que estarías muerta en cuanto pusieras un pie en el castillo.

—Gracias por el voto de confianza —dijo ella con sequedad.

—Y entonces, lo lograste —Lucio se pegó una palmada en la rodilla—. ¡Lo lograste! Te casaste con ese mequetrefe, enviaste a los ruinos a avisarnos y encontraste dónde tenían cautiva a tu hermana. Hiciste todo lo que dijiste que harías. Y entonces lo echas todo a perder por dejar que tus sentimientos se interpongan.

—Mi hermana…

—Tu hermana —repitió Lucio elevando la voz para no dejarla hablar— definitivamente no se habría encariñado. Todo mundo cree que su fuerza estriba en su poder, pero quizá recaiga en que sabe controlar sus emociones.

Em soltó una risa forzada.

—¿Crees que Olivia carece de emociones? No la conoces en absoluto.

—Definitivamente, no se habría enamorado de ese príncipe.

—Le habría arrancado el corazón y se habría hecho un collar con él.

—Suena maravillosa.

Em se inclinó hacia adelante.

—Si no me dejan ir, va a matarlos a todos ustedes. Te aseguro que viene en camino.

—¡Qué bien! Anhelaba conocerla.

—No entiendes. No hará preguntas. Tomará el lugar por asalto y matará a todos los que se atraviesen en su camino. Ha estado buscando un pretexto para hacerlo, y ahora tiene uno —su voz dejaba traslucir terror. No le importaba mucho lo que pasara con Lucio y su familia, pero se le hacía un nudo en el estómago de sólo pensar que Olivia matara a más gente todavía. Otra masacre y perdería la capacidad de razonar con ella para siempre.

Lucio dio un pequeño sorbo a su bebida.

—Suéltame ahora mismo —dijo—. Si la intercepto podré hacerla entrar en razón. Si ve que estoy bien, puedo conseguir que dé la media vuelta antes de que el daño esté hecho.

—Desafortunadamente, no puedo hacer eso —dijo él—. No es así como yo habría hecho las cosas, pero estás aquí y no puedo soltarte. Si Olivia viene por ti, tendremos una conversación cuando llegue.

—¿No estás escuchando? Olivia no mantiene conversaciones. Ella matará a todo mundo desde la frontera hasta acá.

—Ordenaré a mis guerreros que la dejen pasar. En Olso no encontrará resistencia.

—Ah, qué bien. Eso hará que le resulte mucho más fácil matarlos a todos.

Él arqueó una ceja ante su sarcasmo.

—No tienes mucha fe en Olivia, ¿cierto?

—Tengo plena confianza en mi hermana. Tengo la confianza de que no va a cruzarse de brazos mientras un rey extranjero me toma prisionera.

—No eres una prisionera. Lamento la manera como August te trajo, pero ahora eres nuestra invitada.

—Si soy su invitada, entonces quisiera irme.

—Quizás *invitada* no es la palabra correcta.

Em puso los ojos en blanco.

—Sólo quise decir que no te vamos a arrojar a un calabozo —continuó Lucio—. Dispondremos una habitación para ti. Podrás bañarte y vestir ropa nueva. ¿Qué tal suena eso?

—Suena a que estás a punto de morir.

Lucio rio.

—Me recuerdas a tu madre. Las mujeres Flores, qué racimo tan hostil.

—Tenemos razones para ser así.

Lucio dio el último trago a su bebida y se puso en pie.

—Estoy seguro de que podré pronunciar al menos algunas palabras antes de que Olivia me arranque la cabeza. ¿Debo suponer que ella no sabe que estabas reuniéndote con Cas a nuestras espaldas?

Em bajó la mirada.

—Eso pensaba. Escucha, Emelina, seré honesto contigo. Me apropiaré de Ruina, ya sea casándote con August o enviando a mis guerreros a invadirla. Piensa en eso mientras esperamos a Olivia.

Em volteó para que Lucio no pudiera ver en su rostro cómo el pánico se apoderaba de ella. Si Olso atacaba, tendría que vivir la invasión de Ruina otra vez. Aun si Olivia derrotaba a los guerreros, con toda seguridad perderían a más ruinos. Podrían perder también las cabañas de los mineros, y entonces verdaderamente quedarían sin nada.

Lucio caminó a la puerta dando grandes zancadas y observó a Em con una sonrisa.

—Mandaré a algunas damas a que te muestren tu habitación. Te sentirás mejor cuando te hayas bañado y cambiado.

Em se recostó y se hundió más en los cojines del sofá.

—Me sentiré mejor cuando dejen de retenerme contra mi voluntad.

Lucio rio y abrió la puerta.

—Siempre supe que me agradarías, Emelina.

TREINTA Y SEIS

Aren se removió sobre la rama de un árbol con la mirada completamente fija en la fortaleza. Había estado trepado en el árbol con Iria durante la última hora, esperando que se marcharan los guardias de Lera.

—Puede ser que nunca se aventuren más allá de la muralla —dijo Iria. Estaba sentada a horcajadas, con las piernas colgando, en una rama del otro lado.

—Eso sería estúpido. Uno tiene que enviar gente afuera para que registre la zona, sobre todo si se percibe algo sospechoso. Tienen que haber visto el humo.

El humo de la fogata que Aren había encendido del otro lado de la fortaleza ya no era visible en la oscuridad, pero los vigías tendrían que haberlo notado. Contaba con eso para atraer a algunos guardias al bosque.

—Tienes razón —respondió ella con un suspiro y arqueando la espalda.

—Si quieres bajar, puedo seguir vigilando yo.

—Estoy bien —su cabellera oscura estaba recogida en un desordenado moño en la coronilla; algunos mechones se habían escapado y rozaban sus hombros. Retiró unos mechones del rostro y su mirada se cruzó con la de Aren, quien la miraba fijamente.

Las cejas de Iria se levantaron un poco en actitud interrogante, pero él no apartó la mirada. No estaba tan cerca como para alargar la mano y tocarla. ¿Quién había decidido que estuvieran en esta estúpida posición tan absurda en el árbol?

En efecto: él.

Iria soltó una bocanada de aire que era una especie de risa. Si hubieran estado más cerca, él habría podido pasarle el cabello detrás de la oreja y ver si con eso volvía a sonreír.

Rápidamente apartó la mirada. Necesitaba concentrarse. Observar fijamente a Iria no iba a ayudarle a entrar a la fortaleza para hablar con Casimir.

—¿En verdad crees que Cas sepa algo? —preguntó Iria.

—No lo sé, pero estoy seguro de que Em vendrá hacia acá si escapa de August. Me quedaré cerca de Cas hasta que demos con ella.

Iria asintió y levantó un brazo para señalar hacia adelante.

—Mira, se mueven.

Aren se enderezó y miró hacia donde ella apuntaba. Se abrieron las puertas de la fortaleza y un grupo de aproximadamente diez guardias salió.

—Perfecto, adelante.

Tomó la rama y bajó rápidamente. Unos momentos después, las botas de Iria golpearon el suelo y los dos empezaron a correr. Aren lo hizo tan silenciosamente como pudo, agachándose para pasar por debajo de las ramas de árboles y sin dejar de mirar a Iria con el rabillo del ojo.

Había elegido una ruta con follaje espeso, así que no era probable que los vigías pudieran verlos en la oscuridad. Echó un vistazo rápido a la parte trasera de la fortaleza. No oyó gritos, lo cual era buena señal.

Fue bajando la velocidad hasta detenerse cuando estuvieran cerca de los guardias y se agachó detrás de un arbusto. Iria se acuclilló a un lado.

Parecía como si los guardias se hubieran dividido en dos grupos: tres hombres y dos mujeres estaban alejándose de ellos con las espadas desenvainadas. Aren tenía la esperanza de que Galo o Mateo estuvieran entre ellos, pero todo indicaba que no había tenido tanta suerte.

—Fue aquí —dijo una mujer empujando con el zapato los restos de la fogata de Aren.

—¿Puedes saber hacia dónde fueron? —preguntó un hombre.

—No. Ciertamente no en la oscuridad. Quizá fueron sólo unos guerreros o ruinos que pasaban por aquí, nada más.

—¿Nada más? —repitió el hombre—. No sé tú, pero a mí eso me da mala espina.

—Volvamos —dijo la mujer—. Informemos de esto al rey y veamos qué quiere que hagamos.

Los guardias dieron la media vuelta y empezaron a caminar de regreso a la fortaleza. Aren agarró una piedra sin apartar la mirada del guardia de atrás, Nico. Aren lo había conocido en el castillo de Lera.

Lanzó la roca entre los árboles que estaban frente a él. Aterrizó con un suave golpe sordo. Nico se giró. Abrió la boca para hablar, pero Aren tomó la mano de Iria y concentró su poder ruino en el cuello de Nico. Éste se llevó las manos a la garganta con los ojos como platos. Abrió la boca como si estuviera tratando de gritar, pero no salió sonido alguno.

Tan silenciosamente como pudo, Aren corrió hacia él, vigilando con cuidado a los guardias a lo lejos. Seguían de espaldas a ellos en su camino a la fortaleza. Nico se sorprendió al reconocerlo.

Aren soltó la mano de Iria, tomó a Nico por detrás y lo llevó adonde los otros guardias no pudieran verlo. Iria sujetó las muñecas de Nico y se las oprimió contra su espalda.

—No temas —dijo Aren en voz baja.

La sensación de la piel de Iria no se iba de su mano; su poder ruino zumbaba dentro de él. Tener asida la garganta de Nico con su magia casi no representaba un esfuerzo.

—Voy a sujetarte sólo hasta que te desmayes. Cuando despiertes, nos habremos ido. Lamento lo de la ropa.

Nico tenía una expresión confundida pero no había tiempo para explicaciones. La cabeza se le fue de lado un instante después.

Aren e Iria lo acomodaron delicadamente en el suelo y le quitaron los pantalones y la chaqueta. Iria desvió la mirada cuando Aren se bajó los pantalones para ponerse los azules. Luego se quitó la chaqueta y se abotonó la del guardia. Le dio a Iria su ropa.

—Espérame en el árbol donde estábamos antes —dijo él.

—Claro.

—Si pasa mucho tiempo sin que yo regrese, vete. No es seguro quedarse aquí. Menos tratándose de ti.

Iria soltó una suave risa.

—No voy a dejarte, Aren —y sacudiendo la cabeza hacia la fortaleza, le dijo—: ve.

Aren partió, resistiéndose al impulso de mirarla; de cualquier forma, tal vez ella ya estaba corriendo a su punto de encuentro.

Corrió para alejarse de los guardias que iban con Nico y llegó a la entrada de la fortaleza. El otro grupo de guardias no estaba muy atrás, así que desaceleró un poco para que pareciera que iba con ellos.

Los portones seguían abiertos; agachó la cabeza al atravesarlos. Había por lo menos cien guardias que podrían reconocerlo. Tenía que encontrar pronto a Cas.

Llevó una mano a su cuello para cubrir la marca ruina a unos pasos de las puertas principales. Abrió una sin atreverse a mirar a los hombres que resguardaban la entrada.

Adentro de la fortaleza, había mucho ruido y agitación. Se atrevió a levantar la mirada sólo un poco en el momento de cruzar el recibidor. Dos soldados pasaron de prisa, deteniéndose un momento para mirar a Aren. Él enseguida miró a otro lado y se rascó la mejilla.

—Tengo un informe del grupo de exploración para el rey —dijo.

—Debe estar en su habitación —dijo una soldado—. ¿Encontraron algo?

Sacudió la cabeza y siguió adelante. No tenía idea de dónde estaba la habitación de Cas. Eso era un problema: no podía preguntar sin delatarse.

Vio unas escaleras frente a él; esquivó a una mujer ya mayor y empezó a subir. El dormitorio del rey sería probablemente un sitio silencioso, lo más aislado posible. El segundo piso parecía una apuesta segura.

Al llegar arriba se detuvo y miró a ambos lados. Muchas puertas estaban cerradas.

En su dirección venía una mujer que no le resultaba familiar, cargando una canasta llena de ropa.

—¿Y el rey? —preguntó con cautela.

—En su habitación —respondió ella moviendo la cabeza hacia las puertas detrás de ella.

—Gracias.

Se esperó hasta que la mujer hubo bajado; luego carraspeó y llamó en voz muy alta:

—¿Su majestad?

—Sí, adelante.

La voz de Cas provenía del final del pasillo. Aren caminó a la última puerta. La abrió cautelosamente, esperando haber acertado.

Cas estaba sentado en un escritorio con un mapa desenrollado frente a él. Galo estaba junto a él en una silla y Violet del otro lado.

Aren soltó un suspiro de alivio, entró a la habitación y cerró la puerta a sus espaldas. Cas levantó la mirada y demoró un poco en reaccionar y levantarse de un brinco con los ojos muy abiertos.

—¿Aren? ¿Cómo...? ¿Qué...? ¿Por qué estás aquí? *¿Cómo* llegaste hasta aquí?

—Sustituí a uno de los guardias que mandaron a explorar la zona. De hecho, fue muy fácil. Tienes que mejorar tu seguridad —dijo como una indirecta para Galo, que se sonrojó.

—¿Cómo que lo *sustituiste*? —preguntó Cas.

—No está muerto. Despertará pronto, así que tengo que apresurarme. August se llevó a Em.

—Lo sé. Se lo dije a Olivia. Ella fue a buscarla.

Aren hizo una mueca de dolor. Le alegró que Iria se hubiera separado de los guerreros: todos ellos estaban sentenciados.

—¿Viniste aquí en busca de Em? —preguntó Galo confundido—. ¿En verdad crees que vendría hacia aquí?

—Creo que irá adonde Cas esté.

—Y tú no tienes otro lugar adonde ir —terminó Cas.

Aren asintió con la cabeza y rápidamente relató lo ocurrido con los guerreros y los otros ruinos con los que estaba viajando.

—Iria y yo podríamos volver a Roca Sagrada —dijo Aren—. Si la gente de Vallos no se ha percatado de que nos fuimos, en todo caso.

—Eso es poco probable —dijo Cas—. Tengo una mejor idea —y dirigiéndose a Violet pidió—: cuando vayas al sur, llévalo a él.

—¿Qué? —preguntó Violet, claramente alarmada.

Y, de vuelta a Aren, Cas le explicó:

—Allá he amasado un ejército y voy a traerlo hacia aquí. Marcharemos a Ciudad Real.

—Yo no quisiera regresar a Ciudad Real —dijo Aren.

—No puedes quedarte aquí. Roca Sagrada ya no es de ustedes. Puedes tratar de alcanzar a los ruinos, pero hace un día los vi marchando. Probablemente ya cruzaron a Olso.

—Yo solo puedo viajar más rápido —dijo Aren—, podría alcanzarlos.

—Si supieras dónde están —dijo Violet.

—Supongo que August la llevó al castillo. Olivia habrá pensado lo mismo. Iria puede decirme cómo llegar.

—Parece una manera magnífica de conseguir que te maten —dijo Cas.

Aren se pasó la mano por el rostro.

—¿Entonces qué? ¿Se supone que tan sólo debo dejar a Em en Olso?

—Olivia está en camino. Creo que podemos estar de acuerdo en que ella es más que capaz de rescatar a su hermana, ¿cierto?

—Por supuesto —dijo Aren soltando un suspiro de irritación.

—Entonces, ayúdame. Tú mismo lo dijiste, Em vendrá a buscarme. Puedes protegernos, y nosotros te protegeremos hasta que la encuentres. ¿Trato hecho?

—Yo no necesito tu protección.

—Bueno, pero a mí la tuya sí me resultaría útil. Mi ejército del sur podría derrotar a Jovita de manera definitiva, que es exactamente el objetivo de Em. Creo que si ella estuviera aquí te diría que es buena idea —sus labios temblaron un poco en la última frase, como si supiera cuánto molestaría eso a Aren.

—Creo que Em no sería tan tonta de pedirme que me enlistara en el ejército de Lera —dijo Aren con sequedad, pero a Cas no le faltaba razón. Em sí quería a Cas firmemente en su trono, y si estuviera ahí era probable que lo ayudara. ¿Y qué más podía hacer él? ¿Ir a la frontera de Olso esperando ver a Em cuando Olivia la hubiera salvado? No tenía idea de cuándo pasaría eso, cuánto tiempo tomaría. Además, de ninguna manera volvería a Ruina sin ella.

—Prefiero considerarlo optimismo —dijo Cas. Estaba sonriendo, como si ya supiera cuál sería la respuesta de Aren.

Aren soltó una risita, sin poder creer cuáles eran las siguientes palabras que saldrían de su boca, ni siquiera en el momento de decirlas:

—Está bien. Pero sólo hasta que encuentre a Em.

—Trato hecho. Necesito un día para organizarlo todo. ¿Puedes esperar?

—Sí.

—¿Conoces el riachuelo que está un poco al sur de aquí?

—Sí.

—Violet y unos cuantos guardias te verán mañana allí al atardecer —dijo Cas mirando a Violet en espera de una confirmación, que ella otorgó enseguida, con un gesto de la cabeza.

Comenzaron a escucharse unos gritos y Aren posó la mano en el picaporte.

—Parece que encontraron a tu guardia en ropa interior. Debo irme.

—Gracias, Aren. Trata de no matar a nadie al salir.

—Haré lo posible.

Abrió la puerta y salió disparado al pasillo.

—*¡Reúnan a los guardias! ¡Ya!* —gritó una voz.

Aren bajó corriendo las escaleras con los ojos en la puerta. A su alrededor todos corrían y gritaban. Alguien dio un grito ahogado.

—¡Es él! —un guardia que a Aren le resultaba vagamente familiar lo señaló con dedo tembloroso—: ¡Un ruino malo!

Aren se habría reído si no hubiera tenido que concentrarse. Con una rápida mirada lanzó al guardia fuera de su camino y corrió a la puerta. Varias personas se apartaron, con el miedo grabado en el semblante. Una mujer se interpuso con la espada desenvainada y él simplemente la arrojó por el piso hasta el otro extremo de la fortaleza.

Salió corriendo, cruzó el césped. Seguía casi sin sentir los efectos del uso de su magia y sonrió mientras arrojaba a un guardia para retirarlo del portón.

—¡Déjenlo salir! —oyó a Cas gritar a sus espaldas.

Huyó de la fortaleza y se adentró en el bosque. Echó algunas miradas por encima del hombro y se aseguró de que nadie lo siguiera.

Desaceleró cuando estuvo lo suficientemente lejos de la fortaleza para sentirse relativamente seguro y se detuvo completamente al llegar al árbol en el que había estado antes. Levantó la barbilla y vio cómo Iria descendía y aterrizaba con suavidad.

—¿Está todo…? —enmudeció y ladeando la cabeza preguntó—: ¿Por qué esa sonrisa? ¿Estaba Em ahí?

—No. Me dijeron *malo*. Me pareció divertido.

—*¿Malo?* Qué grosería.

—¿Tú no crees que soy de los malos?

—¡No!

—Creo que en este caso *malo* significa poderoso.

—Mmmm… ¿Debo suponer por ese gesto que todo salió bien?

—Sí, pero hice algo que quizá no te guste —y le explicó rápidamente el plan; la expresión de Iria se tornaba más y más confundida conforme él lo iba planteando.

—¿Vamos a enrolarnos en el ejército de Lera?

—Temporalmente. Sólo hasta que encuentre a Em.

—Oh.

—No tienes que venir conmigo si no quieres. Yo lo entendería.

—No seas ridículo, me quedo contigo.

Aren intentó que su sonrisa no fuera demasiado amplia.

—Bien —dijo y mirando hacia la fortaleza, señaló—: debemos alejarnos un poco. Tal vez Cas tenga que enviar a algunos guardias a buscarme.

Iria asintió con la cabeza, buscó en su bolso y sacó su ropa. Desvió la mirada mientras él se cambiaba. Aren dejó el uniforme del guardia hecho bola en el suelo.

—¿En verdad no te sientes insultado cuando la gente dice que eres *malo*? —preguntó Iria siguiendo el paso de Aren cuando empezaron a caminar hacia el sur.

—Ya me acostumbré —y tras una pausa, añadió—: me preocuparía darle miedo a alguien a quien conozco, como a ti.

—Sabes que tú a mí no me das miedo. ¿Recuerdas cuando visité el castillo de Ruina hace algunos años?

—Sí. Aquella vez no pasamos mucho tiempo juntos, ¿cierto?

—No, porque te dije que eras un bellaco arrogante.

Aren soltó una carcajada y el recuerdo empezó a cobrar forma en su mente.

—Es cierto. Espera, *¿bellaco?* ¿Me dijiste *bellaco*?

—Así es. Creo que no te va, ¿o sí?

—No mucho. Creo que habría preferido *idiota* o *sinvergüenza.*

Aren registró la zona pero aún no había soldados a la vista. Probablemente se estaban preparando para un ataque.

—¿Y por qué me dijiste así?

—Te reté a un duelo y dijiste que las peleas de espadas eran cosa de gente común.

—¿Eso dije?

—Sí.

—Lamento haber sido un bellaco arrogante.

—Está bien. De hecho creo que eso me agradó de ti.

—¡CASIMIR! —la voz de Jovita retumbó por toda la fortaleza cuando cruzó el vestíbulo pisando fuerte hasta llegar a la puerta donde el rey estaba—. ¿Qué hacía un ruino aquí hace unos momentos?

—No lo sé —y dirigiéndose a Galo, que estaba en el césped con algunos guardias, dijo—: organicen una búsqueda. Si lo encuentran, tráiganlo vivo. Tengo preguntas para él.

—¿Cuánta debilita tenemos? —preguntó Jovita.

—Muy poca —respondió un soldado—. Podemos disparar un cañón, pero no tendrá mucho efecto.

—Mejor guardémosla —dijo Cas—. Pasará un tiempo antes de que podamos entrar a Ruina a conseguir más.

—Lo sé —dijo Jovita bruscamente y, dirigiéndose al soldado, ordenó—: Por ahora nada de debilita. Quiero a todo mundo atento, y recibir un informe cada hora.

Cas la rozó al pasar junto a ella.

—Estoy seguro de que mis guardias podrán informarte de las novedades después de que me informen a mí.

Jovita lo siguió, pisando tan fuerte que Cas pensó que estaría canalizando su enojo hacia los pies.

—Era *Aren* —bufó ella.

—Eso oí.

Jovita lo tomó del brazo, obligándolo a detenerse y enfrentarla. Le dio unos golpes con el dedo en el pecho y le dijo:

—Sé que habló contigo.

—Vino a mi habitación, sí, pero por suerte mis guardias descubrieron que algo andaba mal antes de que pudiera hacerme daño.

—No soy estúpida, Cas. Yo sé que ese ruino estaba tratando de comunicarse contigo.

A Jovita se le dificultaba no gritar y Cas a duras penas pudo contener una sonrisa. Ver a su prima perder el control de la situación era lo más divertido que le había pasado en varios días.

—Aren me odia —respondió—. Varias veces lo ha dejado claro. No sé por qué querría hablar conmigo. Estoy seguro de que vino aquí a matarme.

—Cas —Jovita dijo su nombre como si estuviera hablando con un niño pequeño—: tenemos que trabajar juntos. Si ese ruino está planeando algo y no me dices…

—Si Aren está planeando algo, ¿no crees que es rotundamente estúpido entrar tan campante en la fortaleza y dejar que todo mundo se entere?

—¿Entonces qué hacía aquí? —gritó Jovita.

Cas se encogió de hombros.

—Si lo atrapamos, le preguntaremos. Pero se marchó sin ensuciarse las manos; creo que debemos considerarnos afortunados.

—Por favor, Cas —dijo ella poniendo los ojos en blanco.

—Por lo pronto, debemos ordenar a todo mundo que no se aleje de la fortaleza. No más exploradores después de que este grupo de guardias regrese. Enviaré a Violet y a algunos guardias a revisar la situación de la provincia del sur, pero todos los demás nos quedaremos aquí.

Jovita lo observó con suspicacia.

—Acaban de estar en la provincia del sur.

—Lo sé, pero Violet quiere regresar, es su territorio. No me sentiré bien si le ordeno quedarse aquí.

—Eres *el rey,* Cas. Aprende a dar órdenes a tu gente.

—Trabajaré en eso —dijo sonriéndole—. Hasta luego, Jovita.

Se alejó y encontró a Mateo parado en el vestíbulo. Cas le hizo señas para que lo siguiera, y lo mismo a Violet. Los llevó a la sala y cerró la puerta.

—Mañana Violet saldrá a casa de Franco —le dijo a Mateo—. ¿Podrás ir con ella?

—Sí —respondió Mateo enseguida.

—En el camino, te reunirás con Aren e Iria. Ellos los acompañarán.

—Aren e Iria —repitió Mateo.

—¿La respuesta sigue siendo afirmativa?

—Por supuesto.

—Les conseguiremos los caballos más rápidos que tengamos. Quiero a todo mundo aquí, listo para marchar en unos cuantos días —y dirigiéndose a Violet, preguntó—: ¿Puedes encargarte?

—Puedo, sí.

TREINTA Y SIETE

Olivia miró fijamente la hilera de guerreros que resguardaban la frontera de Olso. ¿En verdad creían que eso bastaba para detenerla?

Detrás de los guerreros estaban las montañas más altas que ella jamás hubiera visto. Donde Olivia estaba no nevaba, pero los picos de las montañas estaban blancos. Esperó que no tuviera que atravesarlas para llegar al castillo de Olso.

Jacobo estaba a su lado con los ojos muy abiertos de la emoción mientras contemplaba a los guerreros. Tras ellos había doscientos ruinos, casi todos los que tenían en Roca Sagrada. La mayoría parecían más atemorizados que emocionados, pero no tenían por qué temer.

A Olivia no le alegraba que hubieran secuestrado a su hermana, pero no podía evitar un estremecimiento que le recorría la columna de la emoción. Era su oportunidad de demostrar a los ruinos que ella merecía gobernarlos. Finalmente era ella la que se encargaría del rescate en vez de ser la presa débil sentada en una celda. Después de que derrotara a los guerreros, los ruinos nunca volverían a dudar de ella.

Ivanna la alcanzó y acopló su paso al de ella.

—Sabes qué haría Em en esta situación, ¿cierto? Negociaría.

—Em negociaría porque es inútil. Es su única opción.

—No es su única opción, es la que considera mejor.

—Yo no soy Em.

—Ya lo creo que no —refunfuñó Ivanna.

Olivia dio media vuelta. Ivana dio un paso atrás y los demás ruinos se detuvieron. Su enojo debía reflejarse en su semblante porque varios de ellos esquivaron su mirada.

—Si no quieren estar aquí, pueden marcharse —espetó—. Estoy segura de que Ivanna estaría encantada de llevarlos de regreso a Roca Sagrada.

—Estoy aquí para rescatar a mi reina —dijo Ivanna en voz baja.

—¡Eso es precisamente lo que yo estoy haciendo! Y quisiera señalar que yo nunca pedí la ayuda de los guerreros. Em no estaría en este lío si me hubiera escuchado.

Ivanna bajó la mirada, pero varios ruinos señalaron estar de acuerdo con un movimiento de cabeza.

—Ya nada está abierto a discusión —dijo Olivia—. Yo soy su reina y harán lo que yo diga sin cuestionar. Si tienen un problema con eso, pueden regresar y arreglárselas solos.

Nadie se movió. Tuvo que resistirse a la urgencia de actuar con petulancia.

—Bien. Ya no somos amigos de los guerreros. *De ninguno.* Matarán a todos los que vean. Pueden llevarse lo que quieran, pero nos ocuparemos de los suministros después de haber matado a la familia real.

Quizá podrían incluso tomar el castillo. Nunca se había imaginado viviendo en Olso, pero no era tan mala idea. No estaba muy lejos de Ruina, y así no tendría que esperar años hasta que se construyera su propio castillo.

Miró seriamente a los ruinos.

—Pónganse detrás de mí y eliminen a los guerreros que me sobrevivan.

Dio media vuelta y se dirigió hacia los guerreros a grandes zancadas. Los ruinos la siguieron.

Observó la hilera de hombres y mujeres vestidos de rojo. Ni siquiera tenían la decencia de lucir nerviosos. La mayoría veía con interés a los ruinos que se aproximaban, como si no creyeran tener motivo para estar asustados.

Olivia cerró el puño. Eso podría arreglarlo.

Un guerrero dio un paso al frente cuando ella se acercó.

—Su majestad, tenemos…

El hombre voló por los aires y sus gritos se fueron perdiendo mientras se alejaba. Uno por uno, Olivia levantó a los guerreros por los aires y los arrojó. Los rostros se crisparon de horror. Algunos intentaron correr.

Eso les enseñaría a tenerle miedo.

Elevó a los últimos guerreros y los lanzó lejos. Los cuerpos cayeron al suelo con ruidos sordos.

—Esa vía conduce al castillo —dijo Mariana señalando unas barras de metal entre la tierra que desaparecían a lo lejos—. Tomé la máquina la primera vez que vine, pero no parece que esté aquí.

Olivia, frustrada, exhaló largamente. Había algunos caballos atados a un poste pero no podía montarse en uno y abandonar al resto de los ruinos: necesitaban su protección.

—Iremos a pie —dijo caminando hacia las vías.

Una mujer de rostro adusto condujo a Em a su habitación. Tenía un tamaño imponente, con una cama gigante cubierta con un edredón blanco suave y esponjoso, un armario alto y una mesa contra una pared. Sobre la mesita había fruta, pan y té. Su estómago gruñó.

—Su ropa está en el armario —dijo la mujer. Se paró frente a la puerta con los brazos cruzados—. En un momento vendrá una doncella con agua para su baño. Mientras tanto, grite si necesita algo —salió y cerró la puerta. El chasquido de la cerradura resonó en la habitación.

Em tomó un trozo de pan y abrió el cajón del armario. Había ahí colgados dos pares de pantalones y dos casacas rojas. Em suspiró pensando en los bonitos vestidos que había tenido en Lera. Se preguntó si seguirían allí.

Una joven le llevó el agua para su baño y salió sin decir palabra. El agua estaba helada. Em se bañó en un suspiro y se vistió. Aquella ropa era suave y cómoda, y tenía dos espadas cruzadas, el símbolo de Olso, cosidas en el flanco izquierdo. Puso los ojos en blanco. Seguramente Lucio pensó que su broma era muy divertida.

Sonó un golpe en la puerta y exhaló enojada.

—¡Estoy encerrada, idiotas! —gritó.

Un hombre rio y la cerradura emitió un chasquido. Se abrió la puerta y apareció George.

—Hola. He sido designado para hacer contigo un recorrido al castillo antes de la cena. Pensamos que quizás a mí me odiarías un poco menos que a mis hermanos.

—¿Y qué te hace pensar eso?

—Bueno, yo no te he secuestrado ni he amenazado con invadir tu reino, así que debo ser de mayor agrado que August o Lucio.

—Escasamente.

—Maravilloso. Sígueme.

Pensó en negarse, pero necesitaba tener una idea del trazo del castillo. Quizá podría encontrar una espada para decapitar a August.

Salió de la habitación y caminó pesadamente detrás de George. Tras la puerta se encontraban dos guerreros que se enderezaron ante ella.

—Comencemos por el ala este —dijo George mientras bajaban las escaleras—. Creo que te va a gustar.

Atravesaron la habitación abierta al pie de las escaleras, por donde Em había entrado, y caminaron por un pasillo poco iluminado. El ambiente del castillo era bullicioso; había risas y parloteo. Miró atrás: un niño cruzó a toda velocidad y desapareció.

George abrió una puerta y el pasillo se inundó de luz. Al entrar, Em se encontró en una gran habitación con paredes casi atiborradas de pinturas y retratos. En medio, había una zona para sentarse pero, a juzgar por los prístinos sillones rojos, no se usaba muy a menudo.

Inmediatamente llamó su atención una pintura en la pared de su izquierda. Era tan alta que abarcaba de piso a techo. Representaba a una mujer con un vestido negro intrincado y guantes de encaje, con el cabello negro suelto envolviéndole los hombros. Tenía una mano en la cintura y le dirigía al observador una mirada que parecía sentir algo de diversión y algo de desagrado. Em conocía bien esa expresión. Era su madre.

—¿Por qué tienen un retrato de mi madre? —preguntó dando grandes zancadas hacia él.

—Fue un regalo.

—¿De quién?

—De Wenda Flores.

Em trató de contener una carcajada.

—¿Mi madre envió una pintura de sí misma?

—Era una mujer muy especial, ¿cierto? —comentó George con una sonrisa.

Por decirlo de alguna manera, sí. Em levantó la mirada hacia el rostro de su madre: era un buen retrato. Esperaba sentir tristeza pero no; se movió incómoda y frotó su collar con un dedo. Olivia se parecía muchísimo a su madre, en más de un sentido.

—¿Cuándo lo envió?

—Han pasado casi diez años, creo. A mi padre le encantaba. Le resultaba muy divertido.

—No me digas.

—En verdad. Un tiempo lo exhibió en su biblioteca personal. Lo mostraba a todo mundo.

—Nada como una alianza con Wenda Flores para aterrar a las visitas.

George rio.

—Exactamente, pero a Lucio no le agrada tanto. Él mandó ponerlo aquí. Dice que su expresión le incomoda.

—Estoy segura de que eso es lo que mi madre se proponía —susurró Em.

—Ven, hay mucho más que ver. Puedes volver aquí después de la cena, si así lo deseas.

Salió de la habitación detrás de él, pero volteó para echar un último vistazo a la pintura. La verdad sea dicha, la expresión de su madre también le incomodaba un poco a ella.

George la condujo por todo el castillo, a las salas de reuniones, los salones de baile, los gimnasios para el entrenamiento (de ésos había muchos). Descubrió un abrecartas en la mesa de trabajo de una de las salas de reuniones y se lo metió en el bolsillo. Con él podría cortarle el cuello a August si lo empujaba con fuerza.

La familia ya estaba sentada cuando George la llevó al comedor. Un sirviente la condujo a la silla entre Lucio y su esposa.

—¿Qué tal el recorrido? —preguntó él.

—No es tan bonito como el castillo de Lera —dijo sonriendo.

Al otro lado de la mesa, August puso los ojos en blanco y dijo:

—De todas formas, ese castillo ahora es nuestro.

Un empleado puso un plato de comida frente a ella. Em levantó el cuchillo y se lo clavó al pollo con más vigor del necesario.

—El pollo ya está muerto, Em —dijo August, lo que provocó muchas risas de sus hermanos y sus cónyuges.

—Estaba imaginando que era tu rostro —le dijo a August.

George estalló de risa.

—Me agrada, Auggie. Qué lástima que no la hayas convencido de casarse contigo.

—Yo no debería haberla tenido que convencer de nada —dijo August.

Em lo miró arqueando una ceja. August bajó el tenedor y la miró a los ojos.

—Oh-oh —dijo Dante. El segundo príncipe más joven de Olso se burló mientras llevaba su mirada de uno a otro.

—Deberías estar agradecida de que haya querido casarme contigo —dijo August.

—Sí, sí, lo sé. Fuiste tan generoso al aceptar casarte conmigo y yo debería caer a tus pies y darte las gracias por haberme secuestrado.

—La traición tiene un precio —resopló August ensanchando las fosas nasales.

—Todos ustedes están a punto de descubrir exactamente cuán alto es —añadió Em.

—E incluso dejando de lado las ventajas políticas, les era conveniente —dijo August haciendo caso omiso del último comentario—. No eres muy bonita que digamos, y eres ruina. Todavía existe la posibilidad de que te salgan algunas de esas marcas espantosas y luzcas todavía peor.

—August —dijo Lucio bruscamente—, no hay necesidad de ser tan descortés.

—Nunca van a salirme marcas ruinas —dijo Em—, pero si hubiera sabido que te resultan tan poco atractivas habría deseado tenerlas con más intensidad.

August farfulló algo que Em no alcanzó a escuchar.

Ella se inclinó hacia adelante, puso los codos en la mesa y dijo:

—Déjame hacerte una pregunta. ¿Me secuestraste porque te traicioné o simplemente estás haciendo un berrinche porque te rechacé?

Su expresión avinagrada dejaba en claro la respuesta. Riendo, Em volvió a levantar el tenedor.

—¿Y qué tiene Casimir que él no tenga? —preguntó George con voz divertida. August puso cara de pocos amigos.

¿Todo? No sabía por dónde empezar. Ya no tenía palabras para Cas. Ahora *amable, razonable* y *considerado* no parecían siquiera suficientes. Podía pasar una hora explicando todo sobre él: su disposición para quedarse con ella, su entereza cuando decidió volver a la fortaleza, la manera como sus labios se curvaban en una sonrisa cuando amanecía con ella a su lado, su expresión determinada cuando dijo que iba a matar a Jovita aun cuando ella en el fondo sabía que sería incapaz... y aun así, los presentes remotamente lo entenderían.

Los ojos se le llenaron de lágrimas y levantó la vista de su plato, permitiendo que el resto de la mesa la mirara. Que ésa fuera la respuesta.

—Dejen de fastidiar a nuestra invitada —pidió Lucio.

—Prisionera —lo corrigió Em.

George rio y le dio unas palmaditas a Dante en el hombro.

—¿Y qué nos dices de Dante, Emelina? ¿Te gusta su aspecto? En verdad, me gustaría casarte con uno de mis hermanos. Las cenas serían mucho más interesantes.

—Declinaré tan encantador ofrecimiento. En verdad no hará falta, pues todos morirán cuando llegue Olivia.

La esposa de Lucio se detuvo con el tenedor a medio camino de su boca y le lanzó a su esposo una mirada de preocupación. Él sacudió la cabeza y le dio unas palmaditas en la mano.

—Además, creo que mi hermana tenía razón —prosiguió Em—: no debí haber considerado la alianza. Nada hicieron para socorrernos cuando estábamos siendo exterminados. Sólo nos quieren cerca cuando les conviene.

George tuvo la consideración de removerse incómodo en su asiento, pero Lucio movió la mano como restando importancia al asunto.

—En ese entonces no estábamos en condiciones de ayudar.

—Oh, seguro que no.

Lucio cambió de tema; Em se metió un trozo de carne en la boca y dejó de prestarles atención. ¿Qué habría pasado si hubiera escuchado a Olivia y enviado a los guerreros a empacar sus cosas? Por lo pronto, no estaría atrapada en el castillo de Olso.

Sin embargo, no estaba segura de que hubieran podido invadir Roca Sagrada, o quizá los soldados de Vallos podrían haber recuperado la ciudad cuando atacaron. Los ruinos podrían haber muerto de hambre sin ayuda de los guerreros.

Eso sí agradecía a August, aunque tampoco pretendía decírselo. Ya bastante engreído era sin necesidad de que ella le echara la mano.

Levantó la mirada, se dio cuenta de que él la estaba observando y una sonrisa iluminó su rostro.

—¿Qué pasa? —preguntó él.

—Nada: que estoy muy agradecida de no tener que casarme contigo. Me siento muy orgullosa de lo lista que soy.

La mesa volvió a estallar en carcajadas.

TREINTA Y OCHO

"Em, *¡despierta!"*

—¡Emelina! ¡Despierta!

"¡Están atacando! ¡Tenemos que irnos!"

La voz de Damian resonaba en los oídos de Em mientras ella luchaba por escapar de las garras del sueño. ¿Qué hacía Damian en su habitación?

Se incorporó jadeando. August estaba junto a su cama; el farol que llevaba en la mano iluminaba su rostro aterrorizado.

—Olivia está aquí —dijo—. Necesitamos que hables con ella. Pronto, antes de que mate a alguien más.

—Se los dije —comentó Em, mirándolo mientras se quitaba las cobijas.

—¿Puedes apresurarte? No quiere escuchar a nadie.

Em se puso los pantalones. August caminó a la puerta y la dejó a oscuras mientras se arrancaba el camisón y se ponía la blusa y la chaqueta que Lucio le había dado. Se calzó las botas y corrió al pasillo a encontrarse con August.

Al salir le llegaron gritos provenientes de abajo y de afuera. Olía humo.

Damian se estiró para tomarle la mano: "Quédate conmigo. No me sueltes la mano, pase lo que pase".

Em respiró entrecortadamente y cerró los ojos hasta que la imagen de Damian parado frente a ella se disipó.

August la tomó de la muñeca y bruscamente la jaló a las escaleras. Las bajaron corriendo, luego cruzaron el pasillo. En la entrada principal había un grupo de gente en medio del humo: Lucio y su familia. Tres niños apiñados, uno de ellos aferrado a la pierna de George.

—¿Dónde está? —preguntó Em a Lucio.

—Afuera. Voy contigo.

—No es buena idea.

Él le lanzó una mirada que decía claramente que no le importaba. Corrió a la puerta; de todas partes salían guerreros para acompañarlos. Em se preguntó si en verdad creían que podrían mantener a salvo a su rey.

El aire frío escoció su rostro cuando las puertas se abrieron. Dio un grito ahogado al ver la escena frente a ella.

Más de cien ruinos se dirigían al castillo. El puente levadizo seguía arriba, así que muchos atravesaban el foso a nado, con cadáveres de guerreros flotando a su alrededor. Las antorchas que flanqueaban el portón del castillo estaban encendidas y proyectaban un brillo amarillo sobre el agua.

Una buena cantidad de ruinos habían llegado a tierra, llevaban antorchas en las manos y usaban su magia para avivar el fuego que ya empezaba a lamer un flanco del castillo.

Olivia estaba en pie cerca de la orilla del foso, con la ropa chorreando y pegada a su cuerpo. Debía estarse congelando.

—¡Olivia! —gritó Em corriendo hacia ella.

Olivia se giró. Estaba pálida, con los labios azules, pero los ojos brillantes y furiosos.

—Estoy bien —dijo Em tomando la mano de su hermana—. Por favor, detente.

Olivia miró a Em de arriba abajo, como para confirmar que en verdad estuviera sana y a salvo.

—¿Por qué?

Em no tenía una buena respuesta a eso. En todo caso, no una que pudiera convencer a Olivia.

—Vámonos ya —dijo apretándole más la mano.

—Olivia —la voz del rey Lucio al acercarse a ellas era cautelosa—. Soy el rey Lucio y…

—¡Oh, qué bien! —Olivia soltó la mano de Em y miró el pecho de Lucio entrecerrando los ojos. El corazón del rey brotó en un segundo. Lo atrapó y lo arrojó a sus espaldas por encima de su hombro—. Pensé que iba a ser más difícil encontrarlo.

Em se cubrió la boca con una mano. El cuerpo de Lucio cayó al suelo con un golpe sordo. Nadie podía decir que no se lo había advertido.

Cundió el pánico cuando los guerreros se percataron de que Lucio estaba muerto. Los gritos de sus hermanos se elevaron por encima de todo el estruendo. Em quiso cubrirse los oídos.

Olivia empezó a avanzar directamente hacia el resto de la familia real. Em la tomó del brazo.

—No lo hagas —suplicó. La familia se dispersó en todas direcciones.

Olivia se liberó con una mirada fulminante.

—¿Estás hablando en serio? Te secuestraron, nos traicionaron, tal como te dije que harían.

—Así no lograremos nada —a Em el corazón le latía con fuerza y el humo ya le estaba irritando las fosas nasales. No quería volver a hacer eso; ya una vez había escapado.

—Lo intenté a tu manera —dijo Olivia—. Ya me cansé de tratar de razonar con esta gente. Sólo así entienden —y levantó el brazo apuntando en una dirección. Em siguió su dedo. George se detuvo y la cabeza se apartó de su cuerpo.

Entonces explotó. En un momento Em estaba parada junto a Olivia y al siguiente estaba tumbada sobre la hierba cerca del castillo. Intentó levantar la cabeza pero el mundo parecía haberse inclinado. Sus oídos zumbaban.

¿Por qué de repente hacía tanto calor?

¿Por qué le ardía el brazo?

Pestañeó. Algo le goteaba en los ojos.

Cerca de ahí alguien jadeaba: August. Estaba frente a ella arrancándose la chaqueta. Echó su cuerpo sobre el de ella.

El mundo de pronto volvió a ser claro. Su costado izquierdo estaba en llamas.

August ya había apagado el fuego en el instante en que Em se dio cuenta de lo que estaba pasando. Él se levantó con dificultad e hizo un gesto de dolor cuando echó un vistazo al cuerpo de Em. Ella siguió su mirada a su brazo izquierdo, donde la chaqueta se había quemado junto con una buena porción de su costado.

Apenas sentía el dolor que irradiaba de su brazo. En vez de eso, el pánico y la conmoción reverberaban por todo su cuerpo.

August seguía mirándola fijamente. Ella se pasó el brazo sano por la frente. Sangre.

—Te lo advertí —dijo Em. Las palabras brotaron más tristes de lo que ella se había propuesto.

El rostro de August se arrugó.

—Lo siento. Lo siento.

Em sacudió la cabeza para indicarle que corriera. Él partió de inmediato y desapareció al girar en un costado del castillo.

Em se puso en pie dificultosamente y entrecerró los ojos en medio del humo. ¿Qué había causado esa explosión?

—¿Em? —la voz aterrorizada de Olivia atravesó los gritos alrededor. Se detuvo frente a su hermana con los ojos muy abiertos para examinarla. Ella estaba cubierta de tierra pero parecía prácticamente ilesa—. Yo lo arreglaré —levantó cuidadosamente el brazo herido de Em. Se inclinó hacia adelante para ver las heridas de su espalda.

Em se sacudió de encima el brazo de Olivia. El dolor fue de pronto tan agudo que todo se tornó negro.

—¿Que tú *lo arreglarás*? —dijo con voz estridente.

—Tranquila —dijo Olivia bruscamente—. Te curaré y encontraré a un ruino que te proteja mientras terminamos con esto.

—¡No necesitaría protección si no hubieras llegado marchando para asesinar a su rey!

Em trató de enfocar los cadáveres tendidos en el suelo. Cerca de ellas, un cadáver tenía marcas ruinas que serpenteaban por su brazo. Ella no era la única que necesitaba protección.

—Él se lo buscó —Olivia hizo un gesto con el brazo para señalar algo a espaldas de Em.

A continuación se oyeron gritos. Em no volteó a mirar los cuerpos. Una risa histérica le bullía en el pecho.

—Nuestra madre solía decir eso, ¿no es cierto? Todo mundo siempre se lo buscaba. Supongo que también ella se lo buscó.

—¡Em! —dijo Olivia con la voz entrecortada.

El brazo de pronto comenzó a arderle con tal intensidad que le costaba mantenerse en pie. Su visión comenzó a nublarse de nuevo.

—Sabía que vendrías. Les advertí que destruirías todo a tu paso. ¿Y quieres saber qué es lo peor? Una parte de mí esperaba que no vinieras —las palabras brotaron de su boca casi contra su voluntad. Olivia parecía haber recibido una bofetada—. Una parte de mí no soportaba la idea de que mataras a más gente. Asesinaste *niños* aquí, Liv. ¿Es así como actúa una reina?

Olivia la fulminó con la mirada.

—¿Quién eres tú para sermonearme sobre lo que hace o no una reina? Tú eres reina sólo porque yo lo permití…

Otra explosión sacudió el suelo y ahogó sus palabras. Olivia se había ido. Em ya no estaba en pie. La hierba le hacía cosquillas en el rostro. Trató de rodar para quedar de espaldas pero era demasiado esfuerzo. La oscuridad se cernía sobre ella; era mucho más fácil dejar que la arrastrara.

Cerró los ojos.

TREINTA Y NUEVE

El hombre se paró en seco en cuanto detectó a Aren y adoptó una expresión con la que probablemente pretendía enmascarar su miedo. No lo consiguió.

—Hola, Franco —dijo Violet adelantándose a Aren y a Iria, y acercándose a la casa que se elevaba frente a ellos.

Aren se tocó el cuello. Iria le había informado de las dos nuevas marcas ruinas que serpenteaban en un costado de su cuello y lo hacían mucho más notorio que antes. No le importaba.

—Ven —dijo Iria en voz baja dándole la mano. Dejó que ella tirara de él para cruzar la alta verja de hierro y acercarse al hombre asustado.

—Franco, te presento a Aren —dijo Violet—. Y a Iria, exguerrera de Olso.

Franco los miró.

—Me trajiste a un ruino y a una guerrera de Olso. No deberías haberlo hecho, Violet —un lado de su boca se levantó.

—También te traje a dos guardias reales y un mensaje del rey Casimir —dijo Violet señalando a Mateo y a Ric, que estaban llevando a los caballos por la verja detrás de ellos.

Franco volteó y señaló la casa con una sacudida de cabeza.

—Entren.

Aren vaciló por un momento sin saber si se refería a todos, pero Violet hizo un gesto para que Iria y él la siguieran.

Tres niños se amontonaron en torno a la puerta cuando se acercaron. Todos se le quedaron viendo a Aren.

La niña y el niño más grande retrocedieron, pero el más pequeño levantó la barbilla con la boca abierta.

—¿De qué clase eres? —preguntaron.

—Bruno, no seas grosero —dijo Franco bruscamente.

—No pasa nada —dijo Aren, supo que lo decía en serio. El niño lo miraba fijamente pero con interés, no miedo.

—Primero, preséntate —le dijo Franco al niño.

—Soy Bruno.

—Aren. Éstas son marcas ruina, en mi cuerpo.

Los ojos de Bruno se abrieron como platos.

—¡Ésa es la mejor! —dijo el niño, señalando a la espiral en su cuello.

—Gracias. Pienso lo mismo —dijo Aren sonriendo.

Bruno extendió la mano y pidió:

—Haz que se mueva. Puedes, ¿cierto?

Franco, con una risita, se interpuso entre ellos y se llevó a Bruno con su hermano y su hermana.

—Niños, ¿por qué no van un rato arriba? Necesito hablar con nuestros invitados.

Los niños subieron corriendo. Bruno se giró para decir adiós con la mano a Aren. Él levantó la mano antes de volverse para quedar frente a Franco.

—No habría usado mis poderes en él sin su permiso —dijo Aren en voz baja.

—Lo agradezco. Es mejor que no lo haga.

Franco le hizo una señal a una mujer que estaba parada junto a las escaleras. La presentó como su esposa, Esperanza, e hizo pasar a todos a la sala.

Aren se sentó junto a Iria. La habitación era grande y soleada, con muebles de colores brillantes, pero posó la mirada en la pequeña estatua de un ancestro que había en la mesa junto a él. Podía jurar que esas estatuas lo estaban siguiendo.

Se movió para alejarse de la estatua. Su hombro rozó el de Iria. Se movió nervioso en su asiento mientras Violet explicaba el plan de Cas de llevar un ejército al norte.

Iria mantenía una mano sobre su muslo y daba rápidos golpecitos con los dedos en sus pantalones. Aren colocó la mano sobre la suya.

—Pareces nerviosa —le dijo entre dientes.

Violet, Franco y Esperanza estaban enfrascados en una conversación con Mateo y Ric sobre cómo reunir al ejército y no parecía que necesitaran ayuda.

—Estoy nerviosa —susurró.

—Quise decir avergonzada. Pareces sentir culpa.

—Eso también —y señalando a Violet y Franco dijo—: confían en nosotros.

—Por lo visto —arqueó una ceja—. ¿Deberían?

—¿Sí? —rio suavemente—. Sólo que…

—Aren —la voz de Violet cortó las palabras de Iria y ambos voltearon a verla—. ¿Puedes ir con Franco, Mateo y Ric a reunir a toda la gente posible? Planearemos una ruta para que estén de regreso esta noche.

—¿E Iria y tú?

—Aquí nos quedaremos. Alguien tiene que recibir a la gente que llegue.

Aren miró a Iria, sin decidirse a dejarla.

—Está bien —dijo ella.

—Yo la cuido —aseguró Violet—. Lo primero que haremos es ocultar esa espada para que nadie sepa que eres una guerrera.

—Exguerrera —corrigió Iria en voz baja.

—Eso. No lo pregonemos.

—Claro. Entiendo.

Violet se puso en pie.

—Muy bien. ¿Estás listo, Aren?

—¿Ya? —preguntó él.

—Desafortunadamente no hay tiempo que perder. Juntaré algo de comida para que se la lleven.

Él asintió con la cabeza y se puso en pie. Iria lo siguió a la puerta.

—¿Estás segura de que estarás bien? —preguntó.

—Creo que sí —y sacudiendo la cabeza hacia Violet observó—: parece buena gente.

Se acercó un poco más.

—¿Qué ibas a decir antes? Dijiste que pueden confiar en ti, pero había algo más.

—Tú puedes confiar en mí —dijo ella con firmeza—. Cuando te elegí no pensé en lo que eso significaba. Tiene sentido que los ruinos hayan recurrido a Lera cuando los traicionamos, sólo que nunca imaginé que me enrolaría en el ejército de Lera.

Él tragó saliva; las palabras *Cuando te elegí* vibraban en todo su cuerpo.

—¿Te arrepientes? —le preguntó en voz baja—. Puedes marcharte cuando quieras. Lo sabes, ¿cierto?

—Lo sé. Ya te dije que no me arrepiento.

—¿Listo? —preguntó Mateo y alargó la mano para abrir la puerta. Aren asintió.

—Buena suerte —le deseó Iria.

Mateo y Ric salieron por la puerta y la dejaron abierta. El sol bañaba el rostro de Iria.

Aren volvió a tomar su mano por un momento. La apretó porque no encontraba las palabras adecuadas. Ella sonrió. Al alejarse, él miró tres veces atrás para poder memorizar esa sonrisa.

CUARENTA

Cas tenía una maleta empacada. Había preparado al personal y a la guardia para partir de un momento a otro. Estaba constantemente mirando al sureste, esperando que Violet regresara.

Lo único que no había hecho era matar a Jovita.

Intentaba convencerse de que nunca había tenido la oportunidad. Rara vez estaba a solas con ella.

La realidad era que no había buscado esa oportunidad. Violet tendría que haber regresado el día anterior, así que, si era en serio lo de que mataría a Jovita, ya tendría que haberlo hecho.

En medio de un suspiro recargó la cabeza en la fría piedra de la torre. Estaba en el punto más alto de la fortaleza con Galo y otro guardia, esperando a Violet. La torre circular estaba completamente vacía, con nada más que una ventanita en un lado, pero Cas se sentía apretujado. Estaba deseoso de salir de ahí.

—Vendrá —dijo Galo malinterpretando el suspiro de Cas.

—¿Crees que Jovita intentará detenernos? —preguntó Cas con cautela, consciente de la presencia del otro guardia.

Galo lo miró a los ojos con gesto compasivo. No respondió: sólo lo observó con una expresión que Cas no alcanzó a comprender.

—Su majestad —dijo emocionado el otro guardia y señaló algo afuera de la ventana.

Cas apoyó las manos en la parte inferior de la ventana y se inclinó hacia adelante para mirar tan lejos como le fuera posible. Detectó cientos de personas cabalgando hacia la fortaleza, más de los que podía contar. Al frente y al fondo del grupo se ondeaban las banderas de Lera.

Cas salió de la torre al instante y bajó corriendo las escaleras. Galo se quedó con él pero el otro guardia salió a informar al resto de la fortaleza.

Un soldado pasó junto a Cas camino al salón. La voz de Jovita los alcanzó un momento después.

—¿Banderas de Lera? —preguntó.

—Sí. Del sureste —dijo el soldado.

Jovita salió del salón y se detuvo en seco al ver a Cas.

—¿Sabes algo de esto? —preguntó.

Él salió dando grandes zancadas; unas pisadas correteaban tras él. Miró atrás; guardias y soldados pasaban rozando a Jovita para seguirlo a él.

—¡Abran el portón! —gritó. Uno de los guardias de la entrada vio más allá de Cas, confundido, pero los otros obedecieron de inmediato.

—¡Cas! —Jovita lo tomó de la manga de la camisa y lo obligó a girar—. ¿Qué estás haciendo?

—Yéndome —dijo sacudiéndosela—. Iremos al norte a recuperar el castillo. Cualquier soldado o consejero es bienvenido si quiere venir conmigo. Tú no.

Su prima abrió la boca como si fuera a discutir, pero su mirada se topó con algo detrás de él que la hizo palidecer.

Cas se giró. El ejército se acercaba al portón. Violet iba al frente, con Franco a un lado. Un hombre caminaba frente a ellos, el hombre que había llamado la atención de Jovita: Aren.

—¡El *malo* regresó! —gritó Aren mientras extendía los brazos y cruzaba el portón. Jovita retrocedió con torpeza y entre dientes dio una orden a algunos cazadores.

Aren la señaló y dijo:

—No me obligues a matarte.

Luego caminó hacia Cas con una discreta sonrisa en el rostro. Cas no creía haber visto antes a Aren sonreír. En todo caso, nunca frente a él.

—¿Em? —preguntó Cas.

Aren negó con la cabeza.

—No las he visto, ni a Olivia ni a ella.

Cas trató de que el pánico que irradiaba su cuerpo no se reflejara en su rostro. ¿Y si ésa había sido la última vez que la viera? ¿Y si él había permitido que esos guerreros se la llevaran y le hicieran daño?

Todo mundo lo estaba observando. No tenía tiempo de desmoronarse por Em en ese momento; tenía que creer que ella estaría bien para que él pudiera concentrarse en la tarea que tenía entre manos. Es lo que ella haría en su lugar.

Julieta y Danna salieron de la fortaleza con la general Amaro. Ella disminuyó la velocidad al reconocer a Aren, pero saludó a Cas con la cabeza. Las soldados se acomodaron detrás.

—Si algún otro consejero desea unirse, hágalo con toda libertad —dijo Cas a la multitud que seguía en torno a Jovita—. Si no vienen ahora, les prometo que nunca más serán bienvenidos en el castillo.

Cas pasó junto a Jovita hacia la puerta con Aren de un lado y Galo del otro. Cascos de caballos golpeaban el suelo.

Mateo desmontó de un brinco y caminó hacia Cas. Ya había sujetado la bolsa de Cas a la silla.

—Gracias —dijo Cas y tomó las riendas.

Un grupo de cazadores corrían con la espada desenvainada hacia los empleados que salían de los establos a lomo de caballo. Cas los señaló.

—¿Te importaría?

—De ninguna manera —dijo Aren tomando a Cas de la muñeca—. Será un minuto.

Cas lo miró confundido, pero Aren ya estaba concentrado en los cazadores. Salieron volando por los aires y aterrizaron amontonados a los pies de Jovita.

—¡Mmmm! —comentó Aren mirando con el ceño fruncido el lugar donde sus dedos habían rodeado la muñeca de Cas—, eso es inquietante.

—¿Qué?

Aren lo soltó.

—Nada. Vámonos de aquí. A menos que… —y señalando a Jovita preguntó—: ¿Necesitas ocuparte de algo antes de que partamos?

Cas se protegió los ojos del sol y miró a su prima. Parecía paralizada, con una expresión más impactada que furiosa. Desenvainó la espada pero la dejó apuntando al suelo mientras se acercaba a ella. Jovita estaba desarmada y sus ojos alternaban entre la espada y el rostro de Cas.

Él se detuvo frente a ella.

—¿Me envenenaste?

—Ya te dije que no.

—¿Estás mintiendo?

Hizo una mueca y respondió:

—¿Para qué preguntas si supondrás que mentiré? —y vio su espada—. ¿O acaso vas a usarla si crees que no digo la verdad?

—Puede ser que lo haga de cualquier manera.

Ella se inclinó hasta que sus narices casi se tocaron.

—Hazlo. Si estás tan seguro de que yo te envenené, mátame frente a todos. Demuestra que eres tan fuerte como tu padre.

Cas hizo una aspiración brusca. Jovita esbozó media sonrisa, como si sus palabras hubieran surtido exactamente el efecto planeado.

Cas retrocedió y envainó la espada.

—Quizá prometí a Emelina que te mataría para salvarte —rio—. Creo que ni siquiera me di cuenta de que era eso lo que planeaba.

Jovita parpadeó.

—¿Que hiciste qué?

—Le dije que te mataría —extendió los brazos y se encogió de hombros—. Supongo que no soy tan fuerte como mi padre.

Se apartó de ella y caminó hacia su ejército. Dio una palmadita a Aren en el hombro.

—Vamos.

Em estaba moviéndose. ¿Adónde iba?

Sentía los ojos como si estuvieran pegados, pero se las arregló para abrirlos. Luz de día. Guerreros. Otra vez estaba en la máquina que no necesitaba ser tirada por caballos para avanzar. Tenía la cabeza recargada en el hombro de alguien.

Se sentó bruscamente. Su lado izquierdo reclamó. Su chaqueta estaba desgarrada del hombro y unas vendas cubrían su brazo. El dolor irradiaba a través de su extremidad y llegaba a la espalda, pasando por el costado. Trató de contener las lágrimas.

—¡Está despierta!

Miró con los ojos entrecerrados al guerrero a su lado. Era joven; no le resultaba conocido.

—¿Cómo se siente? —preguntó él y se acercó para revisar su frente—. Me preocupaba ese golpe en la cabeza.

Ella se tocó la frente delicadamente y sintió un gran chichón junto al nacimiento del cabello. El dolor de las quemaduras casi eclipsaba las punzadas de su cabeza, pero ahora que había prestado atención a eso, se sintió mareada.

—¿Adónde vamos?

—A Lera. El rey August nos ordenó que la lleváramos al otro lado de la frontera.

—¿El qué? ¿El *rey* August? Giró la cabeza demasiado rápido y el mundo se fue de lado.

—¿Y los ruinos? ¿Adónde fueron?

—Se retiraron al amanecer.

—¿Y estaban...? —Em tragó saliva. ¿Seguía viva su hermana?—. ¿Por qué se retiraron? ¿Sufrieron pérdidas?

—Algunas. No tantas como nosotros.

El carro se detuvo en medio de chirridos; el guerrero se puso en pie y estiró los brazos hacia arriba. Inclinó la cabeza hacia Em y le dirigió una dura mirada.

—Su hermana seguía viva, hasta donde yo supe. Ella ordenó la retirada de los ruinos después del incendio.

¿Que Olivia la había dejado? ¿Simplemente se retiró y dejó a Em con los guerreros? Sus ojos se llenaron de lágrimas.

—El príncipe... *el rey* August me pidió que la cuidara personalmente. Me dijo que tratara sus heridas y la condujera ilesa del otro lado de la frontera.

Em pestañeó, desconcertada. Quizás el golpe en la cabeza había sido más fuerte de lo que había supuesto.

—Vamos. ¿Puede caminar? No se preocupe —el guerrero se inclinó y la levantó en brazos. Em reprimió un gemido cuando el movimiento desencadenó una nueva sensación de dolor en todo el cuerpo.

El guerrero caminó a una carreta tirada por caballos cerca de las vías.

—Vamos a Ciudad Gallego. Puede ir todo el camino con nosotros o puede bajar antes, usted decida —se detuvo en la parte trasera del vehículo y con cuidado la subió—. El rey August me pidió que le diera un mensaje.

—¿Qué mensaje?

—Dice que lamenta haberla traído a Olso a la fuerza y que nunca más será bienvenida aquí.

Em miró las montañas detrás del soldado. Aun si hubiera tenido la fuerza para pelear con él, ni siquiera quería tomarse la molestia. Quizás Olivia seguía en Olso, pero Em de ninguna manera volvería a correr tras ella.

—Quiero ir al Fuerte Victorra —le dijo al guerrero.

—Muy bien. Pasaremos por ahí de camino, así que puede hacerse.

—¿Por qué van a Ciudad Gallego? —preguntó, pero él la ignoró y dio media vuelta para mirar hacia el camino y conducir los caballos.

Em se reclinó y recargó la cabeza en la madera. Había otras personas con ella en el vehículo y cerró los ojos para no tener que hablar con nadie.

Estuvo dormitando todo el camino; la carreta avanzaba tan rápido que por momentos se sentía enferma. Los guerreros tomaron muy pocos descansos, así que cuando la carreta se detuvo, Em se incorporó sobre su asiento.

La puerta se abrió y vio al guerrero de antes, éste le hizo señas con un dedo.

Ella plantó los pies en el suelo. Sus piernas estaban débiles, pero se las arregló para mantenerse en pie.

—Ésta es su parada —dijo él.

Em inspeccionó los exuberantes árboles a su alrededor. No tenía idea de dónde estaba.

—¿A qué se refiere? —preguntó un hombre en el vehículo. Avanzó a gatas y miró a Em y al guerrero—. ¿Por qué va a dejarla aquí?

—Está bien —dijo Em en voz baja. Por lo visto nadie en la carreta sabía quién era.

—El sendero que lleva a la fortaleza está por allá —dijo el guerrero señalándolo—. Está apenas a una hora de camino de aquí.

—¿Qué? —el hombre tomó la muñeca del guerrero—. No puede dejar... —guardó silencio cuando el guerrero se inclinó para decirle algo al oído.

Entonces emitió un grito ahogado y bajó del carruaje en el acto. Tenía la espada apuntando al cuello de Em antes de que ella siquiera se diera cuenta de que estaba armado.

Los dedos de Em se dirigieron instintivamente a su cintura pero ahí no había nada. Aun si hubiera tenido una espada, no estaba segura de tener la fuerza para empuñarla.

—El rey dio órdenes de mantenerla a salvo —dijo el guerrero. Sonaba casi aburrido y no se movió un milímetro para detener al hombre. August pudo haber dado órdenes de que no la dañaran, pero probablemente no derramaría una sola lágrima si ocurría algo distinto. Los guerreros lo sabían.

—Mi familia estaba en el castillo —dijo el hombre. Todo su cuerpo temblaba.

Ella no había tenido nada que ver con el asalto al castillo de Olso. Ella no había matado a la familia de aquel hombre. Ella había intentado detener a Olivia.

Pero ahora nada de eso parecía importar. Conocía esa expresión salvaje. Reconocía el destello de venganza en los ojos que la miraban. No estaba del todo equivocado al apuntar su espada.

—Lo siento —dijo ella en voz baja.

Él hizo un ruido de desagrado y bajó el arma. Subió de nuevo al vehículo sin volver a mirarla.

—Váyase —dijo el guerrero extendiendo el brazo.

Em nada llevaba consigo (ni cantimplora, ni vendas limpias, ni comida) y el guerrero no le ofreció más ayuda. Si se invirtiera la situación, probablemente ella tampoco lo habría hecho.

—Gracias —dijo con honestidad. La carreta reanudó su marcha y desapareció entre los árboles.

Exhaló un largo suspiro y se concentró en el camino que tenía enfrente. En circunstancias normales, una caminata de una hora sería nada. Hasta trotaría para acelerar la llegada.

Ese día, sin embargo, sus pasos eran lentos y pesados. Iba tan despacio que por momentos ni siquiera estaba segura de estarse moviendo. Tenía que mirar fijamente sus pies, uno delante del otro. El mundo se nublaba a su alrededor y varias veces estuvo a punto de desfallecer.

Para mantenerse despierta, intentó concentrarse en algo. Pensó en Aren. ¿Seguiría en algún lugar con los guerreros, ajeno a todo lo que ocurría?

Pensó en Olivia. ¿En verdad su hermana la había abandonado? ¿O la habría buscado y dado por muerta?

"Tú eres reina sólo porque yo lo permití..."

Las últimas palabras que le dirigió Olivia resonaban en sus oídos. Quizás a Em le aliviaba que su hermana no la hubiera encontrado. Intentó sacudirse esa emoción, pero no se alejaba. Sabía que Olivia no se sentiría culpable de lo que hizo, en absoluto, y Em no estaba dispuesta a encararla. No estaba dispuesta a reconocer que Olivia era un problema más grande de lo que jamás había previsto. Ya no podía negar el intenso miedo que sentía cada vez que pensaba en ella. Era un peligro para todo el que se cruzaba en su camino, incluso para los ruinos, y Em no sabía qué hacer al respecto.

Pero, sobre todo, pensó en Cas.

"Estoy ofreciendo abandonarlo todo por ti, para ayudarte..."

Sus palabras se repetían en su cabeza. Em lo rechazó, y ni siquiera con amabilidad. Él había ofrecido quedarse a su lado para siempre. ¿Por qué se empeñaba en convertir todo en algo terrible? ¿Por qué no lo estrechó entre sus brazos y le pidió que nunca se fuera? ¿Y si hubiera echado a los guerreros y permitido que Cas se quedara? Quizá seguirían en Roca Sagrada.

No, no seguirían ahí. Olivia nunca lo habría permitido. Tarde o temprano lo habría matado, por mucho que Em le suplicara que no lo hiciera.

Se quedó sin aire de sólo pensarlo y tuvo que detenerse unos momentos. Puso las manos sobre los muslos. Se suponía que Em debía estar siempre del lado de su hermana, pero por primera vez no lo estaba.

El ruido de cascos de caballo golpeando el piso resonó en el bosque y Em se colocó detrás de un árbol. Recargó la frente en él y cerró los ojos. Tenía que estar cerca de la fortaleza. No tenía idea de cómo se comunicaría con Cas, pero quizá dormiría un poco antes de resolverlo.

Se obligó a abrir los ojos y mirar las figuras que se aproximaban. Todas vestían de negro y avanzaban con los caballos a galope. Dos hombres cabalgaban al frente. Parpadeó mientras enfocaba al de piel morena. Aren.

Recargó la mano en el árbol y se inclinó hacia adelante para ver al hombre junto a él. Su cabello oscuro estaba un poco más largo de lo habitual y rebotaba junto con el caballo. Cas. La fortaleza estaba inmediatamente detrás de ellos.

—Gracias —farfulló mientras se alejaba del árbol—, gracias.

Con dificultad avanzó hacia el camino y extendió su brazo sano.

—¡So! —gritó Cas. Todos los caballos frenaron, derrapándose y levantando polvo. Cas entrecerró los ojos en la nube.

—¿Em? —gritó Aren.

Unas pisadas corrieron hacia ella. No se percató de que seguía con una mano estirada al frente hasta que alguien la tomó: Cas, que, con expresión conmocionada, puso la otra mano en su mejilla.

Ella quería recargarse en él, pero empezó a caer. En el momento en que hizo contacto con su cuerpo, comenzó a gemir.

Él acomodó un brazo alrededor de su cintura. Tuvo que sostenerla, pero a ella no le importó.

—¿Qué pasó?

Ahora percibió la voz de Aren, quien cuidadosamente tocaba sus vendajes. Separó uno de la piel e hizo una aspiración brusca.

—Fuego —murmuró Em—. Olivia los mató a todos.

—¿Está aquí? —preguntó Cas. Em negó con la cabeza—. ¿Luce mal la herida? —preguntó a Aren en voz más baja.

—Sí —respondió el ruino—, pero alguien la vendó muy bien. No creo que esté infectada, aunque el dolor debe ser terrible…

—Tengo algunas hierbas que la harán dormir —dijo una voz femenina que le resultaba familiar. Em tenía la cabeza sobre el hombro de Cas y le faltaba energía para levantar la mirada.

—¿Eso no es peligroso? —preguntó Cas—. ¿Y si nos atacan?

—No puede luchar en estas condiciones —dijo Aren—. Pero podemos protegerla si nos metemos en problemas.

¿"Nos"? ¿Qué hacían Aren y Cas juntos? Tenía muchas preguntas, pero no la energía para plantearlas.

—¿Te parece bien? —le preguntó Cas en voz baja, acariciándole el cabello.

—Mmmm —murmuró asintiendo con la cabeza.

—Entonces eso haremos. Aren, ¿me ayudas a subirla a mi caballo?

Unas manos la tomaron de la cintura y de repente estaba en los aires; luego sus piernas estaban a horcajadas en un caballo. Detrás de ella había un cuerpo tibio y ella se hundió en él.

—Gracias —dijo Cas. Puso la mano en su barbilla para elevar su cabeza—. Abre la boca. Toma esto.

Ella bebió de un trago el líquido asqueroso. La cantimplora desapareció.

—¿Estás bien? —preguntó Cas—. ¿Duele?

Sí dolía, todo dolía. Se recostó, dejó que su cabeza cayera en el hombro de Cas y cerró los ojos.

CUARENTA Y UNO

Olivia miró al guerrero que estaba en el suelo y le puso la bota en el centro del pecho. Junto a ella había una carreta rebosante de cadáveres. Un ruino desenganchó a los caballos para que pudieran llevárselos.

—La dejé ir —farfulló el guerrero bajo su bota—. Quería ir a la fortaleza, así que la acerqué lo más posible.

Un hombre gritó detrás de ella y Olivia se asomó sobre su hombro. Allí estaba Jacobo, clavando una espada en el pecho del hombre. La cabeza cayó pesadamente de lado.

—¿Em quería ir a la fortaleza? —preguntó concentrándose en el guerrero al que estaba pisando. Él asintió con entusiasmo.

Cas. Em había corrido de vuelta a él a la primera oportunidad.

Olivia reprimió el deseo de gritar. Nada había salido conforme a lo planeado. Había matado a toda la familia real de Olso, pero no había retenido el castillo. Había perdido a cerca de veinte ruinos en el ataque, muchos más de los que había previsto. Los que quedaban estaban perdiendo la confianza en ella, lo notaba en sus ojos.

Y no había rescatado a Em.

—Por favor —las palabras del guerrero se sofocaron en su garganta en el momento en que ella le quebró el cuello.

Puso las manos en las caderas e inspeccionó la escena a su alrededor. Había por ahí más de cien ruinos. El aire estaba helado y el suelo húmedo por una breve lluvia que había caído, así que algunos tiritaban de frío. La mayoría no había ayudado a subir a los guerreros en la carreta: habían dejado eso a Olivia y a Jacobo.

Tuvo una visión fugaz del rostro de Em la última vez que la vio. Su hermana caminaba sin estabilidad y algunas de sus prendas, calcinadas, revelaban su carne al rojo vivo. Sin embargo, no parecía que estuviera adolorida: se veía horrorizada.

Todo su temor estaba dirigido a Olivia. Aún podía sentirlo, como si Em le hubiera arrojado piedras ardientes. Em había derribado un castillo entero para salvar a Olivia, ¿pero si Olivia lo hacía era digna de desprecio?

Olivia sacó la imagen de Em de su cabeza. Ivanna y Mariana se habían apartado de los demás ruinos y mantenían las cabezas agachadas mientras murmuraban entre ellas y lanzaban miradas hacia su reina.

—¿Hay algo que quisieran contarnos? —dijo Olivia bruscamente.

Mariana la observó unos momentos.

—Em no habría querido que hicieras esto.

Estaba harta de oír lo que Em hubiera querido. Cualquier cosa que Olivia hiciera, Em deseaba lo contrario. Incluso cuando Olivia quería rescatarla.

—Entonces es bueno que no reciba órdenes de ella —Olivia avanzó hacia su caballo dando grandes zancadas y rápidamente lo montó—. Vamos. A pie no pudo llegar muy lejos.

Galopó tan rápido como las fuerzas del caballo lo permitieron. Los demás ruinos avanzaban detrás de ella; tendría que volver por los rezagados, pero no disminuyó la velocidad. Lo importante era encontrar a Em. A pesar de todo, tenía que asegurarse de que no estuviera muerta.

Después, tendría que decidir qué hacer con los ruinos que la seguían. Los había sacado de Roca Sagrada y no podían volver. Era un hogar lamentable, pero de todas formas tenía la impresión de que llegarían a estar cómodos allí. Ahora estaban molestos porque ella los había obligado a marcharse.

Percibió a los humanos antes de verlos. Con un tirón de riendas detuvo a su caballo. También los ruinos que habían logrado seguirle el paso se detuvieron.

Bajó de su montura de un brinco y extendió una mano para indicarles a los ruinos que se quedaran donde estaban. Jacobo asintió.

El viento llevaba entre los árboles el ruido de cascos de caballos y el susurro de una bandera. Cuidadosamente se alejó del caballo. Caminó rápido. Los árboles eran más espesos mientras más se acercaba al camino. Una bandera de Lera destelló entre las hojas.

Se habían ido de la fortaleza. Ella había supuesto que se mantendrían escondidos por mucho más tiempo.

Frente a ella había soldados desplegándose en el camino en ambas direcciones. Se paró de puntillas para ver si reconocía a alguien. Eran cientos de soldados, tal vez más de los que ella podía vencer sola. Una sensación de enojo bullía en su pecho.

Brincó un tronco y salió en la misma dirección que los soldados. Necesitaba ver quién iba al frente de ese grupo. Y matarlos, quizá.

Cas. Lo detectó en cuanto su mirada llegó al frente del grupo. Iba en un caballo, con una chica acurrucada en él. Tenía una mano en las riendas y la otra en su cintura.

Em parecía dormida. *Dormida.* Rodeada por el ejército de Lera y su hermana dormía. El alivio de encontrar viva a su hermana fue inmediatamente sustituido por un arrebato de ira.

Un rostro familiar llamó su atención. Olivia dio un grito ahogado. Aren. Estaba montando cerca de Cas y Em, en su propio caballo. No llevaba ni los brazos ni las piernas atados con cuerdas. Avanzaba con ellos por voluntad propia.

Olivia se lanzó como flecha detrás de un arbusto, se arrodilló y cerró los puños.

Aren estaba *ayudándolos.* Em había corrido directo de los guerreros a Cas. Traidores. Ambos.

Respiró hondo en un intento por calmar su corazón acelerado. Primero Em y Aren querían aliarse con Olso. Ahora se aliaban con Lera. Una reina de Ruina montando a caballo con el ejército de Lera. La madre de Olivia saldría de su tumba y volvería a morir si lo supiera.

Su hermana le diría que se detuviera y pensara. Que fuera lógica. Muy bien: podía serlo.

Cas había arriesgado la vida para decirle a Olivia que se habían llevado a Em. Él quería a Em, de eso no cabía duda.

Su ejército iba hacia el norte. Había una sola razón para que el rey de Lera montara hacia el norte en ese momento: recuperar su castillo. Tomando en cuenta el tamaño de su ejército, tenía buenas probabilidades de lograrlo. Si Aren en verdad estaba ayudándoles, las probabilidades serían aún mayores.

Em sostenía que Cas terminaría con el exterminio de los ruinos. Eso probablemente era cierto. Durante su reinado, en todo caso. No podía hablar sobre el siguiente heredero al trono de Lera. Olivia no tenía confianza en futuros reyes o reinas de Lera.

¿Eso era todo lo que se necesitaba para ganar la lealtad de su hermana? ¿Un "lo siento" y la promesa de dejar de asesinar a su gente? Olivia no entendía que pudiera bastar con eso. ¿Había él enviado suministros o trabajadores que ayudaran a reconstruir Ruina? ¿Había ofrecido financiamiento? ¿Había hecho algo para ayudar a reconstruir la vida que su familia había destruido?

No. Para Olivia, su arrepentimiento no era suficiente. El arrepentimiento no le devolvería a su madre. No borraría el año de tortura que ella había soportado. Ninguna disculpa, por sincera que fuera, sería suficiente. Aceptarla la volvería débil, y los ruinos nunca aceptarían una reina débil.

Y por supuesto que no se arrodillarían ante ella si los llevaba de regreso a Ruina. Ruina, con sus patéticas cabañas de mineros y su tierra en donde nada crecía. No quería ser reina de *eso*.

Tomó con los dedos unos hierbajos de césped. Lera era verde. Los ruinos elementales estaban mucho más contentos ahí, rodeados de árboles, plantas, agua. Odiaba reconocerlo, pero Lera era mucho más agradable que Ruina.

Cuando se sintió más tranquila, se levantó despacio. No volvería a Ruina. Los ruinos iban a quedarse ahí, en Lera; ellos pertenecían a ese lugar. Los humanos les habían quitado los otros tres reinos y los habían desterrado al peor de todos. Su gente no volvería a dudar de ella si reivindicaba para ellos el reino más poderoso.

Caminó de regreso adonde los ruinos la esperaban. Ellos la miraron con expectación.

—Encontré a Em y a Aren —dijo.

—¿Qué? —Mariana pestañeó sorprendida.

—Están con el ejército de Lera.

—¿Como prisioneros? —preguntó Jacobo.

—No lo creo. Vamos a seguirlos. Sospecho que se dirigen a Ciudad Real; me gustaría ver cómo acaban las cosas.

Ivanna y Mariana se miraron inquietas.

—Si Em está con ellos, tal vez significa que llegaron a un acuerdo —dijo Mariana.

—Probablemente. ¿Pero qué tan bien funcionó nuestro acuerdo con Olso?

Mariana guardó silencio.

—Em y Aren son astutos —dijo Olivia—. Podrían estar acompañando al ejército de Lera por seguridad. En este momento, no son ellos quienes me preocupan, sino Casimir y su deseo de recuperar el castillo.

—No puede —dijo Jacobo con vehemencia.

—No, no puede —concordó Olivia—. Entonces acerquémonos sin ser vistos hasta llegar a Ciudad Real.

—¿Qué haremos cuando lleguemos allá? —preguntó Jacobo.

—Evitaremos que la recuperen y entraremos a ocuparla nosotros.

—Detengámonos aquí —dijo Cas jalando las riendas de su caballo. El sol acababa de ponerse y estaban en un sitio tranquilo de Lera, entre la fortaleza y Ciudad Gallego. Había espacio más que suficiente para instalar tiendas entre los árboles y se alcanzaba a ver un arroyo no muy lejos de ahí.

Em respiró hondo estirándose contra el pecho de Cas. Él posó una mano en su cabeza y retiró el cabello de su rostro.

Aren desmontó y entregó las riendas a Iria.

—¿Te importaría? —le pidió.

—Por supuesto que no —también bajó de su caballo y tomó las riendas de Aren.

—Iré a buscar algunas cosas para cambiarle las vendas —dijo él—. Ve a recostarla en algún lugar, lejos de todos los demás.

Cas asintió con la cabeza. Violet apareció junto a ellos con los brazos extendidos para ayudar.

—¿Puedes bajar? —le preguntó a Em.

Em hizo un gesto de dolor al enderezarse, pero tomó la mano que Violet le tendía y bajó despacio del caballo. Cas brincó y envolvió con un brazo la cintura de Em.

—Estoy bien —dijo—, ya puedo caminar —su voz seguía sonando apesadumbrada pero mucho más clara que antes.

—Claro que puedes, pero ¿no es más divertido así? —él la abrazó más fuerte.

Ella levantó la cabeza.

—Te encontré —dijo con una sonrisa triste.

—¿Me estabas buscando?

—Por supuesto.

Cas se detuvo cuando ya se habían alejado un poco del resto del grupo. Soltó su cintura para sacar una manta de su mochila y extenderla en el suelo. Ella se sentó en ella despacio. En eso apareció Aren. Llevaba su cantimplora y una bolsita.

—¿Por qué no esperas allá atrás? —dijo Aren con un movimiento de cabeza.

Cas miró el paquete.

—Puedo hacerlo. ¿Quieres darme las cosas?

—Aren, toma —Violet llegó detrás con un puñado de algo verde—. ¿Es esto?

—Perfecto —dijo Aren. Colocó la bolsa en el suelo y tomó las hierbas. Sacudió la cabeza y le dijo a Cas—: Ve allá e instala a todo mundo. Designa a algunas personas para que vigilen esta noche.

—Pero...

—Cas, confía en mí —interrumpió—. No te gustará hacer esto.

Cas trató de que su temor por el estado de Em no se reflejara en su rostro.

—Tiene razón —dijo Em, que parecía mucho más tranquila que Cas—. Yo solía hacer esto por él. Mejor que tú no lo hagas.

—Iré por ti cuando esté lista —dijo Aren arrodillándose junto a Em.

—Ven —dijo Violet tomando a Cas de la muñeca y jalándolo lejos de ahí. Al partir, él miró atrás y observó cómo Aren le quitaba cuidadosamente el abrigo a Em.

—Estará bien —le dijo Violet mientras caminaban—. Por lo menos, es sólo su brazo, ¿cierto?

Él asintió un poco aturdido. Escuchó un grito ahogado seguido de un aullido. Se detuvo. Quería regresar corriendo y aferrarse a Em.

Ella volvió a gritar. Entre los árboles, Cas alcanzó a ver a Franco y algunas otras personas buscando de dónde provenía aquel grito.

Cas caminó hacia ellos intentando mostrarse impávido.

—Vamos a distribuir la carne seca. Sólo la mitad. Y la gente puede deambular en la zona si desea recoger algo de fruta, pero sin alejarse mucho.

Franco asintió con la cabeza, lanzando una mirada a espaldas de Cas.

—¿Está bien?

—Va a estar bien —dijo, deseando que fuera cierto. Su mirada se cruzó con la de Franco—. Sabes quién es, ¿cierto?

—Emelina Flores.

—Sí. ¿Es un problema para ti?

—No especialmente. Suena a que los guerreros ahora son enemigos oficiales de los ruinos. A su gobernante le conviene estar de nuestro lado, ¿no crees?

—Totalmente.

Franco le dio una palmada en el hombro.

—Bien. Si tú confías en ella, yo también.

Cas trató de contener las lágrimas. No sabía cuánto deseaba que alguien le dijera esas palabras hasta que brotaron de boca de Franco.

Carraspeó.

—Organicemos la vigilancia. ¿Con quién empezamos?

Franco señaló a algunos hombres y mujeres del grupo y Cas les asignó sus tareas de vigilancia.

—Pase lo que pase, despierten primero a Aren —les ordenó—. No a mí, a Aren.

—Definitivamente. Yo soy mucho más importante que él —la voz divertida de Aren hizo voltear a Cas y lo vio caminando hacia él junto con Em. Ella llevaba la manta sujeta bajo el brazo. Tenía los ojos rojos y dedicó una sonrisa débil a Cas.

—Él es mucho más importante que yo —confirmó Cas.

Aren puso los ojos en blanco al pasar junto a Cas.

—Si concuerda conmigo, ya no es divertido.

—No sabía que pensaras eso. A partir de ahora, estaré de acuerdo con todo lo que digas.

Aren hizo un gesto avinagrado a Cas, pero era claro que estaba esforzándose por no sonreír. Cas miró a Em y delicadamente le retiró la manta del brazo.

—Ven —le dijo.

Ella lo siguió. Caminaron a un sitio con hierba y Cas tendió ahí la manta.

—Aren me contó cómo terminaron aquí ustedes dos, pero todavía no estoy segura de creerlo —dijo Em.

—Nadie se resiste mucho tiempo a mis encantos —dijo Cas extendiéndole la mano. Ella la rechazó y se dejó caer sobre la tela.

—¡Ay! —exclamó con un gesto de dolor.

—Bueno, yo te ofrecí ayuda —dijo él y se sentó a su lado. Em otra vez tenía una chaqueta puesta y no se le veían las vendas—. ¿Qué tan mal está la herida?

—No mucho. No tanto como las quemaduras de Aren. Y sólo es el brazo y una parte del hombro y de la espalda.

—¿Olivia no quiso curarte?

—Lo intentó. Fue un caos —se recostó sobre su costado sano y Cas se tendió junto a ella, con la cabeza recargada en una mano—. Toda la familia real está muerta, excepto August. Él asumió el trono.

Cas no deseaba la muerte ni a su peor enemigo, pero ¿por qué August? De toda la familia real, ¿por qué había sido él el único superviviente?

—Él me ayudó a salir de Olso. Creo que pagó caro su error.

—En verdad…

—He decidido no casarme con él.

—Qué sorpresa —dijo Cas sonriendo.

—No hacemos buena pareja. Cada vez que lo veo, siento el deseo de estrangularlo. Eso podría estropear nuestro matrimonio.

—No lo sé: conmigo conseguiste que eso no fuera un impedimento.

—Cierto. Más de una vez imaginé que te estrangulaba con las cortinas.

Cas se echó hacia adelante y rozó su mejilla con la mano.

—Así que las cortinas. Qué lista.

Ella tomó su mano, la acercó a su rostro y besó sus dedos.

—Lo siento —dijo ella en voz muy baja.

—Tus deseos de asesinarme ya quedaron atrás, Em.

—No me refiero a eso, sino a haberte rechazado cuando ofreciste quedarte conmigo.

—No lo sientas. Tenías razón.

Ella soltó su mano y observó cómo ésta caía en la manta.

—¿Sí?

—Fue irresponsable de mi parte querer renunciar. Toda esta gente —sacudió la cabeza—. Todos estaban esperándome. Suponían que yo iba a adoptar una posición contraria a Jovita. Imagina su decepción si yo nunca hubiera regresado.

Em asintió. Él se desplazó para quedar más cerca de ella y le dio un empujoncito hacia arriba a su barbilla. Rozó sus labios con los de ella.

—Eso no significa que no desee que nos hubiéramos quedado juntos —dijo las palabras prácticamente sin alejarse. Cuando los labios de Em se levantaron volvió a besarla.

—Pensaba que estabas molesto conmigo —dijo ella—. La primera vez que nos encontramos después de que te marchaste, parecías furioso.

—Lo estaba. Estaba avergonzado y confundido. Estar enojado contigo parecía la opción más fácil —y retirando el cabello de su frente para juguetear con él unos momentos, agregó—: Violet me ayudó a aclararme.

—¿A qué te refieres?

—Me reclamó que tratara de torturarte con mi frialdad y que la hubiera llevado a ella a mi encuentro contigo.

Em desvió la mirada para ver algo detrás del hombro de Cas.

—Entonces, mmm… Violet y tú no…

—Ella no es la segunda opción de nadie.

—¿Qué?

—Eso me dijo: que nunca sería mi segunda opción.

Em esbozó una sonrisa.

—¿Alguna vez te he comentado lo mucho que me agrada Violet?

—¿Ah, sí? —preguntó Cas riendo—. ¿Es tu nueva mejor amiga?

—Eso creo. Me parece fabulosa.

Cas rio, se puso de espaldas y extendió los brazos. Em se inclinó con mucho cuidado y apoyó la cabeza sobre el pecho de Cas. Él pasó la mano por su cabello y la besó en la coronilla.

—Nunca ha habido nadie más que tú, Em.

CUARENTA Y DOS

Em despertó en los brazos de Cas. El sol empezaba a salir y el campo estaba tranquilo a su alrededor.

El pecho de Cas subía y bajaba con su respiración. Volvió a cerrar los ojos. Quería quedarse ahí, con la mejilla sobre su pecho, todo el tiempo posible. Se acurrucó más cerca de él y se permitió volver a dormir.

La gente empezó a moverse cuando el sol estuvo más alto en el cielo. Cerca de ahí, un hombre carraspeó. Em abrió un ojo, renuente a moverse.

—Cas —era la voz de Galo.

Em suspiró y apoyó su brazo sano en el suelo. Al sentarse, el dolor recorrió todo su costado.

Cas se frotó los ojos con una mano y extendió la otra hacia ella. Cerró los dedos suavemente en torno a su muñeca y miro a Galo con expectación.

—Lamento despertarte, pero Franco y Violet necesitan hablar contigo y pronto tendremos que partir.

Cas asintió con la cabeza y se levantó.

—Dame unos minutos.

Galo se alejó y Cas se incorporó.

—¿Cómo te sientes? —preguntó a Em extendiéndole una mano.

—No muy mal —respondió ella.

—Me da gusto —se acercó a darle un beso en la frente—. ¿Necesitas ayuda para alistarte? Puedo pedírselo a alguien.

—Estoy bien, gracias, aunque una cantimplora no me sentaría mal, si es que tienes.

Él buscó en su bolsa, sacó una y se la entregó.

—Puedes quedártela.

Ella sonrió al tomarla. Él se alejó de ahí, no sin antes rozarle la mano. Ella atrapó sus dedos y los sostuvo unos segundos más.

Luego, cuando la mano de Cas se soltó, Em caminó al arroyo para llenar la cantimplora y echarse agua en el rostro. Cuando volvió, Aren estaba recargado en un árbol viendo a Cas hablar con Violet y Franco. Iria estaba parada junto a él.

—Te ves mejor —le dijo Iria a Em.

—Gracias —Em miró a Aren con curiosidad—. ¿Qué pasó con los demás guerreros que estaban contigo? ¿Y Clara? ¿Y Santino?

—A Clara y a Santino los mataron —dijo Aren—. Yo también estaría muerto si no fuera por Iria —estiró el brazo para tomarle la mano, pero finalmente no lo hizo—. Ella se quedará con nosotros.

¿Con *nosotros*? ¿Con los ruinos? Olivia no lo hubiera permitido.

—Aren, ¿podemos hablar un minuto? —le pidió Em.

—Claro.

Él se alejó unos pasos de Iria y ella se dirigió hacia su caballo.

Em miró sobre sus hombros para asegurarse de que no hubiera alguien cerca y se aproximó más a Aren.

—¿Estás planeando quedarte con Cas?

Aren arrugó la frente.

—¿A qué te refieres? Yo me quedaré con él sólo si tú estás aquí. Supuse que querrías encontrar a Olivia.

—Sí, pero... Tú no la viste, Aren. No había modo de razonar con ella. Comenzó a matar a todo mundo.

—¿Y qué tiene eso de inusual?

—Lo fue.

—¿Estás pensando en quedarte con Cas de manera permanente?

—Por supuesto que no. Olivia necesita a alguien que la tranquilice. Y yo no abandonaré a los ruinos.

Aren asintió.

—Quiero quedarme con Cas hasta que lleguen a Ciudad Real. Podrías ser de gran ayuda para recuperar el castillo —dijo.

—¿Estamos seguros de querer ayudarlos en eso?

—Sí, y no sólo por Cas. Ahora estamos oficialmente en guerra con Olso. De ninguna manera queremos que los guerreros tomen Lera.

—Claro. El enemigo de mi enemigo es mi amigo y todo eso.

—Entonces, quedémonos con Cas lo necesario para que regrese al castillo y se asegure de que Jovita haya quedado fuera de la jugada. Estoy segura de que para cuando lleguemos a Ciudad Real tendremos noticias de Olivia y el resto de los ruinos —y echando un vistazo a Iria señaló—: Pero cuando encontremos a Olivia no estoy segura de que vaya a tomar con entusiasmo que Iria esté con nosotros.

—Le explicaré cómo me salvó —dijo Aren.

—No sé si escuchará. Quizá debas hablar con Iria sobre la posibilidad de que permanezca en Lera y apoye a Cas.

—No creo que lo haga. Traicionó a los guerreros por los ruinos y por mí, no por Lera.

—Lo sé. Pero puede ser la decisión más segura para ella, al menos mientras las posturas se aclaran.

Aren se pasó una mano por el cuello; una expresión de dolor le atravesaba el rostro.

—Iria y tú... —la voz de Em se fue desvaneciendo.

—¿Qué? No. Somos... Ella... —carraspeó y bajó la mirada al suelo.

Em rio suavemente.

—Sea lo que sea, hagamos un plan para mantenerla a salvo en Lera hasta que logremos tranquilizar a Olivia.

—Me va a odiar si la abandono en Lera.

—No la estás abandonando: la estás manteniendo a salvo por un tiempo.

—No estoy seguro de que vaya a entenderlo así —dijo suspirando—. Hablaré con ella al respecto.

—Bien. Más tarde lo comentaré con Cas y me aseguraré de que pueda protegerla.

Em dio media vuelta y caminó hacia donde Iria estaba ensillando a su caballo. Ella vio a la ruina acercarse con un dejo de sospecha.

—¿Todo bien? —preguntó Iria vacilante.

—Sí. Gracias por salvar a Aren. Sé que la decisión no debió ser fácil.

—De nada.

Em dio un paso adelante y acercó a Iria hacia sí.

—En estos días, me irritas mucho menos.

—Siento lo mismo —dijo Iria riendo.

—Me alegra que coincidamos. Pero dudo que cuando peleemos vaya a dejarte ganar.

—Nunca.

Aren esperó a que se detuvieran para pasar la noche antes de hablar con Iria. Todo el día estuvo evitándola y el sentimiento de culpa había ido creciendo hasta convertirse en una bola de furia en la boca del estómago.

Iba a abandonarla. Y nada menos que en Lera, de entre todos los lugares. Había renunciado a todo por él y él iba a dejarla en el lugar que ella había crecido odiando.

Atendió a su caballo y dejó caer su bolsa en el suelo junto a un árbol. La noche anterior había dormido con Iria y sus hombros se rozaron, pero no era tan estúpido para creer que esa noche, o cualquier otra, quisiera volver a dormir junto a él.

Sacó la cantimplora de la bolsa y dio un gran trago. Lo que fuera con tal de retrasar esta conversación.

Los soldados de Lera estaban prácticamente instalados, y Cas y Em estaban sentados alrededor de la fogata con Franco y algunos otros dirigentes del sur. Iria estaba parada a unos pasos de ahí. Sonrió cuando sus miradas se encontraron.

Esa sonrisa casi lo hizo querer quedarse con ella. Significaría dejar a los ruinos y unirse a Cas, pero no parecía tan mala idea cuando ella lo miraba de aquella manera.

Bajó la mirada y arrojó su cantimplora en la bolsa. No podía dejar que Em lidiara sola con su hermana; no podía dejar a los ruinos a merced de Olivia.

Lentamente caminó hacia Iria, tratando de tranquilizar un poco su acelerado corazón. Se sentía más nervioso que su primer día en el castillo de Lera.

Estuvo a punto de tomarle la mano cuando se detuvo frente a ella. Era ya casi un acto reflejo para él. Los dos fingían que era para avivar su poder ruino, pero era algo más que eso. En ese momento, sin embargo, tomarle la mano no parecía lo más oportuno.

—¿Damos un paseo? —le preguntó.

Ella asintió con la cabeza y se alejó con él hacia los árboles. Estaba oscuro. El ruido de la gente conversando se fue debilitando. Aren se detuvo y se giró para ver a Iria de frente. En la oscuridad era difícil distinguir sus rasgos. Eso no lo había planeado, pero ahora lo agradecía.

—¿Tus poderes funcionan con Cas? —preguntó ella antes de que él se animara a decir palabra.

—¿Qué?

—Te vi tomándole la muñeca algunas veces. ¿Funciona con él como conmigo?

—Ah, sí —arrugó la nariz—. No sé por qué. Es el único, además de ti.

Ella rio suavemente.

—Y yo pensando que era especial —le acarició los dedos y él retiró rápido la mano.

—Eh…

—¿Qué pasa? —la voz de Iria empezó a sonar seria.

Aren trato de deshacer el nudo que tenía en la garganta.

—Em y yo estuvimos platicando y creemos que necesitaremos estar un tiempo con Olivia antes de poder llevar a un guerrero cerca de los ruinos.

—Un guerrero, es decir yo.

—Em me contó que Olivia estaba enloquecida en Olso. Tenemos que tranquilizarla o encontrar alguna solución. Em le preguntó a Cas si podrías quedarte en Lera hasta que yo pueda venir a buscarte y él dijo que estaría encantado de que permanecieras en el castillo y…

—¿En el castillo de Lera?

—Sí.

—No puedo quedarme en el castillo de Lera.

—Cas dijo que serías muy bien recibida.

Iria soltó una risa forzada.

—Estoy seguro de que sí. ¿Y esperará a cambio alguna información?

—No dijo algo de…

—Me he vuelto peor que su madre —interrumpió—. La madre de Cas era la traidora más repudiada en Olso, ¿sabes? En nuestro adiestramiento nos hablaban de ella: de los secretos que llevó a Lera para casarse con un rey. ¡Y ahora yo soy ella! —se puso los dedos en las sienes—. No, yo soy peor, porque lo hice en tiempo de guerra.

—No tienes que decirle a Cas tus secretos.

—No quiero vivir en Lera. No traicioné a los guerreros por él: lo hice por los ruinos —no dijo "por ti", pero esas palabras se cernían sobre ellos.

—Lo sé —dijo él en voz baja—, pero no hay otro lugar… —dejó que su voz se fuera apagando.

Ella apretó los labios.

—No hay otro lugar adonde yo pueda ir.

Él asintió. Ella dio media vuelta y pestañeó como si intentara no llorar.

—Será sólo temporal. Volveré y…

—Está bien. No me debes nada. Tú no me pediste que te salvara.

La tomó de la muñeca y la hizo voltear frente a él.

—Volveré, lo prometo. Me quedaría contigo en Lera, pero en este momento no puedo abandonar a los ruinos.

—No te pedí que lo hicieras —dijo liberando su brazo.

—Iria, yo…

—No te preocupes por eso, Aren. De todas formas, nunca esperé algo de ti.

Se alejó sin voltear atrás ni una sola vez.

CUARENTA Y TRES

Cas y el resto del ejército pasaron dos días en camino a Ciudad Gallego. Em pidió quedarse con ellos por un tiempo y él accedió con gusto. Em alternaba entre el caballo de Cas, el de Aren y el de Iria. Cuando estaba con Cas, lo abrazaba de la cintura y descansaba la cabeza en su espalda. Él casi deseaba que el viaje nunca terminara.

Encontraron Ciudad Gallego sin un solo guerrero. Cas había esperado una batalla. Le preocupaba que no pudieran pasar de Ciudad Gallego a Ciudad Real y al castillo. Había enviado a unos exploradores de avanzada y mantenía al ejército en formación de combate, listo para enfrentarse a los guerreros.

Pero no: la plaza estaba vacía. Había un parque en el centro de la ciudad; estaba tan silencioso todo que el ruido del agua que caía en la fuente podía oírse desde muy lejos. La puerta de una de las tiendas abandonadas se balanceaba con la brisa.

Cas desmontó y avanzó hacia el otro lado del camino. El edificio blanco de dos pisos albergaba la oficina del gobernador de la provincia central, pero la puerta estaba firmemente cerrada. Se asomó por una ventana. En un rincón de la habitación había un escritorio vacío con la silla volcada a un lado.

Caminó de regreso a su caballo y miró a Em.

—Pensé que habías dicho que los guerreros que te acercaron a la frontera se dirigían a Ciudad Gallego.

—Así es, pero sólo tenían una carreta y podían viajar más rápido. Probablemente llegaron ayer.

—Y se marcharon —susurró, examinando una cantimplora abandonada en el suelo.

Cas miró a las personas a su alrededor. Muchas iban a caballo pero un gran grupo tenía que caminar. En medio de ellos vio a Iria. Le hizo una señal con la mano. Ella fue despacio hacia él con el rostro tenso como si estuviera intentando que no se le notara el enojo.

—¿Adónde habrían ido los guerreros? —le preguntó en voz baja—. ¿Por qué se marcharon de Ciudad Gallego?

Iria apretó los labios y se encogió de hombros:

—No lo sé. He estado con Aren o con usted todo el tiempo.

—¿Alguna suposición?

—No... no... —se interrumpió de pronto y pestañeó varias veces. Cas, sobresaltado, se dio cuenta de que ella estaba a punto de llorar. Le puso una mano en el brazo y con suavidad la alejó de la multitud. Ella sacudió el brazo para liberarse pero caminó junto a él hasta que llegaron al cobertizo del edificio del gobernador. Puso las manos en las caderas con la espalda hacia los soldados.

—Me gustaba más cuando Em lo odiaba —dijo Iria pasándose bruscamente una mano por las mejillas.

—Eso no duró mucho, ¿sabes? La conquisté muy pronto.

Iria puso los ojos en blanco, pero se le escapó una sonrisa.

—¿Qué pasa? —preguntó Cas—. Noté que Aren y tú no han estado juntos desde que preguntaron si podías quedarte en Lera. ¿Estás enojada con él?

—Sí, pero hay algo más —Iria pateó una piedra con la punta del zapato y la miró intensamente como si le fascinara—. En un abrir y cerrar de ojos tomé la decisión de salvar a Aren y ahora marcho a Ciudad Real con el ejército de Lera para combatir contra mi gente. Cuando lo salvé, no estaba pensando en usted o en Lera: sencillamente no quería que él muriera. No pensé que fuera *correcto* que él muriera.

—¿Pero ahora te arrepientes? —preguntó Cas algo inquieto. Había confiado en el criterio de Aren para acoger a Iria, pero también pensó que tener a una guerrera en su ejército era una decisión riesgosa.

—No —dijo Iria mirándolo de súbito—. Claro que no. Lo volvería a hacer. Simplemente empiezo a cobrar conciencia de lo que hice. Nunca podré volver a Olso. Nunca volveré a ver a mis padres, aunque desde luego que ellos ni siquiera desearían verme: me desheredarán en el instante en que se enteren. ¿Y ahora se espera que yo dé al rey de Lera información sobre los guerreros?

—No, si no quieres.

—No sé lo que quiero.

—Mi madre era guerrera, ¿sabes?

—Por favor, no hable de su madre conmigo. Estar en la misma categoría que ella hace que sienta deseos de gritar —se estremeció—. Lo siento. Por un momento olvidé que la perdió hace poco tiempo.

—Está bien. Nadie parece tener cosas agradables que decir sobre mis padres.

Lo miró con un dejo de compasión.

—Mi madre odiaba Olso. Odiaba cómo sólo los que eran suficientemente fuertes para ser guerreros importaban, odiaba al rey, creo que odiaba incluso a su propia familia —dijo levantando un hombro—. Entonces no voy a pretender que entiendo cómo te sientes, pero puedes quedarte en el castillo todo el tiempo que desees, ya sea que quieras darme información sobre Olso o no.

Ella exhaló.

—Resulta muy irritante cuando se muestra así de agradable y razonable.

—Soy muy razonable. Em dice que es una de mis mejores cualidades —sonrió y empezó a caminar de vuelta adonde estaba su ejército.

—¿Tiene planes de invadir Olso? —le preguntó Iria unos segundos después, sin haberse movido de donde estaban.

Cas volteó riendo.

—¿Estás bromeando? Todavía no recupero mi reino; no tengo interés en invadir otro.

—Nunca le hablaré de las defensas de Olso ni de las estrategias guerreras ni de cómo peleamos ni nada por el estilo.

—Entendido.

—Lo que yo creo es que August les ordenó a los guerreros que estaban aquí que regresaran al castillo de Lera o a Olso —dijo Iria.

—¿Quieres decirme cuál de esas opciones es más probable?

—Depende de qué tan mal estén las cosas en Olso. August compararía su actual posición defensiva en Olso con cuánto desean conservar su control en Lera. El rey Lucio deseaba desesperadamente que Lera estuviera bajo su control. De August no estoy segura, pero tomando en cuenta que conoce de su relación con Em, podría suponer que usted cuenta con cierto apoyo ruino. Creo que hay altas probabilidades de que haya ordenado a los guerreros regresar a Olso, considerando también las pérdidas que sufrieron ante Olivia.

—Gracias —dijo Cas.

—¡Su majestad! —gritó una voz sin aliento. Al voltear vio a una de sus exploradoras entrando a galope en la plaza por el camino del norte. Ella jaló las riendas para reducir la velocidad al acercarse a él y brincó para desmontar.

—Jovita —dijo—. Detectamos a Jovita en la selva con todos los cazadores y soldados que dejamos en el Fuerte Victorra.

—¿Se dirigen al norte? —preguntó Cas.

La exploradora asintió.

Él esperaba eso. No creía que Jovita fuera a quedarse cruzada de brazos cerca de la fortaleza después de que él partiera. Si él recuperaba el castillo, tomaría también el trono.

Había esperado quedarse en Ciudad Gallego el resto de la tarde y durante la noche para que su gente descansara. Todo indicaba que no sería así.

—¡Vamos a tener que seguir moviéndonos! —gritó. Regresó a su caballo dando grandes zancadas y tomó la mano estirada de Em. Se acomodó en la silla.

Em entrelazó sus dedos con los de Cas. La duda empezaba a invadirlo.

—¿Es más importante llegar antes que Jovita a Ciudad Real o dejar que todos descansen?

—Llegar antes que Jovita a Ciudad Real —dijo ella de inmediato.

—Necesitarán estar descansados para pelear cuando lleguemos allá.

—Cabalga ahora hasta la medianoche y deja que la gente descanse tres o cuatro horas. Luego sigue adelante todo el día y detente en cuanto se ponga el sol. Deja que la gente duerma durante la noche para que al día siguiente, cuando llleguemos a Ciudad Real, estén descansados. Eso es lo que yo haría.

—Entonces eso es lo que haremos.

CUARENTA Y CUATRO

Dos días después, el ejército de Lera se acercaba a Ciudad Real. El viento era frío y salado. Em respiró hondo. Extrañaba ese olor.

El camino de tierra torcía por la hierba y conducía a un grupo de casas. Pasadas éstas, Em vio los edificios que se elevaban hacia el cielo: el centro de Ciudad Real. El sol se ocultaba a sus espaldas y proyectaba un brillo naranja sobre la tierra que se extendía frente a ellos.

Después de las tiendas estaba el castillo. Completamente intacto, por lo que alcanzaba a verse.

Iba a pie junto al caballo de Cas y lo miró para sonreírle. La atención de él estaba en el castillo; su semblante reflejaba un gran alivio. Em miró hacia atrás a los soldados de Lera que se desplegaban detrás de ella y se encontró con expresiones parecidas.

—Tu reino es hermoso, Cas. ¿Te había dicho eso alguna vez?

—No creo, pero si lo hiciste, fue con resentimiento.

—Ahora lo digo en serio —dijo riendo.

—Gracias —la miró y sus ojos se encontraron por unos momentos—. Deberías quedarte.

Ella sonrió con tristeza porque sabía que no podía, pero Cas la miró deseando que sucediera.

—Cas, sabes que no puedo…

—Em —interrumpió Aren señalando hacia el oeste.

Em volteó. Los árboles del lado oeste de la ciudad se balanceaban como si se avecinara una tormenta, pero a su alrededor el aire estaba en calma.

—Ruinos —sintió una opresión en el pecho—. Olivia.

—¿Por qué está aquí? —preguntó Cas.

Ella sacudió la cabeza.

—No lo sé. ¿Quizá supo que yo estaría aquí?

O quizás Olivia había destruido Olso por completo y había decidido movilizarse a Lera.

Em miro a Aren a los ojos. Él estaba pensando lo mismo.

—Iré a buscarla —dijo ella.

Aren desmontó de un brinco.

—Llévate mi caballo. Yo me quedaré con Cas e Iria hasta que estén en el castillo. ¿Estás de acuerdo?

—Por supuesto.

—Te buscaré cuando todo esto haya terminado —dijo Aren dándole un ligero apretón en el brazo.

Em se giró y observó que Cas había bajado de su montura. Un soldado jaló las riendas y llevó al animal a un lado para que pudieran tener un mínimo de intimidad. No era mucha, tomando en cuenta que el resto de los soldados seguían avanzando hacia la ciudad por el camino a sus espaldas.

Con un nudo en la garganta se le acercó.

—Probablemente pueda convencer a Olivia de que desista —habló suavemente, de modo que sólo él pudiera oírla—, pero no creo convencerla jamás de confiar en los humanos. Es mejor si regresamos a Ruina para nunca volver.

Los labios de Cas se curvaron hacia arriba, lo cual no era la respuesta que Em había esperado. Se acercó a ella y le deslizó una mano por el cuello. Con el pulgar le acarició la mandíbula.

—No creo que vayas a hacer eso.

—¿Qué?

—Sé que lo que hicimos a los ruinos es imperdonable y nunca esperaré su perdón, pero quiero encontrar el modo de mejorar las cosas. Quiero que mi gente enfrente lo que hicimos y procure un desagravio.

Em sacudió la cabeza.

—Cas...

—Y quiero que te cases conmigo. Esta vez en verdad —se inclinó y le dio un suave beso en los labios—. Pasé tanto tiempo alicaído porque no podríamos estar juntos que olvidé luchar por ti, así que empezaré a hacerlo ahora. Voy a usar todo el poder a mi alcance para convencer a mi gente de que necesitamos aliarnos con los ruinos: que tú serás la mejor reina que hayan tenido.

A Em la respiración se le agolpó en la garganta; en medio de la duda brillaba un débil rayo de esperanza.

—Yo... no sé si...

Nada sabía. No sabía ni cómo terminar esa oración.

—Lo sabes —dijo Cas. Sus frentes estaban tan cerca que casi se tocaban—. Tienes que tomar una decisión. Y tengo la confianza de que tomarás la correcta —colocó ambas manos en sus mejillas y la besó. Ella lo tomó de las muñecas y también lo besó.

Él retrocedió y la miró a los ojos.

—Te amo. Nos vemos pronto.

Mientras Cas caminaba hacia su caballo ella estuvo a punto de correr a alcanzarlo. Se sentía desfallecer si no estaba él ahí para sostenerla.

—Cas, yo… —dejó que su voz se fuera apagando pero la disculpa estaba grabada en esas palabras.

Él volteó y le sonrió.

—Tomarás la decisión correcta. Nos vemos pronto.

Ella volteó rápidamente, conteniendo el llanto. Él tenía en ella más confianza de la que merecía. No podía quedarse con él, no era ésa la decisión correcta; ni siquiera era una opción.

¿O sí?

No podía evitar pensar que Ruina ya no se sentía como su hogar porque él no estaba ahí.

Por un largo momento se quedó de espaldas a él, temerosa de que si volteaba y veía su rostro correría a sus brazos. Cuando finalmente lo hizo, él había desaparecido entre la multitud de caballos y soldados.

Llegó a su caballo, tomó la silla y montó. No habría una decisión que tomar si Olivia mataba a Cas y arrasaba la ciudad.

Cabalgó hacia el oeste. Los árboles ya no se movían pero salía humo en las afueras de la ciudad. Em clavó los tacones en el costado del caballo, espoleando para avanzar más rápido.

—¡Olivia! —comenzó a gritar antes de ver a su hermana o a algún ruino. Gritó el nombre de su hermana al pasar por una granja en llamas, siguiendo el rastro que habían dejado en la tierra. Gritó el nombre de Olivia como si por gritarlo lo suficientemente fuerte pudiera en verdad detener todo aquello.

Em giró en una esquina y encontró a Olivia en medio del camino de tierra. Los ruinos estaban parados a su alrededor en grupos y con los rostros tensos por el agotamiento. Había menos que en Roca Sagrada. Parecía que habían perdido, como mínimo, a veinte elementos. A ambos lados del camino había algunas casas desperdigadas, pero Em no vio gente.

Desmontó del caballo y caminó hacia su hermana. Respiró hondo para calmar la voz.

—¿Qué haces aquí?

—¿Qué haces *tú* aquí? —el tono de Olivia indicaba que lo sabía.

—Los guerreros me dejaron en Lera. Fue más seguro quedarme con Cas hasta encontrarte —se acercó un poco más a su hermana y le preguntó—: ¿nos seguiste hasta aquí?

—Sí.

—¿Y por qué no te mostraste antes? Estaba preocupada.

Algo parecido al arrepentimiento destelló en el semblante de Em pero desapareció tan pronto como había llegado.

—Quería ver Ciudad Real con mis propios ojos.

—Si destruyes la ciudad…

—No tengo intenciones de destruirla: aquí me voy a quedar.

—Quedar —repitió Em lentamente.

—Ya nada queda en Ruina. Prefiero aquí. ¿Qué pensará Cas al respecto?

Em miró a su hermana. Cas las dejaría quedarse si aceptaran vivir en paz, pero tenía la sensación de que no era eso lo que Olivia estaba planeando.

—¿No preferirías vivir aquí, en Lera? —preguntó Olivia. Se acercó a Em con expresión esperanzada—. Sé que Ruina es nuestro hogar, pero…

Pero estaba destruido. Y nunca había sido tan bello como Lera, ni siquiera antes de la invasión. Olivia no terminó su frase, y quizá no quería pronunciar las palabras en voz alta, pero Em sabía a qué se refería.

—Sí, preferiría vivir en Lera —reconoció Em en voz baja—. Si accedes a firmar un acuerdo de paz, Cas nos dejaría vivir aquí, estoy segura.

El rostro de Olivia se endureció.

—No firmaré un tratado de paz. No, a menos que venga junto con las cabezas de Casimir y todos sus consejeros.

—No —la palabra sonó más dura de lo que habría querido. Em estaba cansada de tener esta conversación con Olivia. No volvería a explicar por qué Cas no merecía su ira.

—Es lo que pensé —Olivia dio media vuelta y se encaminó a grandes zancadas a la ciudad. La mayoría de los ruinos la siguieron pero algunos dudaron, miraban a Em con preocupación.

—¡Detente! —gritó Em.

Olivia se detuvo, pero esperó algunos segundos antes de voltear. Sus ojos brillaron cuando miró a su hermana.

—Acordamos que yo me encargaría de nuestras interacciones con humanos —dijo Em—. Esto cuenta como tal. En mi calidad de reina, ordeno a todos que se retiren.

Olivia farfulló algo a Jacobo. Él asintió con la cabeza y deslizó algo en la mano de Olivia. Ella se acercó con grandes pasos a Em.

—Eras reina porque *yo lo permití* —espetó Olivia—. Has perdido ese privilegio.

Em hizo una aspiración brusca. Las palabras de Olivia la hirieron aún más esa segunda vez.

—Esta tierra originalmente era nuestra y voy a recuperarla. Cas puede quitarse de en medio o perder la vida junto con este reino —Olivia chasqueó los dedos y Jacobo y otros ruinos se precipitaron a su lado. De la espalda sacó una cuerda.

Em se alejó de su hermana pero era demasiado tarde. Los dos ruinos la agarraron, cada uno por un lado, y la inmovilizaron.

—Lo lamento —dijo Olivia mientras amarraba las manos de Em con la cuerda. Ella trató de liberarlas, pero los ruinos la sujetaban con fuerza.

—Ya despejé esta zona, así que estarás a salvo hasta que yo regrese. Es lo mejor, confía en mí.

No confío en ti. En cuanto pensó aquellas palabras, los ojos de Em se llenaron de lágrimas. No confiaba en Olivia ni siquiera un poco.

Los ruinos la arrojaron al suelo y Olivia ató un cinturón de cuero alrededor de sus piernas. Después se levantó y haciendo un gesto con la cabeza comentó:

—Bien. Con eso se mantendrá quieta hasta que terminemos. No percibo a Aren en la zona —dijo mirando a lo lejos con los ojos entrecerrados—. Debe haberse quedado con los demás —y miró a Em en busca de confirmación.

Em se quedó con la mirada fija en el suelo. Había sido arrogante de su parte decirle a Cas que podría detener a Olivia. ¿En verdad había creído que podría razonar con su hermana?

Olivia dio unas palmaditas a Em en la cabeza.

—Volveré pronto. No te preocupes.

Em apoyó la barbilla en sus rodillas, negándose a ver a Olivia a los ojos. Su hermana se alejó con los ruinos a sus espaldas. Nadie se quedó con Em.

CUARENTA Y CINCO

Cas miró hacia atrás a pesar de que habían pasado varios minutos desde que Em se había alejado a lomos de su caballo. Una parte de él seguía sintiéndola ahí parada, mirándolo fijamente como si hubiera perdido el juicio.

Em tomaría la decisión correcta. Ya estaba seguro de eso antes, pero después de notar la manera como lo había mirado, apostaría su vida a que sí. Pronto volvería a él.

Cabalgó hacia la ciudad. Se abrió camino entre sus soldados hasta llegar al frente de la fila. Galo trotó hacia él y, preocupado, se dirigió a Cas.

—Debería quedarse en medio del pelotón, su majestad.

—¿Su majestad? ¿Hoy estamos formales?

—He decidido decirle su majestad cuando entremos en batalla.

—Suena arbitrario, pero está bien.

—Lo digo en serio. La general Amaro dijo que sería más seguro tener algunos cuerpos frente a usted.

Volteó en busca de la general Amaro, pero los soldados estaban en formación, detrás de sus guardias.

—Soy yo quien ordenó a todos venir aquí a pelear por mí. Yo iré al frente —y le dirigió a Galo una mirada para zanjar el asunto.

—Bien —dijo Galo con un suspiro resignado—, pero me quedaré junto a usted.

—Bien —Cas le sonrió antes de volver a concentrarse en el camino delante de ellos. Estaban tan cerca de la ciudad que alcanzaba a oír el murmullo de las voces y a percibir el olor de la carne cocinándose.

Se incorporaron al camino que llevaba a la plaza de la ciudad. Un poco más adelante se veía gente parada afuera de sus tiendas y casas. Cas suspiró, aliviado de que los guerreros no hubieran matado a todos los vecinos del lugar. Sabía que mucha gente de Ciudad Gallego había escapado a la fortaleza, pero había estado preocupado por los habitantes de Ciudad Real.

La ciudad, sin embargo, se veía prácticamente igual. Algunas tiendas se habían incendiado, pero fuera de eso, el camino seguía flanqueado por construcciones coloridas con escaparates que anunciaban pan, dulces o ropa. La gente parecía asustada pero ilesa. Los saludó con la mano, lo cual dio lugar a algunas expresiones sorprendidas.

Avanzó casi hasta la plaza, luego desmontó de su caballo y desenvainó la espada. Había algunos cadáveres en el suelo y dio un rápido vistazo a sus uniformes. Eran guerreros.

—Así es, más vale que corran —gritaba una mujer mientras algunos guerreros corrían por el sendero este en dirección del océano. Jovita. Estaba parada en medio del camino junto a varios cazadores.

—Jovita —la llamó.

Ella dio media vuelta con una mueca en el rostro.

—Cas.

Varios vecinos emitieron un grito sordo e inclinaron las cabezas. En ese momento se dio cuenta de que nadie lo había reconocido. Llevaba ropa negra sencilla, como muchos soldados. Sólo unos cuantos vestían los uniformes oficiales de Lera.

—Todo mundo tiene que resguardarse —ordenó él—. Olivia Flores está aquí.

Jovita palideció.

—¿Qué? ¿Dónde?

—Está en las afueras del pueblo con un grupo de ruinos. Ella…

—Nada de esto hubiera pasado si no la hubieras dejado ir —dijo Jovita enrojecida de furia—. Si no hubieras sido tan…

—¡Silencio! —gritó tan fuerte que ella se sobresaltó—. No tengo tiempo de discutir esto contigo —y señalando a los vecinos que estaban ahí boquiabiertos, les ordenó—: Todos ustedes, adentro, ahora. Quédense ahí hasta que hagamos sonar la campana del castillo.

De un extremo a otro del sendero, la gente entró velozmente a sus casas y azotó las puertas.

—Cas —lo llamó Aren en voz baja y señaló hacia el este, en dirección del océano. El cielo nocturno refulgía por las llamas. Los ruinos no estaban lejos del castillo.

—Em puede detener a Olivia, ¿verdad? —preguntó Cas. Aren respondió con una mirada de preocupación.

—¿Dependemos de Emelina Flores para salvarnos? —exclamó Jovita avanzando a grandes trancos hacia su cabalgadura—. Entonces todos moriremos.

A la derecha, los soldados atravesaban de prisa la ciudad en dirección al castillo. Muchos iban a pie, aunque adelante había algunos caballos galopando. La general Amaro encabezaba el pelotón y gritaba órdenes mientras avanzaba hacia el castillo.

Cas corrió a su caballo y prácticamente brincó a la silla. Pateó el costado del animal y arrancó, mirando sobre su hombro a su prima detrás de él. Ella lo observó con displicencia.

Cas llevó su mirada al frente, adonde estaban las llamas. Em podía hacerlo. Él sabía que podía. Era más fuerte que Olivia en todos los aspectos importantes.

Montó hacia el castillo con Aren y Galo a sus espaldas. Los guerreros no habían terminado de reparar los muros que habían destruido cuando sitiaron la ciudad, y del portón principal nada quedaba. Cas detectó un trozo tirado en la hierba, no lejos de ahí. Había varios agujeros enormes en el muro. Los soldados marcharon delante de él y entraron en tropel al jardín frontal.

Cas bajó del caballo y desenvainó la espada. Galo corrió delante de él y se agachó para entrar por uno de los agujeros de los muros. Se colocó al frente mientras Cas lo seguía. Él se enderezó y se detuvo.

Había esperado que los guerreros de Olso vigilaran el castillo. Armas. Parte de esa tecnología impresionante de la que Em le había hablado.

Pero no. Allí en el césped sólo estaba el ejército de Cas. Las puertas principales estaban abiertas y alcanzó a ver a la general Amaro correr.

Galo se movió para pararse junto a Cas.

—¿Es una trampa?

—No lo sé —susurró Cas.

Sonaron gritos y pisadas procedentes de la parte posterior del castillo. Volteó hacia el soldado más cercano.

—Ve a los jardines. Averigua qué está pasando allá atrás.

El soldado asintió con la cabeza y partió, llevándose consigo a algunos más. Iria estaba a unos pasos, observando, y salió detrás de los militares.

Cas levantó la barbilla para asimilar la vista de su hogar. Había deseado desesperadamente que siguiera en pie, y quedó impactado de que su deseo se hubiera cumplido. El castillo, desde el exterior, lucía igual: piedra blanca, grandes ventanales y aristas en la cima de las cuatro torres de las esquinas. Permaneció plantado ahí unos minutos, mirándolo fijamente. Sabía que probablemente habría guerreros en el interior, y de nada servía que se parara ahí, en el jardín frontal, aunque no podía evitarlo.

Finalmente desvió la mirada. Los soldados seguían corriendo por la puerta principal. Él entró detrás de ellos; Galo corrió a su lado.

Tampoco adentro había guerreros. Los soldados pasaron corriendo junto a él y se dispersaron en pasillos y escaleras. Los faroles que flanqueaban la pared estaban encendidos y proyectaban un brillo sobre las manchas negras que serpenteaban por las paredes tras el fuego. La mesa que solía estar contra el muro del vestíbulo ya no estaba; en su lugar sólo había una marca negra, y los primeros peldaños de la escalera estaban calcinados. Fuera de eso, la escalera estaba intacta. Seguramente, los guerreros habían apagado pronto el fuego.

—Su majestad —de repente había un soldado frente a él—, déjeme llevarlo a un lugar seguro.

Sacudió la cabeza y lo esquivó. Corrió a la parte trasera del castillo y se agachó para entrar a la cocina. Abandonados sobre la mesa del personal había platos con comida a medio terminar. Una taza de té seguía humeando.

Cas abrió la puerta trasera y salió deprisa. Todos los guerreros estaban huyendo. Atravesaron el césped en tropel, superaron la muralla y desaparecieron.

—¡Están subiendo a un barco! —gritó una voz sobre él. Cas levantó la mirada; Franco estaba en la torre señalando hacia el océano.

—¿Ni siquiera opusieron resistencia? —preguntó, a todas luces desconcertado, el soldado que estaba junto a Cas.

—Olivia. Recibieron la orden de huir, no de pelear.

—Muy sensatos —dijo una voz detrás de él. Cas volteó; Aren estaba ahí, en la puerta de la cocina, con Galo.

—¿Puedes quedarte aquí un minuto? —le pidió Cas a Aren—. Grita si detectas a algún ruino o guerrero en esta dirección.

Aren asintió. Cas regresó al castillo.

—Ordena a los guardias que registren todas las habitaciones —le dijo a Galo—, todos los sitios donde alguien pudiera esconderse. Asegúrate de que el castillo esté despejado.

Galo tomó al guardia más cercano y de inmediato le repitió la orden. Se mantuvo al lado de Cas al doblar una esquina. Cas pensó en subir a la torre a observar cómo se marchaban los guerreros, a su dormitorio, a la habitación de Em, pero sus pies lo condujeron directamente a una sala en el primer piso. Entró.

El piso de madera seguía manchado con la sangre de su padre. La ventana por donde Cas había escapado estaba cerrada y el cadáver de Salomir Gallegos ya no estaba, pero fuera de eso, todo estaba exactamente igual que como lo recordaba. Su respiración se tornó vacilante.

—Pediremos que alguien limpie eso —dijo Galo en voz baja.

Cas no creía que fuera a servir de mucho. Giró sobre sus talones y salió de la habitación. Deseó, de cierta manera, que el fuego lo hubiera destruido.

Los pasillos alguna vez habían sido brillantes y coloridos: rojo, naranja, azul y verde, un tono distinto al doblar cada esquina. Ahora eran negros casi todos. Al caminar de regreso a la parte frontal del castillo, Cas pasó los dedos por una pared que alguna vez fuera verde. Las mandaría pintar para igualar el color original. Muchas cosas tenían que cambiar, pero pensó que quizás eso lo dejaría igual.

Dobló una esquina y regresó al vestíbulo de la entrada principal. Parte del personal estaba entrando poco a poco. En alguna parte del castillo sonó una risa. De pronto el aire estaba lleno de emoción y expectativa. Los rostros iluminados llenaron a Cas de esperanza.

Mateo corrió a la puerta principal y encontró a Cas.

—*Jovita* —dijo moviendo los labios.

Cas se abrió paso entre los empleados y salió. Jovita estaba en pie frente a los restos de la puerta, con un pequeño grupo de cazadores detrás de ella. Su mirada se dirigía a algo en lo alto del castillo, pero poco a poco la bajó hasta encontrarse con la mirada de Cas. Arqueó una ceja.

—¿Debo disponer de algunos guardias para asegurarme de que no entre? —preguntó Galo.

Jovita retrocedió, como si supiera lo que Galo acababa de decir. Le sostuvo la mirada a Cas por un momento más antes de darse la vuelta y retirarse. Los cazadores avanzaron detrás de ella. Uno le sonrió a Cas al partir, mientras cruzaba un dedo por su cuello en señal de amenaza.

—¿Acaba de...?

Galo se arrojó contra él en respuesta, pero Cas lo contuvo tomándolo del brazo.

—Deja que se marchen.

—Acaba de amenazar al rey.

—Tengo cosas más importantes de qué preocuparme.

—Tarde o temprano tendrás que lidiar con ella —dijo Galo.

—Lo sé.

Cas entró y Galo y él cerraron las puertas. Los empleados estaban apiñados al pie de las escaleras mirándolo emocionados. Al pasar junto a Daniela, le dio un apretoncito en el brazo.

Atravesó el castillo a toda prisa, volvió a cruzar por la cocina y de nuevo salió por la puerta trasera. Allí seguía Aren con Franco y algunos soldados. Todos estaban mirando el cielo. Cas siguió sus miradas.

—¿Qué ocurre? —preguntó.

—Los ruinos están cerca —dijo Aren.

Franco miró de Aren a Cas.

—¿Tienen los guerreros la razón? ¿No deberíamos huir nosotros también?

—No tenemos adonde ir —dijo Cas con voz tranquila—. Confíen en Em.

Cerró los ojos unos momentos.

Tomarás la decisión correcta.

CUARENTA Y SEIS

Aren confiaba ciegamente en Em, pero no podía negar que el viento que azotaba su rostro era ocasionado por magia ruina. Estaban cerca.

Detrás de la muralla se oyeron gritos. Había visto a Iria atravesar corriendo los jardines hacia el muro trasero unos minutos antes.

—Ve adentro —le dijo a Cas—. Quédate ahí hasta que sea seguro.

Cas asintió y entro en el castillo dando grandes zancadas. Franco y los soldados lo siguieron.

Aren corrió por el prado hacia los jardines hasta los restos de la muralla de piedra. Seguían en pie grandes secciones, pero el ataque de Olso había derrumbado otras. Saltó encima de los escombros.

La zona detrás del castillo no era más que terreno vacío. Estaba oscuro y casi desierto, pero podía ver las espaldas de los guerreros que huían de él. Los siguió.

A su izquierda había casas y tiendas, pero corrió en dirección al océano, donde pudo ver varios barcos atracados. Rojas banderas de Olso ondeaban con la brisa.

Desde luego, Iria no querría volver a Olso, ¿cierto? Él no había matado a todos los guerreros que habían presenciado su traición.

Subió corriendo una colina. Cuando se detuvo, la escena frente a él era tan caótica que tuvo que pestañear un par de veces para asimilarla por completo. Había guerreros corriendo en todas direcciones y gritándose órdenes unos a otros. Algunos se metieron deprisa a los botes, otros salían corriendo del barco con las espadas desenvainadas. Olivia se acercaba al muelle dando grandes zancadas con un grupo de ruinos detrás de ella. Su abrigo se inflaba con el viento y Aren alcanzaba a ver la furia grabada en su semblante, incluso a esa distancia. Había dejado una estela de guerreros muertos tras de sí.

Em no estaba con ella.

—¡Apunten! ¡Guerreros, apunten!

Diez guerreros se mantenían firmes entre la hierba, frente a los muelles, y llevaban un largo cilindro metálico colgado de cada hombro. Detrás de cada uno de ellos, se encontraba otro guerrero con una pequeña antorcha en cada mano. Todos miraban fijamente a los ruinos.

Aren bajó tan rápido como pudo, pero una mano tomó la suya antes de que pudiera llegar al pie de la colina.

—No te muevas —dijo Iria jalándolo hacia ella, como si temiera que no fuera a obedecer.

—¿Qué son esas cosas? —preguntó señalando los cilindros en los hombros de los guerreros.

—Cañones de mano. Pide a los ruinos que corran.

—¡Corran! —gritó Aren sin dudarlo—. ¡Ruinos, corran!

Algunas barbillas se levantaron para mirarlo, pero nadie acató la orden.

—Aren, mueve a esos guerreros. Sólo...

Los cañones lanzaron fuego, la tierra tembló con la fuerza de la explosión. Aren brincó y se cubrió el rostro instintivamente con el brazo.

Los cuerpos de los ruinos volaron por los aires y aterrizaron con fuerza. El cielo se fue llenando de humo y ocultó al resto de ellos. Aren entrecerró los ojos pero no pudo ver más. Los gritos empezaron a elevarse y sintió que el pavor invadía su pecho.

En ese momento, todos los guerreros se levantaron del suelo y se lanzaron por el muelle. Sus cuerpos cayeron ruidosamente al agua. Olivia caminaba entre el humo con expresión furiosa mientras usaba su magia ruina para despejar la zona por completo y dejarla libre de guerreros. Una pieza de metal se había encajado en su brazo, le escurría sangre por la mano y por los dedos, pero no parecía importarle.

El humo empezó a disiparse y dejó a la vista los cuerpos de los ruinos detrás de ella. Aren apretó los ojos y se recargó en el hombro de Iria.

—Aren, va a matarlos a todos —musitó Iria.

Él respiró bruscamente y se obligó a abrir los ojos. Soltó la mano de Iria.

—Escóndete. Regreso enseguida.

Ella asintió y bajó corriendo la colina. Cuando llegó a la orilla del muelle se acuclilló detrás de una viga. Aren esperó hasta que ella estuvo bien oculta antes de gritar el nombre de Olivia.

Olivia lo miró. Todo su rostro estaba iluminado. Extendió los brazos, como si quisiera un abrazo.

—¡Aren!

Él bajó despacio. Las manos le temblaban. Respiró hondo varias veces. La debilidad era algo que Olivia no toleraría.

Se detuvo frente a ella con las manos detrás.

—Em está bien. La encontré.

—Lo sé. Tuvimos una conversación.

Una sensación de inquietud llenó el pecho de Aren.

—¿Dónde está ella?

—La dejé en un lugar seguro. Está bien —con los ojos entrecerrados observó que los guerreros detrás de él se subían al bote, y preguntó—: ¿Quieres ayudarme con esto?

—Deja que se vayan.

—No —giró sobre sus talones y empezó a caminar. Frunció el ceño ante algo que vio.

Un grupo de guerreros corría por el muelle. Varios se dirigían hacia la embarcación, pero uno fue directo a la viga donde Iria se ocultaba. Alargó la mano y gritó algo. Olivia llevó su mirada de él al grupo de guerreros que casi llegaban al bote. Un hombre gritó mientras la sangre brotaba de su pecho.

—¡No, Olivia! ¡Deja que se vayan! —dijo Aren arrojándose sobre ella y bloqueándole la vista.

Ella lo fulminó con la mirada y lo quitó de en medio. Se concentró en Iria.

Aren se lanzó contra Olivia. Ella dio un grito cuando cayeron juntos en la tierra. Él usó sus dos manos y le cubrió los ojos.

—¿Qué estás haciendo? —gritó ella arañándole las muñecas.

—Escúchame un instante. Iria me ayudó. Ella me salvó.

—No importa. Ya me cansé de escucharlos a Em y a ti, y todas esas excusas que inventan para proteger a los humanos.

Consiguió liberarse de una mano y lo miró con furia.

De pronto, todo el cuerpo de Aren cosquilleó. Abrió la boca conmocionado.

—¿Estás tratando de usar tu magia ruina contra mí? —preguntó.

Ella liberó la otra mano y se lo quitó de encima. El cuerpo de Aren volvió a cosquillearle; un atisbo de miedo recorrió su espalda.

—Si vas a actuar como humano, te trataré como uno —dijo Olivia.

Normalmente los ruinos no podían usar su magia contra otros ruinos, pero Olivia no era normal.

Y tampoco Aren.

Dirigió una mirada a Iria. Ahora había algunos guerreros rodeándola tratando de convencerla de que subiera al bote. Sus miradas se encontraron y no se soltaron. Él aún sentía la tibieza de su mano, la manera como recargaba el cuerpo en ella cuando estaba cerca.

Volvió a fijar la atención en Olivia. Reunió absolutamente todo el poder que tenía.

A Olivia se le resbalaron los pies y emitió un grito ahogado.

Aren avanzó con la voluntad puesta en llevarla hacia atrás. No era como mover a un humano: cada pequeño movimiento drenaba su poder.

—Aren —sus palabras se perdieron en un jadeo cuando él la lanzó con todas sus fuerzas. Ella salió volando del muelle y aterrizó en una pila al pie de la montaña. Olivia asomó la cabeza. A Aren le alegraba no alcanzar a ver su expresión a esa distancia: podría haberlo matado con una mirada.

Dio media vuelta con la intención de correr, pero sintió que el mundo se inclinaba alrededor. Tropezó y estuvo a punto de caer.

—¡Aren! —Iria corrió hacia él. Ella era sólo una mancha borrosa, pero alargó su mano. Ella la tomó con una y colocó la otra en la mejilla de él. Aren se inclinó hacia Iria y lo invadió una sensación de alivio. Ella abrió mucho los ojos al ver algo detrás de él.

Pisadas. Aren tomó a Iria por la cintura y dio la vuelta. Olivia se acercaba a toda prisa hacia ellos.

Aren cayó al suelo y jaló a Iria con él. La envolvió con sus brazos y sus piernas intentando cubrir cada parte de su cuerpo con el suyo. Puso una mano en su nuca y la bajó a su hombro.

Las pisadas se detuvieron junto a ellos.

—Por favor. Ella no. Por favor, Olivia —estrechó a Iria con más fuerza.

La respuesta fue el silencio. Iria se aferró a la camisa de Aren con la respiración entrecortada.

Olivia emitió un ruido de desagrado.

—Eres débil, Aren.

Él sólo alcanzaba a ver sus zapatos, que siguieron ahí por varios agonizantes segundos. Finalmente, Olivia dio la vuelta. Empezó a caminar como si estuviera mareada y se tropezó un poco.

—¡Eres débil! —volvió a gritar.

Aren se echó atrás y puso ambas manos en las mejillas de Iria.

—¿Estás bien?

Ella asintió, mientras las lágrimas corrían por su rostro. Tomó una respiración profunda.

Un guerrero se detuvo tras ella y la tomó de las axilas para levantarla de un tirón.

Aren se levantó disparado y casi tropezó al sentir el mundo girar a su alrededor. Otros dos guerreros habían rodeado a Iria. Los reconoció: estaban ahí cuando Iria los había traicionado.

Una espada. Había una espada apuntando al pecho de Aren.

—¡Él los salvó! —gritó Iria—. ¡Nos salvó a todos!

Aren pestañeó y su mirada se cruzó con la de la guerrera, que tenía el rostro sucio y los ojos con el contorno enrojecido. Su espada temblaba.

—Lo lamento —dijo él en voz baja—, lamento lo de Olivia.

—Déjalo —dijo otro guerrero. Aren podía ver en ese momento por lo menos seis a su alrededor—. Tenemos que salir de aquí.

La guerrera bajó la espada. Iria exhaló un gran suspiro.

Se estaban llevando a Iria a rastras, lejos de él.

—No —avanzó dando traspiés buscando la mano de Iria. Ella sostuvo sus dedos por un momento.

En ese momento, un guerrero lo empujó.

—No tienes derecho de interferir con un prisionero de Olso.

—Déjenla venir conmigo, por favor.

—Vete. Ya —el guerrero volvió a empujar la espada contra el pecho de Aren.

—Está bien —dijo Iria.

Él sacudió la cabeza enérgicamente. Iria estaba llorando y sus propios ojos se le habían llenado de lágrimas. Si no hubiera usado toda su energía contra Olivia, habría podido enviar por los aires a todos esos guerreros.

—¡Vete, Aren! —gritó ella.

Él saltó hacia adelante. Puso una mano en el cuello de Iria y se inclinó para rozar con sus labios la oreja de ella. Un guerrero lo tomó del hombro, pero Aren usó el otro brazo para aferrarse a la cintura de Iria.

—Te encontraré. No me importa si tengo que buscar en todos los calabozos de Olso. Te encontraré, lo prometo.

Otra mano le dio una palmada en el hombro y dos guerreros lo apartaron bruscamente. Su trasero golpeó el suelo.

Iria lo miró a los ojos, una sonrisa se abrió paso entre las lágrimas.

CUARENTA Y SIETE

Em tiró de las cuerdas que aprisionaban sus muñecas hasta que su piel quedó roja e irritada. No se movían.

Pataleó. Si pudiera liberar sus pies, por lo menos podría correr. ¿Y si un soldado de Lera o un guerrero pasaba por ahí? ¿Qué esperaba su hermana que hiciera en ese caso?

El cinturón que le ataba los tobillos se mantenía firme. Gritó llena de frustración. Olivia la había dejado indefensa.

Una fuerte explosión. Levantó la cabeza. Ya había oído ese tumulto, en Olso.

Apretó los labios y contuvo el llanto. Su temor por Cas y Olivia la abrumó por un momento y pensó en acurrucarse y sollozar.

Unas pisadas golpearon el suelo y Em se tensó. Intentó liberar sus manos con un tirón.

Mariana e Ivanna aparecieron a su lado. Mariana se detuvo frente a ella, se arrodilló y tomó las cuerdas. Tiró del nudo.

—Escapamos tan rápido como pudimos. No queríamos que Olivia supiera que vendríamos por ti —dijo mientras liberaba sus manos.

La misma Em se encargó del cinturón en sus tobillos.

—¿Están en el castillo?

—Ya deben haber llegado —dijo Ivanna—, pero por lo menos la mitad de los ruinos ya no están interesados en seguir peleando. No puede obligarnos a matar junto con ella.

Em echó a un lado el cinturón y se levantó en un movimiento.

—No diré que me ayudaron.

—Hazlo —dijo Mariana con vehemencia—. No nos avergonzamos de ayudar a nuestra reina. Nos escabullimos sólo porque no queríamos darle la oportunidad de detenernos.

Em las miró con una sonrisa agradecida y conteniendo el llanto. Acto seguido, echó a correr.

Los pasos de Mariana e Ivanna retumbaban en el suelo mientras ella avanzaba por el camino. El castillo se elevaba a su derecha con las ventanas amarillo brillante en medio de la oscuridad. Al pasarlo, llevó su mirada hacia la habitación que creía era la suya. Los faroles también ahí estaban encendidos.

Miró hacia adelante. Al acercarse al océano escuchó gritos. Corrió tan rápido como pudo, impulsándose con los brazos.

Subió la colina y de inmediato encontró a su hermana.

—¿Qué hacen ahí parados? ¡Agárrenlo! —la voz de Olivia temblaba mientras apuntaba con el dedo a una figura que se alejaba del puerto: Aren.

Olivia se paró frente a una multitud de ruinos, la mitad desplomados en el suelo por el agotamiento. Posó las manos en las rodillas; el cabello ocultó su rostro cuando bajó la cabeza. Finalmente algo la había agotado a ella.

Detrás, un barco de Olso estaba saliendo del muelle. Un segundo barco seguía atracado, pero a juzgar por los gritos y el correteo desesperado, zarparían en poco tiempo.

Olivia aún no notaba la presencia de Em, así que ésta corrió hacia Aren, que se dirigía al barco de Olso que seguía atracado. Lo tomó del brazo para detenerlo. Parecía estar agotado, como si mantenerse en pie implicara demasiado esfuerzo.

—¿Qué pasó? —preguntó Em en un susurro.

—Trató de matar a Iria. Usé mis poderes con Olivia, Em.

—¿Qué? —cuando Em pronunció esta palabra, Olivia volteó.

—Supuse que esas ataduras no te detendrían mucho tiempo —dijo Olivia con cierto orgullo en la voz—. Pocas cosas te contienen, ¿cierto?

Em tragó saliva y miró a los ruinos detrás de su hermana. Algunos aún parecían fuertes y listos para la pelea, pero muchos parecían preocupados. Ivanna y Mariana estaban en la cima de la colina mirando con horror a los ruinos muertos.

Olivia señaló a Aren y preguntó:

—¿Te dijo lo que hizo?

—Sí —respondió Em en voz baja.

—Un ruino nunca había traicionado a los suyos —dijo Olivia—, ¿qué debemos hacer?

—Una cosa a la vez —dijo Em—. Salgamos de aquí. Entre los guerreros y el ejército de Cas, no podremos ganar aquí. Mucho menos si los ruinos están así de agotados.

—Yo puedo ganar, derrotarlos a todos —dijo Olivia—, y todavía algunos pueden pelear.

—Se acabó, Olivia. Vamos a casa. Reconstruyamos el castillo.

—*No* se ha acabado —replicó Olivia, y señalando a Aren agregó—: y si él no nos hubiera traicionado, podríamos haberlos matado a todos fácilmente. ¿Acaso no existe un castigo para la traición entre ruinos? Creo que el castigo es la muerte.

Em sintió dolor en el pecho. No recordaba cuál era el castigo que contemplaba su ley, pero el hecho de que Olivia hubiera siquiera mencionado la posibilidad de ejecutar a Aren era aterrador. No recordaba haber presenciado jamás la ejecución de un ruino.

"Tienes que tomar una decisión. Y tengo la confianza de que tomarás la correcta."

—No podemos perder a más ruinos —dijo Em—. Volvamos a Ruina y...

—No volveremos a Ruina. Me gusta más aquí —Olivia extendió los brazos—. Nuestra gente merece ese castillo —dijo apuntando hacia él—, y yo se los daré.

Em empuñó su espada. No se había dado cuenta siquiera de que iba a hacerlo hasta que su mano estuvo ahí, torciéndose para tomar el acero de su cintura.

Cuatro pasos le tomaría llegar a Olivia, un segundo desenvainar la espada, otro más para hundirla en su pecho. Fácil.

Em contuvo una súbita sensación de horror. Ella jamás le haría daño a su hermana.

De cualquier forma, era cierto que sería sencillo. Su hermana no era buena con la espada. Y nunca podría usar su magia sobre Em, a menos que Em se lo permitiera. Ella no era como Aren o el resto de los ruinos. Tampoco era como los humanos. Em era la única persona sobre la que Olivia no tenía poder.

Con la respiración entrecortada, Em lentamente soltó la empuñadura. Olivia no parecía haberlo notado. Nunca veía las armas: rara vez eran una amenaza para ella.

Caminó despacio hacia su hermana pensando en lo que diría. Podía recordar a Olivia que Cas le había hablado de la traición de August, que había sido él quien la había liberado de su prisión.

Olivia se encontró con su mirada y todas las palabras de Em quedaron atrapadas en su garganta. Había olvidado esa expresión. La había visto muchas veces en su madre, pero la había sepultado en el fondo de su memoria porque siempre la había odiado... o quizá sólo le temía.

La mirada de Olivia era dura y su boca completaba una expresión severa y desafiante, como si tuviera ya una respuesta preparada para absolutamente todo lo que Em pudiera decir. No había modo de razonar con ella. Nunca la había hecho cambiar de opinión. Para ella era apoyarla o cumplir su traición.

"Tengo la confianza de que tomarás la correcta."

—Si atacas el castillo en este momento serás derrotada —dijo Em. Su voz sonaba demasiado queda y tuvo que carraspear—. Mira a los ruinos allá atrás y dime si en verdad piensas que la mayoría de ellos sobrevivirán un nuevo embate.

Olivia volteó. Hizo un intento evidente de mantenerse impávida, pero la desilusión se reflejó en su rostro.

—No quiero atacar así a Lera —dijo Em—, no cuando es probable que nos venzan. Vayamos a algún sitio para reagruparnos. Ataquemos cuando sepamos que podemos derrotarlos.

Olivia abrió la boca y luego la cerró. Miró a Em como si no estuviera segura de lo que ocurría.

—Yo no saldré de Lera —dijo Olivia al fin.

—Bueno, vayamos a algún sitio cerca de aquí.

—¿Estás diciendo que vas a ayudarme a planear un ataque contra Lera? —dijo Olivia con escepticismo.

—Ya lo hice una vez.

—Y lo lamentaste, no me digas que no.

—Lamento haber lastimado a Cas, así que tengo una condición que pedirte.

—¿Una condición?

—Yo me encargaré de él. Te diré todo lo que conozco sobre Lera y sus defensas. Puedes tomar su castillo, su reino y todo lo demás, pero él es para mí, lo quiero vivo.

Las mentiras salían de su boca con facilidad. Era buena mintiendo. Incluso a su hermana.

—¿En verdad crees que va a quererte después de lo que planeas hacer, otra vez?

—Creo que subestimas su amor por mí.

El rostro de Olivia cambió; inclinó la cabeza a un lado mientras lo consideraba.

—De acuerdo, está bien. En ese momento, de todas formas será impotente e inútil —exhaló un largo suspiro mirando a los ruinos en la tierra—. Odio reconocerlo, pero la tecnología de los guerreros me sorprendió. Perdí más de lo que había pensado. No nos vendría mal un tiempo para averiguar cómo enfrentarnos a ella.

Em discretamente dejó escapar un suspiro de alivio. Su cerebro estaba trabajando a toda marcha intentando resolver cómo salvar el reino de Cas sin perder a Olivia para siempre.

Olivia hizo una mueca al mirar a Aren.

—¿Y él?

—Él no protegió a Iria sólo por el cariño que le profesa —dijo Em—. Con ella es más poderoso, y quería mantenerla cerca. ¿Cómo crees que fue capaz de usar su poder en ti?

Olivia se quedó sin aliento y Em supo que acababa de entregar a su hermana información muy peligrosa. Probablemente ordenaría tomar algunos prisioneros para experimentar.

—De todas formas, no debería haber usado su magia contra mí —dijo Olivia.

—Eso es cierto. Déjame hablar con él. Entiendo cómo los sentimientos pueden interponerse. Trataré de que entre en razón. Si no podemos hablar con él, lo encerramos en una celda. No podemos darnos el lujo de perder a un solo ruino más.

—Bien. Me gusta. Mejor no prescindir de él, es poderoso. Les diré a los demás —Olivia giró sobre los talones y Em se alejó cubriendo su boca para contener un sollozo.

Aren la miró con ojos muy abiertos.

—Em, tú no estarás…

Lo miró con severidad y él inmediatamente guardó silencio.

—Grita. Grítame que necesitas a Iria contigo.

Por medio segundo el rostro de Aren se mostró confundido, pero rápidamente obedeció.

—¡La necesito! —gritó—. ¡Iria es una de nosotros!

—Siento mucho esto —susurró Em y luego le dio una bofetada—: ¡tranquilízate! —gritó lo suficientemente fuerte para que todos oyeran—. ¡No es más que una chica! ¡No es nada comparada contigo! ¡Comparada con nosotros!

Aren se reacomodó la mandíbula y asintió en silencio.

—No puedo convencerla —susurró Em—, y si la dejamos, no sé qué podría hacer.

Aren levantó las cejas en actitud interrogante pero su expresión aterrorizada sugería que ya había entendido el plan.

—La única manera de detener esta masacre es no abandonarla. Si ganamos más ruinos, no tendrá suficiente gente para atacar. Conozco a varios que nos apoyarían enseguida.

—Yo también —dijo Aren. Miró a Olivia—. Si esto sale mal…

—… probablemente estemos acabados.

—Los ruinos no se traicionan.

—Entonces estamos a punto de ser los primeros —se acercó a él y lo tomó de la mano—. Si quieres huir ahora, lo entiendo. Cas te recibiría con los brazos abiertos.

Aren negó con la cabeza.

—De ninguna manera. Yo no me separaré de ti, nunca —levantó un hombro—. Además no puede ser más peligroso que infiltrarse al castillo de Lera, ¿cierto?

Em miró a Olivia. Estaba sacándose del brazo un trozo de metal y haciendo un gesto de dolor mientras la sangre chorreaba por su piel.

Em suspiró.

—Eso es discutible.

Miró hacia los barcos de Olso que partían del puerto. Los guerreros no regresarían pronto. Los ruinos estaban solos, para bien o para mal.

Después observó el castillo de Lera. A Cas y a los habitantes de Lera tampoco les quedaban aliados en quienes confiar. Posiblemente Em era la única.

Estuvo a punto de soltar una risa. Emelina Flores, la aliada más importante de Lera.

Su diversión fue desvaneciéndose cuando dirigió la mirada hacia su hermana. Olivia estaba observándolos a Aren y a ella.

—¿Nos vamos? ¿Tendremos que llevarte a rastras, Aren?

—Iré —dijo él. Engarzó su brazo al de Em.

—Bien.

Olivia cruzó los brazos sobre el pecho. Em nunca había visto a alguien mirarla con tanto recelo.

—Ve por delante, hermana —le dijo—. Supongo que tienes un plan.

Em sostuvo su mirada y respondió:

—Desde luego.

AGRADECIMIENTOS

Escribir el segundo libro de una trilogía nunca es fácil, pero tengo la suerte de que mucha gente maravillosa nos apoye a la serie de Ruina y a mí. Enormes agradecimientos a:

Mi editora, Emilia Rhodes, por su constante entusiasmo por la serie y por sus correcciones, que nunca son *demasiado* espeluznantes.

Mi agente, Emmanuelle Morgen; gracias por encariñarte con este libro enseguida, ya desde sus primeras etapas.

Gracias a Gina Rizzo, extraordinaria publicista, y a Alice Jerman por trabajar tan arduamente en todos mis libros.

Michelle Krys, ¡soy muy afortunada por tener tan maravillosas críticas! Siento no haber hecho caso de tu observación sobre "el momento dichoso" de Cas y Em; es que soy malvada.

Gracias a todos los autores que me acompañaron en las firmas de *Ruina* para que no estuviera sola: Julie Murphy, Debra Driza, Roshani Chokshi, Aprilynne Pike, Amy Lukavics, Chris Howard, Amie Kaufman, Jay Kristoff y Shannon Messenger.

A las autoras que me ayudaron a conservar la cordura: Julie, Natalie, Tess, Michelle, Bethany, Shannon: ¡son las mejores, chicas! Gracias a Kate Johnston por hablarles a todos sobre la total ausencia de cultura de la violación en el mundo de *Ruina*. Gracias a Amie Kaufman por las maravillosas líneas que escribió sobre el primer libro, porque ya no alcancé a ponerla en los pasados agradecimientos. Gracias a Maurene Goo por presentarme los dramas coreanos. Mi escritura nunca será la misma, y lo digo en el mejor sentido posible.

Fairy Loot, ¡gracias por poner *Ruina* en tu caja de suscripción!

BookPeople en Austin, gracias por hacer conmigo una campaña de preventa de *Ruina* y por ser la mejor librería independiente del Universo.

Gracias a mi familia, sobre todo a mi madre y mi padre, por haberme apoyado siempre y por comprar una cantidad obscena de mis libros.

A Laura, mi hermana, mi primera lectora: gracias por leer todos mis libros, incluso en sus terribles primeros borradores... (me sigo disculpando por hacer así a Olivia).

Un gran agradecimiento a todos los lectores. La comunidad de jóvenes adultos es la mejor y yo estoy encantada de formar parte de ella.

Esta obra se imprimió y encuadernó
en el mes de marzo de 2018, en los talleres
de Impregráfica Digital, S.A. de C.V.,
Calle España 385, Col. San Nicolás Tolentino,
C.P. 09850, Iztapalapa, Ciudad de México.